grafit

Bisher in dieser Reihe erschienen:

Die Tote von Kalkgrund. ISBN 978-3-89425-454-4
Mord an der Förde. ISBN 978-3-89425-462-9

Alle Titel sind auch als E-Books erhältlich.

Chemnitzer Str. 31, 44139 Dortmund
Internet: http://www.grafit.de
E-Mail: info@grafit.de

Umschlagfoto: Lars150961/Shotshop.com
Druck und Bindearbeiten: CPI – Clausen & Bosse, Leck
ISBN 978-3-89425-471-1
1. 2. 3. / 2018 17 16

H. Dieter Neumann

Tod auf der Rumregatta

Kriminalroman

grafit

Der Autor

H. Dieter Neumann, Jahrgang 1949, war Offizier in der Luftwaffe der Bundeswehr und in verschiedenen internationalen Dienststellen der NATO. Anschließend arbeitete der diplomierte Finanzökonom als Vertriebsleiter und Geschäftsführer in der Versicherungswirtschaft, bevor er sich ganz aufs Schreiben verlegte.

Der passionierte Segler ist verheiratet, hat zwei erwachsene Töchter und lebt in Flensburg.

www.hdieterneumann.de

Für
Heiner, Karl, Mike und Peter,
meine Seebären-Crew

Prolog

Die Sonne brennt draußen die Schatten fort, als Ekua stirbt. Seit ein paar Tagen liegt sie apathisch in der dunkelsten Ecke der Hütte unter einigen schmutzigen Fetzen und stinkt und stirbt. Jeden Tag ein bisschen mehr. Fliegen sitzen in dicken Klumpen um ihre Körperöffnungen herum und legen Eier ab. Seit gestern kann sie nicht mehr schlucken. Die Tante träufelt nur noch ab und zu aus einer Plastikflasche ein wenig von dem brackigen, warmen Wasser auf Ekuas Fliegenlippen.

Ihre Augen sind schon leer, die Tante hat es Kwasi gerade gesagt. Das ist nichts Besonderes hier, aber irgendetwas daran macht ihm dennoch Angst. Seine Tochter ist jetzt dreizehn Jahre alt. Kwasis Frau und fünf seiner Kinder sind lange tot. Drei haben schon ihre Geburt nicht überlebt, konnten nicht atmen durch die Löcher in den deformierten Köpfen.

Dreizehn ist eigentlich gar nicht so schlecht. Und zwei Söhne hat er ja noch für die Arbeit. Wenige Kinder werden hier dreizehn. Wozu auch? Es gibt keine schönen Jahre, keine schönen Tage. Nicht mal schöne Stunden. Warum also soll Ekua nicht sterben, was stört ihn so daran?

Etwas wird sich für ihn ändern mit ihrem Tod, das ahnt er. Nur was?

Schwer ist es für ihn geworden, einen Gedanken festzuhalten. Kwasi ist schon achtundzwanzig, ein alter Mann, und sein Kopf ist längst wirr von den Dämpfen. Er sieht und hört, ohne zu fassen. Aber er ist unruhig, seit die Tante gerade zu ihm gesprochen hat. Zögernd hebt er die Hände und legt seine verkrümmten Finger an die Stirn, schiebt die Haut hoch und starrt blicklos über die schwelenden Halden mit den Tausenden Baracken aus morschem Holz und rostigem Blech in die Ferne, dorthin, wo der Strand sein muss.

Früher, in einer anderen Zeit, hat er seinen Traum geträumt. Vom Meer, blaugrün und klar, und einem kleinen Jungen in einem Boot, der fischt. Silbrige, duftende, helle Fische. Er hat Palmen auf blankweißem Sand gesehen, wie geputzt. Sogar das Wasser auf seiner Haut hat Kwasi gespürt, kühl, frisch, versöhnlich.

Er weiß von alldem nichts mehr, hat sogar seinen Traum vergessen.

Da vorn sind seine beiden Söhne, zehn und zwölf Jahre alt. Sie haben Lumpen in eines der vielen stinkenden Rinnsale getaucht, die durch das Viertel fließen. Mit den feuchten Lappen vor Nase und Mund kann man besser arbeiten, kommt näher heran an die Berge aus schwelendem Plastik. Benzin kann hier niemand bezahlen, aber alter Schaumstoff aus dem Müll brennt auch.

Wenn man die Monitore damit umwickelt und alles in Brand setzt, schmilzt der Kunststoff, und man kann die Kupferdrähte aus dem Inneren der Gehäuse herausholen.

Sie müssen natürlich immer neben dem Feuer stehen bleiben, das wissen die Söhne, das weiß hier jeder. Man darf nie weit weggehen, egal, wie sehr die gelben Giftschwaden in der Lunge ätzen. Nicht einmal wegsehen darf man, wenn auch die Augen tränen, sonst kommen die Räuber, die hinter den Müllbergen lauern und jeden töten, der nicht auf der Hut ist. Wenn der Kunststoff schließlich weggeschmolzen ist, braucht einer nur noch die Ummantelung von den Drähten zu entfernen, während der andere mit dem Messer herumfuchtelt, um die Raubmörder abzuschrecken.

Und dann endlich hält man das reine Kupfer in der Hand. Nicht viel davon. Überall auf der Welt werden immer weniger Kupferdrähte in die Geräte eingebaut. Man muss eine Menge Elektroschrott schmelzen, um genug von dem wertvollen

Metall zum Überleben herauszuholen. Aber der Nachschub reißt nicht ab. Von morgens bis abends karren die Lastwagen die alten Geräte aus Europa, aus den USA, aus China und wer weiß woher an, kippen immer neue Berge auf.

Die Menschen in den Hütten brauchen den Schrott. Zu Tausenden sind sie hier, immer mehr Familien kommen täglich hinzu – und immer weniger zahlen die Leute, die jeden Tag mit ihren Geländewagen durch den Slum fahren.

In seinen klaren Zeiten, seltener nun, spürt Kwasi Stolz auf seine Söhne. Seit er nicht mehr arbeiten kann, holen sie das Kupfer aus den Gehäusen. Und sie gehören zu den Besten im ganzen Viertel. Kaum jemand schafft mehr Geld heran als seine Jungen. Manchmal sind es fast fünf Dollar am Tag. Sie verkaufen nur gegen Dollars. Dafür gibt es wenigstens etwas zu kaufen. Gereicht hat es dennoch nie.

Ein schwacher Wind von der Küste treibt beißende Schwaden herüber. Kwasi hustet seinen keuchenden Husten, bekommt keine Luft mehr. Alles wird dunkel. Schwarzes öliges Wasser füllt seinen ausgehöhlten Kopf, bis er sich übergibt, nur bittere Galle. Zusammengekrümmt fällt er zur Seite, auf einen Haufen aus geschmolzenen Kunststoffteilen. Quiekend, verschreckt springt das kleine Schwein hoch, das sich darunter vor der sengenden Sonne vergraben hat.

Auf einmal zieht wie ein schwach glimmender Funke flüchtig der Gedanke vorbei: Was soll ich künftig in der Nacht tun, wenn Ekua tot ist?

Das Gift steckt Kwasi in den Gliedern, jede Bewegung schmerzt, aber er hat noch viel Druck in den Lenden. Als habe sich die Kraft dort gesammelt, während alles andere abgestorben ist. Es sind nur Sekunden, aber sie sind das Glück auf der Halde. In jeder Hütte suchen die Menschen diese Sekunden immer und immer wieder. Sie sind das Leben. Ihr einziges.

1

»Frau Sörensen!«

Die kleine schwarz-weiße Hündin hob ihren spitzen Kopf, stellte die Segelohren auf und blickte unschuldig von dem angekauten Rest eines Matjesbrötchens hoch, der vor ihren Pfoten auf dem Kai lag.

»Aus!«, rief Simon Simonsen. »Du sollst keinen Müll fressen, alte Ziege! Komm her, bei Fuß!«

Sichtlich widerwillig ließ die Hündin von ihrer Beute ab und trottete aufreizend langsam heran. Simon sprang an Land, hob Frau Sörensen über die Reling und setzte sie an Bord.

»Ich hole jetzt Brötchen«, erklärte er ihr. »Und du bleibst hier und passt auf das Schiff auf!« Die Hündin sah ihn an, als verstünde sie jedes Wort, drehte sich um und sprang auf das Schiebeluk über dem Niedergang. Dort setzte sie sich, drehte den Kopf hin und her und blickte dabei aufmerksam den Kai entlang.

Simon grinste. »Schön aufpassen, altes Mädchen«, rief er ihr zu. Er wusste genau, dass seine Mischlingshündin jeden Eindringling mit ihrem wütenden, wenn auch schon etwas heiseren Gebell abschrecken würde, zur Not auch unter Einsatz ihrer spitzen Zähne. Niemand kam an Bord der *Seeschwalbe*, wenn Frau Sörensen etwas dagegen hatte.

Langsam schlenderte Simon den Kai entlang und blickte über das glitzernde Wasser zur anderen Hafenseite hinüber, wo die Morgensonne aus einem wolkenlosen Himmel strahlte. In diesem Jahr sah es gut aus mit der Wettervorhersage für die *Rumregatta*. Heute war Donnerstag, und bis Sonnabend sollte das kleine Zwischenhoch mit Sonne und gutem Wind wohl noch durchstehen, hatte Kapitän Dietzel vorhin auf *DP07*, dem privaten Seefunk, vorhergesagt. Erst am Sonntag würde wieder Regen drohen.

Simon hatte in den vielen Jahren schon jedes Wetter während dieser Veranstaltung erlebt, von schwerem Sturm, bei dem die alten Gaffelsegler fest vertäut im Hafen blieben, bis zu brütender Hitze mit totaler Flaute. Solch gute Aussichten wie in diesem Jahr waren ein seltener Segen für das größte Treffen der Traditionssegler in Nordeuropa, das jährlich im Mai stattfand.

Ganz Flensburg fieberte dem großen Fest entgegen. Die meist norddeutschen und skandinavischen Besucher ließen sich dieses Ereignis zwar auch bei Schmuddelwetter nicht entgehen – und die Crews auf den Traditionsseglern aller Größen und Klassen schon gar nicht –, aber vor allem die Betreiber der Stände auf dem *Gaffelmarkt* am Kai und rund um die Hafenspitze durften sich bei solch warmen Sonnentagen wohl auf besonders großen Andrang freuen. Die Aufbauarbeiten für die Buden, die verschiedenen Bühnen und die Bierzelte waren gestern bereits abgeschlossen worden. Heute, am Himmelfahrtstag, war schon mit dem ersten Andrang zu rechnen, auch wenn die meisten Schiffe erst morgen eintreffen würden, um an der Regatta am Sonnabend teilzunehmen.

Simon drückte sich Richtung Schiffbrücke zwischen zwei Imbisswagen hindurch, die um diese Zeit noch geschlossen waren, überquerte die Straße und ging durch den Oluf-Samson-Gang hoch zur Norderstraße, wo es einen Bäcker gab, der auch an diesem Feiertag wegen des großen Ereignisses geöffnet hatte. Gerade war er auf dem Kopfsteinpflaster in der uralten Gasse stehen geblieben, um die bunten Stockrosen vor einem der liebevoll restaurierten Fischerhäuser zu bewundern, als sein Handy sich meldete. Er fischte das Gerät aus der Hosentasche und blickte aufs Display. Helene.

»Na, ausgeschlafen?«, fragte sie fröhlich.

»Ja, klar. War schon mit Frau Sörensen Gassi, und jetzt hol ich Brötchen.«

»Wann kommt denn die Nervensäge, pardon, der liebreizende Herr Papke aus Berlin mit seinen ... äh ... Kumpels?«

»Rede nicht so despektierlich über ihn«, erwiderte Simon lachend. »Schließlich gehört ihm die *Seeschwalbe*, du weißt ja.«

Natürlich wusste Helene Christ das. Schließlich hatte sie in den letzten zwei Jahren die Dramen um den über fünfzig Jahre alten Colin Archer hautnah miterlebt.

»Sag schon, wann werden die ankommen?«, fragte sie.

»Der Zug kommt fahrplanmäßig ...«

»Was?«, rief Helene erstaunt. »Er fährt nicht mit seinem fetten Jaguar?«

»Nee, er will ja auch einen Törn raus auf die Ostsee machen. Also segeln wir am Sonntag nach Rostock. Da setz ich Papke und seine Freunde dann ab, und von dort fahren sie mit der Bahn nach Hause.« Simon zog einen zerknüllten Zettel aus der Gesäßtasche seiner Jeans und warf einen Blick darauf. »Sie kommen heute mit dem ICE, der direkt von Berlin fährt. Ankunft um 15:25 Uhr. Aber warum interessiert dich das so?«

»Na, ich bin ja nicht allzu weit weg von dir. Dann könnte ich doch in meiner Mittagspause was Leckeres einkaufen, an Bord kommen, und wir essen in Ruhe, bevor die Berliner über dich hereinbrechen. Was hältst du davon? Die nächsten Tage werden wir ja nicht viel voneinander haben. Papke wird dich voll in Anspruch nehmen, denke ich.«

»Großartige Idee, das machen wir!«, rief Simon begeistert aus. »Vielleicht können wir dann gleich noch mal über deinen Umzug reden. Wir sollten uns endlich einig werden, finde ich. Auch wegen der Kündigungsfrist für deine Wohnung.«

Keine Reaktion.

»Äh, Helene ...?«

Ihr Schweigen wurde ungemütlich. Dann kam ein betont unbetontes: »Ich bin noch dran.«

»Du hast doch sicher noch einmal nachgedacht? Ich meine, ach, du weißt schon …«

Ihre Stimme war leise, klang nicht mehr fröhlich. »Da gibt es nichts mehr zu überlegen. Der Denkprozess ist abgeschlossen.«

»Also wirklich, sei doch nicht so stur«, fuhr Simon auf. »Es ist die beste Lösung.«

»›Lösung‹? Was für ein Ausdruck. Ich habe kein Problem, für das ich eine ›Lösung‹ suchen müsste. Wir haben beschlossen, zusammenzuziehen, ja. Aber ich habe dir erklärt, dass ich auf keinen Fall dauerhaft in dieses Haus einziehen werde. Basta.«

Simon fluchte unhörbar in sich hinein. Verdammt, warum hatte er gerade jetzt dieses Thema wieder angeschnitten? Er hätte sich ohrfeigen können. »Also gut, lassen wir das für heute«, versuchte er, zu beschwichtigen. »Wir reden ein andermal.« Das konnte nicht klappen – er wusste es schon, als er es sagte. Nicht bei Helene.

Ihr Tonfall war noch kühler geworden. »Daran ändert sich auch ein andermal nichts, mein Lieber. Du hast das Haus seinerzeit mit deiner Frau gemeinsam geplant und gebaut – und zwar für euch beide. Es sind ihre Ideen, die da drinstecken. Und sie hat alles …«

»Verdammt, Helene, das haben wir doch schon zigmal durchgekaut. Lisa ist seit zwei Jahren tot, ermordet, wie du sehr wohl weißt. Was hat das …?«

»Du willst es einfach nicht verstehen, was, Simon?«

»Meine Güte, du kannst ja alles umräumen und neu einrichten, und wir renovieren und bauen auch um, wenn's sein muss. Aber es ist nun mal auch mein Haus. Hab's knapp genug vor der Versteigerung retten können. Und das Dorf magst du doch, und alle kennen dich da nun schon und …«

»Gegen den Ort hab ich gar nichts, es geht allein um das Haus. Verkauf es, wenn du mit mir zusammenleben willst, Simon. Hab ich dir schon zehnmal gesagt. Oder, wenn du das nicht übers Herz bringst – was ich durchaus verstehen würde –, dann vermiete es. Ich brauche kein Haus, das weißt du. Mit dir ziehe ich überallhin, auch in eine Dreizimmerwohnung – aber nicht in dieses Haus. Überleg es dir.«

»Aber …«

»Und iss dein Mittagessen heute lieber allein. Schöne Zeit an Bord, grüß den ollen Papke – und tschüss!«

»He, warte doch bitte!«, versuchte Simon, das Unvermeidliche zu verhindern. »Du kommst doch während des Wochenendes mal an Bord, hoffe ich? Ich meine, wir sehen uns sonst erst wieder, wenn ich von Rostock zurückkomme und … Helene, hallo!«

Das Display grinste ihn höhnisch an. *Verbindung beendet.*

»Scheiße, verdammte«, fluchte Simon vor sich hin und steckte das Handy zurück in die Tasche. Seit Monaten stritten sie sich über dieses leidige Thema. Beide wollten sie endlich zusammenleben, unter einem Dach, so weit war alles klar. Und sein Haus bot sich dafür doch geradezu an, fand Simon. Es stand in dem kleinen Küstenort am Südufer der Flensburger Förde, wo er aufgewachsen war. Gerade mal zwanzig Kilometer von der Flensburger Stadtmitte und damit von Helenes Arbeitsplatz in der Polizeidirektion entfernt. Praktischer ging es doch gar nicht mehr! In dem Dorf befand sich auch die Baufirma, deren Geschäftsführer Simon war, und die *Seeschwalbe* lag wenige Hundert Meter vor dem Haus im kleinen Hafen. Ideal. Eigentlich.

Aber Helene wollte nicht. Eher würde sie … ja, was? Würde sie es darüber auf einen Bruch ankommen lassen? Das konnte doch nicht wahr sein nach all dem, was sie gemeinsam in den letzten zwei Jahren erlebt hatten.

Simon fröstelte plötzlich in der warmen Morgensonne.

Die Kälte in ihrer Stimme spürte er noch immer am ganzen Leib. Unwirsch schüttelte er sich. Dann drehte er sich zögernd um und stapfte wütend die Gasse hinunter, zurück zum Boot. Er brauchte einen Kaffee. Der Appetit war ihm vergangen.

2

»Janz jroße Klasse«, rief Papke aus und hielt die Flasche hoch. »Ick freu ma so, det ick wieda ma schippan kann! Prost, Leute – und uff 'ne jute Zeit!« Mit einem lauten Plopp sprang der Bügelverschluss auf, und mit sichtlichem Behagen ließ der Berliner das Bier in seine Kehle laufen. »Schön kalt!« Anerkennend nickte er Simon zu.

»Hab noch ein paar in der Kühlung, keine Sorge.«

»Das ist gut!«, sagte einer der beiden Freunde Papkes strahlend, der sich vorhin als Helmut vorgestellt hatte. »Ganz trockene Luft da in der Bahn. Und 'ne elende Hitze – von wegen Klimaanlage!«

Simon schmunzelte. Er stand, ebenfalls eine Flasche Bier in der Hand, mit dem Rücken zum Kajütaufbau in der geräumigen Plicht der *Seeschwalbe* und betrachtete amüsiert die drei Männer, die vor einer halben Stunde mit dem Taxi vom Bahnhof gekommen waren. Zu seinen Füßen saß Frau Sörensen, die Herrn Papke reserviert, aber halbwegs gnädig begrüßt hatte, und fixierte dessen beiden Freunde argwöhnisch. Wer fremd an Bord war, hatte es bei ihr nicht leicht.

»Wie sieht denn nun eigentlich unser Programm aus, Skipper?«, fragte Lutz, der dritte Mann der Papke-Crew. »Friedel hat uns schon viel erzählt, aber wenn ich es richtig sehe, haben Sie ja das Kommando hier, oder?«

»Ich heiße Simon. Und …«

»An Bord von so 'nem Sejelboot duzt man sich. Det is so

üblich!«, trompetete Papke. »Und damit det klar is: Simon is unsa Skippa, aba ihr seid *meene* Jäste!« Er schlug dem neben ihm sitzenden Lutz mit seiner Schrotthändlerpranke begeistert auf die Schulter und hielt Simon seine leere Flasche hin. »Und hier an Bord soll keena vadursten!« Sein mächtiger Leib wogte gut gelaunt auf der Sitzbank hin und her.

»Wir machen die Leinen heute ja nicht mehr los«, gab Simon zurück und nahm die leeren Flaschen der drei in Empfang. »Also tut euch keinen Zwang an.« Er stieg den Niedergang hinunter und öffnete den Deckel der Kühlbox.

Richtig gemacht, dachte er und grinste in sich hinein, als er die vielen Bierflaschen sah, die dort gut gekühlt auf ihren Einsatz warteten. In weiser Voraussicht hatte er keinen wertvollen Stauraum an andere Dinge verschwendet.

Wenn er den Törn nach Rostock mitrechnete, lagen nun fünf harte Tage vor ihm, für die er sich Urlaub hatte nehmen müssen – der Tribut, den er dem Eigner der *Seeschwalbe* zahlen musste. Aber mehr als zweimal im Jahr war Friedel Papke, den er an Bord natürlich duzte, bisher nicht an die Küste gekommen. Das ganze restliche Jahr über stand das Segelschiff Simon zur Verfügung, der sich um alles kümmerte, was das Boot betraf. Der Eigner zahlte die Liegeplatzgebühren, das Winterlager, alle Reparaturen und jedes Ersatzteil. Die *Seeschwalbe* hatte ihren Liegeplatz nur ein paar Hundert Meter von Simons Haus entfernt im Hafen des kleinen Ortes, und er konnte sie nutzen, wann und wie er wollte. Dem Berliner schien dieser Aufwand nicht zu groß zu sein, um seinen Kunden und Geschäftsfreunden gern und häufig von »det jroßartije Sejelschiff, det ick anne Ostsee zu liejen habe« erzählen zu können.

Eigentlich ein fantastischer Deal, und dennoch …

Simon zuckte kurz mit den Schultern, griff entschlossen nach dem Nachschub und stieg wieder ins Cockpit hoch. »Also, dann mal zum Programm«, sagte er und drückte die

Flaschen in die drei Hände, die sich ihm entgegenreckten. »Heute bleiben wir hier am Kai liegen. Ihr könnt nachher einen Bummel über die Meile machen, da findet ihr auch reichlich kulinarische Angebote, alles, was ihr wollt. Morgen müssen wir losmachen, denn hier wird's voll werden. Direkt vorn am Kai liegen dann die großen Schiffe, die hereinkommen, auch Dreimaster. Wir fahren denen entgegen und begleiten sie anschließend in den Hafen hinein. Wird euch Spaß machen! Später müssen wir gucken, wo wir selbst einen Platz kriegen. Aber das regelt sich alles.« Simon nahm einen Schluck aus seiner Flasche. Da es noch seine erste war, wurde das Bier schon warm.

»Und was ist mit dieser *Rumregatta?* Segeln wir da auch mit?«, fragte Helmut.

»Nee, det kannste vajessen«, gab Papke zurück. »Da dürfen nur Jaffelsegler teilnehmen, also die Kähne mit diese olle Takelung. Wir machen 'ne Rejattabejleitfahrt. Da kriejen wa ooch allet mit, aba ohne Stress.«

Frau Sörensen warf ihrem Herrchen einen verstörten Blick zu. Vermutlich hatte sie von einer ›Jaffel‹ auch noch nie etwas gehört.

Simon schmunzelte. »Die *Seeschwalbe* ist schon über fünfzig Jahre alt. Der Mast ist zwar noch aus Holz, aber das Boot ist kein Gaffelsegler, sondern besitzt bereits eine moderne Kuttertakelung. Das heißt, wir haben ein dreieckiges Großsegel und können zwei Vorsegel setzen.« Er zeigte zum Bug. »Ihr seht da vorn zwei kräftige Drähte, die zum Masttop führen. Daran ziehen wir die verschiedenen Segel hoch. Aber das werdet ihr alles noch mitkriegen, wenn wir unterwegs sind.«

Eine Stunde und ein paar Runden Bier später machten sich die drei Berliner landfein, stiegen über die Reling und stürzten sich unternehmungslustig ins Gewimmel auf dem *Gaf-*

felmarkt. Wie Simon erwartet hatte, waren schon heute viele Besucher vom guten Wetter in den Hafen gelockt worden. Dicht gedrängt schoben sie sich über den Kai, standen in Trauben vor den Ständen, an denen Bootsbauer, Schmiede, Fassmacher und andere maritime Handwerker ihre uralte Kunst vorführten. Dicht bei der Seeschwalbe hatten die Reepschläger auf dem Pier ihre beliebte Bude aufgebaut. Dort durften sich die Leute darin üben, selbst am Seilergeschirr Taue und Tampen zusammenzudrehen.

Grillduft lag in der Luft, es roch nach Pommes frites, gebrannten Mandeln und Bratfisch. Musiker aller Stilrichtungen wetteiferten hörbar miteinander, Klänge von Seemannsliedern und eine dröhnende Lautsprecherstimme, die fortwährend »Hier gibt's Backfisch« grölte, wehten an Bord.

Frau Sörensen saß in majestätischer Pose auf dem Niedergangsluk und beäugte die vorbeiziehenden Landratten mit gelangweilter Herablassung. Simon hatte sich bei seinen Gästen entschuldigt. Später wolle er vielleicht noch dazustoßen, hatte er gesagt – er würde sie schon finden. Erst müsse er noch ein paar Telefonate erledigen.

Es war nur ein einziges, aber dafür brauchte er niemanden um sich herum. Außerdem war seine Lust auf feuchtfröhlichen Frohsinn seit dem morgendlichen Gespräch mit Helene gleich null. Er blickte auf seine Armbanduhr. Halb sechs. Ob sie wohl noch im Dienst war? Er drückte die Taste für ihre Durchwahlnummer.

»Ja doch, Apparat Christ, Schimmel«, knurrte es nach mehrfachem Läuten aus dem Handy.

»Simon Simonsen hier, hallo, Herr Schimmel. Helene scheint nicht mehr auf der Dienststelle zu sein, oder?«

»Nee, die ist schon nach Hause gefahren. Versuchen Sie es mal über ihr Handy. Sie wollte doch eigentlich zu Ihnen an Bord kommen, dachte ich.«

»Hat sie das gesagt? Wann?«

»Heute Mittag.«

»Ja … äh, da ist was dazwischengekommen«, gab Simon lahm zurück.

»Aha.« Mehr kam nicht von dem Hauptkommissar, der Helenes Partner in der Mordkommission war.

»Na ja, wir haben da eine … Meinungsverschiedenheit. Hat sie Ihnen wahrscheinlich erzählt, oder?«

»Ich weiß von nichts«, wehrte der Alte ab. »Aber Sie offenbar auch nicht.«

»Wie bitte? Wie soll ich das verstehen?«

»Als Hilfssheriff waren Sie nicht so begriffsstutzig«, grollte Schimmel.

»Hören Sie mal«, fuhr Simon ärgerlich auf, »was soll das denn heißen? Wollen Sie mir etwas sagen?«

»Geht mich nichts an. Und Helene hat mir natürlich auch nichts erzählt. Aber was ich so mitkriege …«

»Was sind das denn für kryptische Andeutungen? Sagen Sie doch klar und deutlich, was Sie mir mitteilen wollen.«

»Nur eins, Simon: Schalten Sie mal Ihr Gehirn ein. Haben Sie ja, so was, weiß ich doch.«

»Vielen Dank, Herr Hauptkommissar, sehr freundlich – wie immer«, stieß Simon verärgert hervor und beendete das Gespräch. Wütend hob er den Holzdeckel vom Barfach im Salontisch und griff nach einer der dort seefest verstauten Flaschen. Dann holte er ein Glas aus dem Kombüsenschapp, schenkte sich einen doppelten *Gammel Dansk* ein und stürzte ihn hinunter.

Der Graue, wie Schimmel in der Polizeidirektion Flensburg genannt wurde, hatte ihn aus der Fassung gebracht. Wieder mal. Verdammter Kerl.

3

Die drei Berliner waren bei ihrem zweiten *Guinness* angelangt, nachdem sie die bunte Festmeile bis zur Hafenspitze hoch- und wieder hinuntergewandert waren. Dazu hatten sie fast zwei Stunden benötigt, denn Friedel Papke war nicht müde geworden, seinen beiden Freunden die feilgebotenen Waren wärmstens ans Herz zu legen. Es schien fast so, als wäre er am Umsatz der Buddelschiffhöker, der Verkäufer von Fischerhemden, Seemannspullovern und allerlei maritimem Nippes, beteiligt. Immer wieder auch hatten sie ihren Rundgang an einer der vielen Fressbuden unterbrochen, wo Papke sein offenbar unstillbares Verlangen nach allen erdenklichen Sorten gegrillter und gebratener Wurstspezialitäten lustvoll stillte.

Erhitzt, aber hochzufrieden ließen sie sich schließlich dort nieder, wo man *Guinness* frisch zapfte – nur hundert Meter vom Liegeplatz der *Seeschwalbe* entfernt. Nebenan sang jemand mit tiefer Stimme und starkem russischem Akzent zum Akkordeon wehmütige Lieder von kleinen weißen Möwen, von traurigen Seeleuten und vom Heimweh, und zu den Füßen der rechtschaffen ermatteten Berliner stapelten sich die Plastiktüten mit ihrer Beute.

Helmut betrachtete verträumt einen mit grellen rotweißen Ringen bemalten Plastikleuchtturm, den er auf den Tisch zwischen die Biergläser gestellt hatte. »Mit Beleuchtung!«, erklärte er den anderen. »Kommt bei uns zu Hause aufs Regal.«

»Da wird sich deine Frau aber freuen«, murmelte Lutz in sein Glas hinein.

»Ja, det Flair hier is schon eenmalig«, schwärmte Papke, nahm einen tiefen Schluck, wischte sich mit dem Handrücken den Schaum aus den Mundwinkeln und seufzte: »Ach ja …«

Erstaunt hob Lutz den Kopf und sah ihn an. »Is was?«

»Ach ja …«, wiederholte Papke, setzte eine nachdenkliche Miene auf und blickte Richtung *Seeschwalbe*, deren Mastspitze er über den Köpfen der Menge erkannte.

»Was bist du denn auf einmal so elegisch, Friedel?«, fragte Helmut misstrauisch. »Hast du Magenschmerzen? Würde mich nicht wundern!«

»Um ehrlich zu sein – ick weeß nich, ob ick det Boot noch lange behalten kann. Meine Olle macht ma Dampf ohne Ende.«

»Wieso das denn?«, fragte Lutz erstaunt nach. »Sie hat sich doch bisher nicht darum geschert – so hab ich dich jedenfalls verstanden. Was ist denn los?«

»Uff eenmal will se so'n Ferienhaus uff 'ne jriechische Insel. Woot imma warm is. Janz varrückt isse danach, lässt ma keene Ruhe damit.« Er seufzte tief. »Sonst kann ich ja nüscht sajen jejen meine Püppi, jar nüscht, 'ne richtije Perle isse, echt. Ihr wisst ja, det se schon meine vierte is – und diesmal soll et halten. Det wird ja ooch teuer, so langsam.« Papke sah seine Freunde treuherzig an, die verständnisvoll nickten und dann angelegentlich in ihre fast leeren Gläser starrten. »Aba een Haus in det Äjäische Meer *und* denn noch een Sejelboot anne Ostsee – det kann ooch ick ma nich leisten.«

»Was willst du denn machen? Vielleicht … verkaufen?«, fragte Helmut vorsichtig.

»Na ja, ick weeß ooch noch nich …«, murmelte Papke betrübt und starrte eine Weile grübelnd vor sich hin. Dann setzte er sich ruckartig auf, hob den Kopf und leerte sein Glas in einem Zug. »Ick hol uns mal noch 'ne Runde«. Entschlossen griff er sich die leeren Gläser und stand schwungvoll auf.

Als alle wieder ein frisches *Guinness* vor sich stehen hatten, fragte Lutz, der erst seit Kurzem mit Papke Geschäfte machte: »Wie wär's denn, wenn Simon, unser Skipper, das Schiff kaufen würde? Hat es ihm nicht sogar früher mal gehört?«

»Hat et, hat et«, nickte Papke. »Aber ick weeß nich, ob er sich det schon wieda leisten kann – hat det Boot damals an mich vakooft, weil er pleite war.« Von kräftigen Zügen aus seinem Bierglas unterbrochen, erzählte der Schrotthändler dann die Geschichte der missglückten Jungfernfahrt mit seiner Frau, die sich seither weigerte, auch nur einen Fuß an Bord eines Schiffes zu setzen, und von dem Deal, den er daraufhin mit Simon gemacht hatte. »Der Junge war froh, auf die Weise noch wat von sein ehemalijen Besitz zu haben. Der hat nämlich janz jut wat mitjemacht, det könnta wirklich jlooben! Seine Ex wurde ermordet ausn Wassa jefischt und ihm ham se dann erst ma vahaftet.« Gedankenschwer blickte er von einem zum anderen. »Ja, det is 'n Ding, wa? Innen Knast ham se ihm jesteckt – unta Mordvadacht!«

Helmut kannte das alles, aber Lutz, der zum ersten Mal privat mit Papke unterwegs war, hakte nach: »Wann war das denn?«

»Zwee Jahre is det jetzt her. War 'ne Riesenstory«, antwortete Papke. »Aba det is ja nu allet Jeschichte. Klar issa unschuldig jewesen ... Inzwischen issa ooch wieda auf die Füße jekommen, is nu Jeschäftsführer in seine frühere Firma – aba keene Ahnung, ob er schon wieda jenuch Jeld hat, um det Boot zurückzukoofen.« Er stürzte den Rest *Guinness* in sich hinein. »Ick weeß ja ooch noch jar nich, ob ick det wundaschöne Schiff wirklich vakoofe – et liecht ma doch sehr am Herzen.« Pathetisch legte er seine breite Pranke flach auf die Brust und atmete tief und schnaufend durch. »Vielleicht übalecht sich meene Püppi det ja doch noch mal mit die Äjäis.« Damit stand er entschlossen auf, um eine neue Runde zu holen. »Aba Simon jejenüba haltet ihr erst ma die Klappe wejen diese Sache. Ick bin ma wirklich noch nich sicha.«

Als schließlich absolut kein Tropfen mehr in die drei Männer hineinpasste, nicht einmal in Friedel Papke, rafften sie ihre Einkaufsbeutel zusammen, Helmut klemmte sich den in der Dunkelheit prachtvoll blinkenden Plastikleuchtturm unter den Arm, und sie schwankten bierselig hinüber zur *Seeschwalbe.*

Die Ankunft der Männer war unüberhörbar. Frau Sörensen knurrte bedrohlich, als der Missklang von drei Stimmen heranwehte, die zu einer unbestimmbaren Melodie mehrstimmig irgendetwas sangen, in dem Liebe und Matrosen vorkamen.

»Lass gut sein, unsere tapferen Helden kommen zurück. Reg dich nicht auf und lass sie zufrieden«, befahl Simon der Hündin. Er grinste beim Anblick seiner stark angeschlagenen, aber fröhlichen Crew und half ihr über die Reling an Bord. Papke drängte allen lautstark und unerbittlich »noch een Absacka« auf, aber danach verschwanden die drei rasch nach unten in ihre Kojen.

Keine fünf Minuten später dröhnte lautstarkes Schnarchen zu Simon ins Cockpit herauf. Und bald mischte sich noch ein sehr ähnliches Geräusch in das Konzert. Es kam von Frau Sörensen, die sich auf ihrer Decke unter der Spritzkappe zum Schlafen gebettet hatte.

»Okay, dann kann ich ja wohl auch in die Koje«, murmelte Simon lächelnd und stieg den Niedergang hinab.

4

Die Leiche war kaum zu erkennen. Nur schwacher Lichtschein von einer Laterne hinter dem Toilettenwagen fiel auf den Körper, der zwischen zwei überquellenden Müllcontainern auf dem Rücken lag. Papke stand stocksteif davor, blickte entsetzt auf die leblose Gestalt zu seinen Füßen und zitterte plötzlich am ganzen Leib. Nach und nach hoben sich die Biernebel in seinem Kopf, und er erkannte die große dunkle Pfütze um den Kopf herum, aus dessen dunkelhäutigem Gesicht ihn zwei tote Augen anstarrten.

»Scheiße«, stieß der Schrotthändler erstickt hervor. »Scheiße, Scheiße …« Sein Blick ging hinüber zu der Gestalt, die sich mit gesenktem Kopf nur fünf Meter entfernt von der Leiche zusammengekauert hatte, hin und her schwankte und fortwährend unverständliches Zeug brabbelte.

Hektisch sah Papke sich um, doch niemand sonst war weit und breit in Sicht. Er schaute auf seine Armbanduhr. Drei Uhr zwanzig.

Ein gewaltiger Harndrang hatte ihn aus dem Schlaf gerissen, und da Simon darum gebeten hatte, die Bordtoilette möglichst nur auf See zu benutzen, war er unter den misstrauischen Blicken von Frau Sörensen über die Reling geklettert und zum Toilettenwagen gewankt, der nicht weit entfernt hinter den Buden an der Straße stand.

Gerade als Papke an der Rinne gestanden und sich mit wohligem Stöhnen erleichtert hatte, war plötzlich ein spitzer Schrei durch die dünne Wand des Wagens hindurch an seine Ohren gedrungen, gefolgt von einem schrecklichen Laut, wie in höchster Qual ausgestoßen, und einem unheimlichen Aufheulen. Durch und durch war ihm das gefahren und hatte ihn derart erschauern lassen, dass fast ein Unglück mit dem strammen Strahl passiert wäre. Kurz darauf waren ein dumpfer Aufschlag und schließlich ein Wimmern zu hören gewesen, das nicht hatte aufhören wollen. Es hatte noch eine Zeit gedauert, bis der Schrotthändler fertig und endlich in der Lage gewesen war, den Wagen zu verlassen. Auf der obersten Treppenstufe war er stehen geblieben und hatte in die Nacht hineingelauscht, während sich in rasender Geschwindigkeit und begleitet von heftigem Pochen elende Kopfschmerzen in seinem Schädel ausgebreitet hatten.

Erst hatte Papke gar nichts gehört. Stille, Totenstille. Aber plötzlich hatte das Wimmern wieder eingesetzt – und war ganz klar von der Rückseite des Toilettenwagens gekommen. Einen Augenblick lang hatte der Berliner mit sich gerungen. Eine innere Stimme hatte ihm zugeflüstert, das alles ginge ihn gar nichts an – das war bestimmt nur ein Betrunkener, mit dem er bloß Scherereien bekommen würde. Dann aber hatte Papke unwirsch seinen schmerzenden Kopf geschüttelt, war, wenn auch recht zögerlich, die Treppe hinabgestiegen, um die Ecke herumgegangen und hatte im trüben Licht den Mann gesehen, der da wankend kauerte und ununterbrochen monoton vor sich hin stammelte. Sekunden später hatte Friedel Papke die Leiche entdeckt.

Immer noch wie festgenagelt stand er nun da, gebannt durch den Ausdruck der weit aufgerissenen Augen des Toten – helle Male in einem dunklen, erstarrten Gesicht. Blut sickerte aus der Nase des Toten, und um den Schädel herum lagen grauweiße Gewebeteile in einer rasch größer werdenden Blutlache.

Er musste irgendetwas tun, das wusste Papke genau. Nur wollte ihm partout nicht einfallen, was. Wenn doch der Kerl da drüben wenigstens mit seinem elenden Gewimmer aufhören würde! Das unablässige Gestammel, von dem er kein Wort verstand, zerrte mächtig an seinen Nerven.

»He, du da!«, rief er. »Wat machst du da? Wer bist du? Wat redest du?« Keine Reaktion. Der Kerl schien nicht einmal zu bemerken, dass jemand ihn ansprach.

Vadammt, ick muss jetzt handeln, unbedingt. Ick sollte …

Wieder verfing sich Papkes Blick in den blinden Augen des Toten. Er spürte, dass ihm übel wurde. Schon brannte die bittere Galle in seiner Kehle. In seinem Kopf schepperte es schmerzhaft, als schlüge jemand mit einem Hammer munter auf ein Stück Blech ein. Am liebsten hätte er sich auf der Stelle hingesetzt und …

Und wat? Reiß dir zusammen, Friedel, du musst …

Ein Telefon – er musste jemanden anrufen, ganz klar! Am besten die Polizei … Natürlich, was denn sonst? So was Blödes, wieso war er da nicht sofort drauf gekommen?

Aber das Handy lag neben seiner Koje auf der *Seeschwalbe.* Das Boot, genau! Er musste aufs Boot zurück, seine Leute alarmieren, vor allem Simon wecken. Ja, klar – Simons Freundin war doch bei der Kripo!

Dieser Gedanke beruhigte Papke wundersam schnell – warum auch immer –, und das Zittern ließ ein wenig nach. Aber durfte er jetzt einfach weggehen? Das hier war doch so was wie ein Tatort.

Verdammte Scheiße! Wahrscheinlich war sowieso alles falsch, was er machte. Er fuhr sich wild durch die Haare und rieb sich die Stirn. Als er auf den schmerzenden Schläfen ankam, zuckten seine Finger zurück.

Was, zum Teufel, blieb ihm übrig? Er musste zum Schiff zurück. Und zwar sofort. »Bleib ja sitzen, du!«, rief er dem brabbelnden Häufchen Mensch zu, das dahockte und seinen Oberkörper so heftig hin und her bewegte, dass es aussah, als würde es jeden Moment umkippen. »Wehe, du haust ab!«

Dann drehte er sich schnell um und rannte los.

»Was?« Simon fuhr hoch und sprang aus seiner Koje.

»'ne Leiche, ja doch! Beim Toilettenwagen dahinten – 'n toter Nejer!«, wiederholte Papke schrill. »Wenn ick et doch saje!«

»Ein toter … was?«, rief Simon und rieb sich den Schlaf aus den Augen.

»Mein Jott, 'n Nejer eben, so'n … Dunkelhäutija, janz jung noch. In seinem Blut liechta da. Ick hab et mit meine eijenen Augen jesehn!«

Er ist noch betrunken – sicher, das war die Erklärung. Simon vermutete, dass der gute Mann einfach seinen Rausch noch nicht ausgeschlafen hatte. »Nun mal langsam«, beschwichtigte er. »Was hast du denn um die Zeit …?«

Doch nun drehte Friedel Papke erst richtig auf: »Pinkeln musste ick, vadammt noch mal, da hab ich 'n Schrei jehört und 'n Plumps, wie wenn eena uff'n Boden fällt. Ick also los und rum um det Pissoir und da hab ick ihn denn jefunden. Und noch eena is da …«

»Was? *Zwei* Leichen?«, fragte Simon, der mühsam um Fassung rang, während er sich schnell einen Pullover überzog und in seine Jeans stieg.

»Nee, der is wohl bloß besoffen oder ballaballa oder wat weeß ick … Keene Ahnung, ob der ooch valetzt is. Ick jloobe, da war Blut an seine Hände, aba sonst hat et nich danach ausjesehn. Aba janz richtig issa nich im Kopp. Vielleicht hat der ja den Nejer im Suff erschlajen oder so …« Papke zuckte plötzlich zusammen. »Ick hoffe nur, det der Kerl sich nich inzwischen aus'm Staub jemacht hat!«

»Nun mal der Reihe nach, Friedel!« Simons Stimme hatte einen scharfen Klang bekommen.

Der Schrotthändler ließ sich erschöpft auf die Polster der Salonbank sinken, holte tief Luft und begann mit seiner Geschichte noch einmal von vorn. Schon nach den ersten paar Sätzen lief Simon alarmiert an ihm vorbei in Richtung Niedergangstreppe. »Los, komm, zeig mir, wo du den Toten gefunden hast!« Im Vorbeigehen griff er nach seinem Handy, das auf dem Kartentisch lag, und wählte die Notrufnummer der Polizei.

5

Kriminalkommissarin Helene Christ trat hinaus in die Morgenluft und schloss die Tür des Notarztwagens hinter sich. Langsam ließ sie ihren Blick über den Hafen wandern und atmete tief ein. Oben hinter dem Wasserturm am anderen Fördeufer zeigte sich das erste Licht der aufgehenden Sonne.

Erst wenige Schiffe waren im Hafen. Nur einen einzigen großen Zweimaster entdeckte sie. Er lag auf der anderen Seite der Innenförde vor den Silos am Ballastkai, beide Masten gleich hoch und eine Gaffel am Großmast – eine Brigg. Die Flagge am Heck war nicht zu erkennen. Komisch, dass die nicht auf dieser Seite festgemacht hatten. Vielleicht warteten sie, bis ihnen hier ein Platz zugewiesen wurde. Dort drüben jedenfalls wäre kaum mit vielen Besuchern zu rechnen, die das Schiff besichtigen wollten.

Hier auf der Westseite lagen bisher nur ein paar kleinere Boote, Einmaster, nicht länger als fünfzehn, zwanzig Meter. Die meisten der größeren Schiffe würden erst gegen Abend aus dem dänischen Sonderburg eintreffen, wo sie sich nach guter Tradition am Himmelfahrtstag sammelten, um heute, am Freitag, im Rahmen einer Auftaktregatta nach Flensburg zu fahren. Schon am Nachmittag würde es hier anders aussehen. Und wenn dann später die vielen Masten der dicht an dicht liegenden Segler in den Himmel ragten, wäre kein freier Blick auf Flensburgs Ostufer mehr möglich, das wusste Helene.

Ihr Blick fiel auf die *Seeschwalbe,* die etwa hundert Meter entfernt festgemacht hatte. Ein flaues Gefühl breitete sich sofort in ihrem Magen aus.

Der Streit mit Simon.

Warum nur wollte er ihre Haltung nicht begreifen? Oder lag sie vielleicht selbst falsch, war uneinsichtig, starrköpfig?

Verdammt, sie wollte keine Konfrontation, hasste die miese Stimmung zwischen ihnen. Wie gern würde sie endlich mit ihm zusammenziehen, ja, aber bestimmt nicht in dieses Haus. Nein, das nicht.

Sie presste die Lippen zusammen und drehte sich um. Ihr Blick fiel auf das rot-weiße Absperrband, das den Tatort weiträumig umspannte und leicht in der Morgenbrise flatterte. Mehrere, in weiße Schutzanzüge gekleidete Spurensicherer liefen herum, knieten auf dem Boden und nahmen Proben. Immer wieder flammte grell das Blitzlicht auf, wenn der Fotograf seine Tatortbilder schoss.

Vor einer halben Stunde war sie eingetroffen – kein weiter Weg hierher von ihrer Wohnung in der Schloßstraße über der Stadt auf der westlichen Höhe. Ihr Wohnzimmerfenster konnte sie von hier aus sehen. Nachdem der Anruf des wachhabenden Kollegen sie aus dem Schlaf geholt hatte, war die junge Kommissarin rasch unter die Dusche gesprungen, hatte sich die Zähne geputzt, ihren Jogginganzug angezogen und war losgelaufen. Sie hatte sogar darauf verzichtet, ihre Haare zu föhnen. Die wilde hellblonde Mähne war noch feucht gewesen, als sie hier angekommen war – und dennoch war Helene von Edgar Schimmel, der in seinem grauen, zerknitterten Anzug bereits am Tatort herumlief, mit einem spöttischen: »Einen taufrischen guten Morgen, Miss Marple«, in Empfang genommen worden.

»Wieso bist du denn schon hier?«, hatte sie missmutig gefragt. Zu neckischem Geplänkel war sie noch nicht aufgelegt gewesen, sie lechzte nach einem Kaffee.

»War noch im Büro, als der Anruf kam«, hatte er kurz angebunden erklärt. »Hab ein paar alte Akten bearbeitet.«

Im Büro, aha. Helene hatte keine Lust gehabt, weiter nachzuhaken. Das tat man beim Grauen besser nicht. Wenn er überhaupt so etwas wie ein Privatleben hatte, dann nahm es ihn jedenfalls nicht übermäßig in Anspruch. Und er sprach nicht darüber. Nie. Also war sie erst einmal in den Krankenwagen gestiegen und hatte versucht, den Zeugen zu vernehmen – vergeblich.

Rasch ging sie nun die paar Schritte hinüber zu Schimmel und dem Gerichtsmediziner. Die beiden hockten vor der Leiche. »Moin, Moin, Dr. Asmussen! Also, können Sie schon etwas sagen?«, fragte sie und sah hinab auf den Toten.

»Moin, Frau Christ. Ein Schwarzer, etwa Mitte zwanzig …«, murmelte Dr. Asmussen und stieß ein Zischen aus, als ihm auffiel, dass er mit einem Schuh in die große Blutlache getreten war, in der Fetzen von Gehirnmasse herumlagen.

»Du lieber Himmel, Doktor«, fuhr Schimmel unwirsch dazwischen. »Das sehen wir selbst, sogar ohne Medizinstudium.«

»Wieder mal in blendender Laune an diesem schönen Morgen, was, Herr Hauptkommissar?«, feixte der Arzt. So schnell ließ er sich offenbar nicht provozieren. Nun ja, dachte Helene mäßig amüsiert, die beiden alten Schlachtrösser kannten sich gut, trafen schon allzu lange aufeinander – immer an Tatorten, immer im Angesicht des Todes. Zwar gab es in Flensburg kein rechtsmedizinisches Institut – alle Leichen wurden nach Kiel in die Gerichtsmedizin des Universitätskrankenhauses geschickt, wo sämtliche forensischen Untersuchungen stattfanden –, doch Dr. Asmussen, der dort angestellt war, wohnte in einem kleinen Dorf hier in der Nähe. Nach dem Auffinden von Opfern einer Gewalttat versuchte man daher immer erst, ihn zu Hause zu erreichen – was häufig gelang, da diese Art von Verbrechen selten am helllichten Tag entdeckt wurde. Vom Resthof seiner Familie zu einem Tatort in Flensburg und Umgebung hatte der Rechtsmediziner dann einen kurzen Weg.

Zu viele Tatorte in all den Jahren, zu viele Tote, ging es Helene durch den Kopf. Die ewigen Wortgefechte der beiden waren wohl ihre Art, das Grauen auf Abstand zu halten.

»Wir wissen sogar schon, wer das ist«, erklärte der Hauptkommissar, kramte einen durchsichtigen Asservatenbeutel aus den Tiefen seines Knitterjacketts hervor und blickte auf die laminierte Karte darin. »Er hatte einen Studentenausweis in der Gesäßtasche seiner Jeans. Senyo Owusu heißt er, geboren am 16.03.1989.«

»Also siebenundzwanzig. Nicht schlecht geschätzt«, kam es von Dr. Asmussen. »Wo war er denn eingeschrieben?«

»Hier in Flensburg.«

»Uni oder Fachhochschule?«

»*Europa-Universität Flensburg* steht hier«, las Schimmel und wandte sich wieder dem Arzt zu. »Und, könnten Sie uns nun vielleicht doch noch an Ihren medizinischen Erkenntnissen teilhaben lassen, verehrter Herr Doktor?«

»›Erkenntnisse‹ hab ich keine, noch nicht, das wissen Sie doch selbst, oder? Mit ersten Annahmen kann ich dienen, wenn Sie die hören wollen.«

»Ach ja, bitte, wenn Sie so überaus freundlich sein könnten.«

»Erschlagen wurde er, der arme Kerl. Mit dem berüchtigten ›stumpfen Gegenstand‹, vermutlich mit einer Eisenstange, einem sehr harten Knüppel oder etwas Ähnlichem. Und zwar von hinten, mit gewaltiger Kraft. Ich fürchte, da wurde nicht nur einmal zugeschlagen. Der Hinterkopf ist ihm regelrecht zertrümmert worden, daher auch das viele Blut.«

»Schon eine Schätzung zum Todeszeitpunkt?«

»Hm, keine zwei Stunden her, würde ich meinen. Wann ist er gefunden worden?«

»Um drei Uhr zwanzig, sagt der Zeuge. Hat angeblich direkt auf die Uhr geschaut, als er ihn entdeckt hat«, erwiderte Schimmel.

»Dann war er da noch nicht lange tot.« Der Gerichtsmediziner blickte zur Leiche hinunter. »Da kann ich mich jetzt schon fast festlegen – unter gewissem Vorbehalt. Genau werde ich das aber natürlich erst …«

»Geschenkt«, winkte Schimmel ab und sah Helene an. »Du weißt, dass ein gewisser Papke die Leiche gefunden hat?«

»Nein, woher denn?«, fragte sie überrascht. »Der Papke, dem die *Seeschwalbe* gehört? Das ist ja ein Ding! Mit ihm und seinen Freunden macht Simon gerade eine Begleitfahrt bei der *Rumregatta.* Das Boot liegt dahinten.«

»Weiß ich. Simonsen hat ja auf der Wache angerufen und das hier ..., Schimmel machte eine vage Handbewegung über den Tatort hinweg, »... gemeldet. Dann haben sie gewartet, bis die Kollegen da waren. Papke hab ich schon kurz befragt, bevor du gekommen bist – der war ganz schön fertig. Jetzt sind die beiden wieder auf dem Boot. Nachher kommt der Mann noch mal zu uns auf die Wache, damit wir das offizielle Protokoll aufnehmen können.«

»Aha.« Mehr kam nicht von Helene.

»Laut seiner Aussage ist Papke Zeuge des Mordes geworden, jedenfalls Ohrenzeuge. Zusammen mit Ihrer Einschätzung, Doktor, steht damit wohl fest, dass wir den genauen Tatzeitpunkt kennen.«

Dr. Asmussen nickte. »Spricht alles dafür.«

Der Graue verstaute den Asservatenbeutel, schob dann beide Hände in die ausgebeulten Taschen seines Anzugs und murmelte etwas Unverständliches.

»Was hast du gesagt, Edgar?«, fragte Helene misstrauisch.

»Nichts, gar nichts. Ich dachte bloß, dass dein Lebensgefährte dich schon selbst angerufen hätte.«

»Nein, hat er nicht. Das ist ja auch keine Privatangelegenheit hier«, gab sie schroff zurück.

Schimmel lächelte hintergründig. »Was würden wir bloß ohne deinen Hilfssheriff machen?«

Nein, nicht hintergründig, eher ... sardonisch. Ja, das war der richtige Ausdruck für die Miene des Grauen. Gerade wollte Helene zu einer spitzen Entgegnung ansetzen, da fragte Schimmel: »Was ist denn jetzt mit dem zweiten Kerl, den dieser Papke gefunden hat – also dem, der neben der Leiche saß?«

»Der liegt im Rettungswagen da drüben. Die Sanis kümmern sich um ihn. Ich war gerade bei ihm, aber der Typ ist nicht ansprechbar. Sie haben ihm 'ne Blutprobe entnommen. Wenn du mich fragst, der hatte mindestens zweieinhalb Promille.«

»Wir müssen aufpassen, dass seine Kleidung sichergestellt wird. Da ist ja überall Blut drauf, hab ich gesehen.«

»Nicht nur auf der Kleidung«, antwortete Helene. »Auch seine Hände sind blutverschmiert. Und wenn das Blut vom Opfer stammt ...«

»Von wem denn sonst?«, schnappte der Graue. »Oder hast du gesehen, dass er selbst verletzt ist?«

»Ist er nicht, sagen die Sanis. Nur total betrunken. Und gestürzt ist er auch, hat eine Beule am Hinterkopf. Aber wohl nichts Schlimmes. Übrigens wissen wir auch, wer er ist. Hat einen lettischen Personalausweis dabeigehabt – Foto passt. Hab ich sichergestellt, ebenso die anderen Sachen, die er in den Taschen hatte. Sein Name ist Kaspars Balodis.«

»Wie geht's mit ihm denn jetzt weiter?«, fragte der Rechtsmediziner. »Ich nehme an, Sie haben ein paar Fragen an ihn, oder?«

»Worauf Sie sich verlassen können«, bestätigte Helene. »Der ist erst mal unser Gast. Kommt gleich in die Ausnüchterungszelle. Aber vorher sollten Sie ihn bitte noch mal untersuchen. Vor allem, damit wir sicherstellen können, dass er wirklich keine Gehirnerschütterung hat.«

»Ich seh ihn mir gleich an, den Herrn aus Lettland«, nickte Dr. Asmussen und griff nach seiner Tasche. »Und den Toten können Sie auch nach Kiel abtransportieren lassen. Ich mach mich an die Arbeit, sobald ich ihn auf dem Tisch habe. Sie hören dann von mir.« Damit ging er hinüber zum Krankenwagen.

»Ein erschlagener Schwarzer und daneben ein total besoffener Lette, vielleicht der Mörder. Und das alles mitten in Flensburg. Da soll mal einer sagen, hier wär nichts los«, brummte Kriminalhauptkommissar Schimmel und ließ seinen Blick über das Wasser der Innenförde schweifen. »Und wer meldet der Polizei die ganze Schweinerei? Natürlich dein geschätzter Lebensgefährte. Wundert mich, dass sein hässlicher Hund hier nicht auch noch herumschnüffelt.«

Helene schüttelte den Kopf. »Wie bist du denn wieder drauf, alter Mann? Frau Sörensen liebt dich heiß und innig, das weißt du doch.«

Schimmel verzog nur den Mund.

»Und übrigens …«, fuhr Helene fort, »… wenn dieser Balodis der Mörder ist, wo hat er dann die Tatwaffe gelassen? Kannst du mir das sagen, Herr Hauptkommissar? Der kann doch kaum laufen, so voll wie der ist.« Unwillig schnaufte sie auf. »Was sagst du denn zu dem Pappschild, das die Kollegen unter der Leiche gefunden haben?«

»Was steht da noch mal drauf auf der Pappe – ›Scheißnigger‹, oder?«

»›Drecksnigger‹.« Helene schüttelte sich angewidert.

»Die Kriminaltechnik wird ja feststellen, ob Fingerabdrücke daran zu sichern sind. Vielleicht sogar die von unserem lettischen Freund, wer weiß? Wie der ins Bild passt, ist mir noch völlig schleierhaft.«

»›Ins Bild‹? Welches Bild siehst du denn, Edgar?«

Schimmel wiegte den Kopf und antwortete mit einem fragenden Unterton: »Rechtsradikalismus vielleicht, gewaltbereite Neonazis … oder so was?«

»Jedenfalls sollen wir das glauben«, gab Helene nachdenklich zurück.

»Du meinst …?«

»Was weiß ich? Wir können nur hoffen, dass der Lette die Tat beobachtet hat. Falls er sich überhaupt an irgendetwas erinnern kann …«

»… und den Studenten nicht selbst abgemurkst hat«, schloss Schimmel. »Unmöglich ist das nicht. Wäre nicht das erste Tötungsdelikt im Vollrausch.«

Helene nickte. »Na gut, wir müssen eben abwarten, bis der Kerl vernehmungsfähig sein wird. Ich geh jetzt rüber zu den Kollegen von der Spurensicherung. Bisher konnten sie weit und breit nichts finden, was nach einer möglichen Tatwaffe aussieht. Mal sehen, ob es inzwischen weitere Spuren gibt.«

»Tu das«, sagte Edgar Schimmel mit leiser Stimme. »Ich komme gleich nach.« Er wandte sich ab und blickte über den Hafen hinweg zum Ostufer, von wo die Sonne nun die ersten warmen Strahlen herübersandte.

»Was geht dir im Kopf herum, Edgar?«

»Ich rieche Unrat, Helene, stinkenden Unrat. Die Hautfarbe des Opfers, ein verdächtiger Osteuropäer, die Brutalität der Tat, der Hinweis auf ein rassistisches Motiv – aber keine Tatwaffe. Das wird Kreise ziehen, du weißt schon: die Sensationspresse, eine aufgebrachte Öffentlichkeit, nervöse Politiker, abenteuerliche Mutmaßungen, der ganze Mist halt.«

Helene schwieg. Genau dieselben Befürchtungen waren ihr auch gekommen, schon beim ersten Anblick der übel zugerichteten Leiche. Außerdem: Wie würden die Organisatoren der *Rumregatta* reagieren – und wie mochte sich der Mordfall auf die ganze Veranstaltung auswirken?

Aufmerksam sah sie den Grauen an, der nun mit undurchdringlicher Miene hinaus aufs Wasser starrte, als hätte er dort soeben etwas höchst Bedeutsames erspäht.

Aber da war nichts. Jedenfalls nichts, was Helene entdecken konnte.

6

Immer mehr Traditionssegler liefen in den Hafen ein. Der Wind wehte schwach aus Nordost, sodass alle Schiffe unter Segeln von der offenen See in die Förde hereinkamen. Fröhlich strahlte die Nachmittagssonne auf die Stadt. Nur ein paar schneeweiße Wolkenfetzen zogen wie weiche Wattebäusche gemächlich über den hellblauen Himmel.

Helene Christ stand auf dem kleinen Balkon vor ihrem Dienstzimmer im zweiten Stock der Polizeidirektion, lehnte sich über das schmiedeeiserne Geländer und genoss das prächtige Bild. Sie konnte erkennen, dass die *Seeschwalbe* inzwischen ihren Platz am Kai geräumt hatte und langsam im Hafenbecken auf- und abfuhr. Simon hatte dazu nur die Selbstwendefock gesetzt, stellte sie fest. So konnte er schnell kreuzen, ohne die Schoten bedienen zu müssen.

Durch ihr Fernglas erkannte sie Papke und seine Freunde, die im Cockpit standen und die Anlegemanöver der vielen Regattateilnehmer beobachteten. Als Frau Sörensen ins Blickfeld kam, die in majestätischer Pose auf der heruntergeklappten Sprayhood thronte, schmunzelte Helene.

Na, die haben ihren Spaß, dachte sie wehmütig, stieß einen leisen Seufzer aus und setzte das Fernglas ab. Entschlossen ging sie zurück in das Büro, das sie sich mit Schimmel teilte. Der hatte gerade sein Telefonat mit dem Gerichtsmediziner beendet, hielt den Hörer noch in der Hand und sah sie mit undefinierbarer Miene an. »Asmussen wird alt«, brummte er.

»Was soll das heißen, Edgar?«

»Ach, ich meine …«

»Was?«

»Ich finde, er wird … weich.«

Helene schwieg, sah ihn nur an.

»Geht ihm wohl zunehmend an die Nieren, sein Job.« Der Hauptkommissar starrte einen Augenblick lang abwesend auf den Telefonhörer und knallte ihn dann mit einer unwirschen Bewegung auf den Apparat.

»Ist das eine Frage des Alters?«, wollte Helene wissen. »Hm. Dann gibt es bei dir ja vielleicht auch noch Hoffnung.«

»Na, na«, erwiderte der Alte.

Erstaunt registrierte Helene einen Anflug von Verlegenheit in seiner Stimme. »Was sagt er denn?«, half sie ihm rasch.

Im Nu hatte Schimmel wieder sein undurchdringliches Pokerface aufgesetzt. »Drei harte Schläge auf den Hinterkopf, jeder einzelne davon wäre wahrscheinlich schon tödlich gewesen. Schwerste Schädelfrakturen, enormer Blutverlust, das Gehirn zerstört – hast du ja gesehen.«

Helene nickte. »Tatwaffe?«

»Sie haben winzige Spuren von Zink gefunden. Asmussen sagt, die Spezialisten tippen auf ein verzinktes Stahlrohr. Nach den Verletzungen zu urteilen, etwa vier Zentimeter dick und rund.«

»Was sagt uns das?«

»Nichts, Helene. Jedenfalls mir nicht. Vielleicht ein Stück von einem Wasserrohr oder so was. Keine Ahnung.« Er stand auf und ging hinüber zu der Haushaltskaffeemaschine, die auf einem Sideboard stand. Während er die Kanne von der Wärmeplatte nahm, sagte er über die Schulter: »Die Spusi hat nichts gefunden, was nach so einer Tatwaffe aussieht, wie du weißt.«

»Also hat der Täter es mitgenommen, das Rohr – oder was es auch war, stimmt's?«

»Sieht so aus.« Schimmel schenkte sich einen Becher der schwarzen Brühe ein.

»Der Zeuge Papke hat doch gehört, wie das Opfer erschlagen wurde, und kurz danach hat er neben der Leiche gestanden. Kann es denn sein, dass er wirklich niemanden gesehen hat? Jemanden, der weglief?«

Der Graue zuckte die Achseln und verzog den Mund, als seine Lippen mit dem heißen Kaffee in Berührung kamen. »Er hat ja gepinkelt und war angeblich noch nicht fertig. Bis man da alles … Entschuldige, Helene, aber der Mann muss den … das … Teil dann ja auch wieder verstauen, äh …«

»Edgar, ich bin schon groß«, fiel ihm Helene ins Wort.

»Na ja, und dann musste er raus aus der Toilette, die Treppe runter, rum um den Wagen …« Vorsichtig nahm er einen Schluck. »Ich denke, da vergeht schon eine Minute – oder auch zwei. Genug Zeit für den Täter, in der Nacht zu verschwinden, fürchte ich.«

Helene nickte und ließ sich auf ihren Schreibtischsessel fallen. »Mist. Und was machen wir jetzt? Ich meine, wie machen wir nun weiter?«

»Es gibt ja jemanden, der nicht weggelaufen ist. Der saß direkt neben der Leiche. Wir sollten uns …«

»Klar müssen wir uns mit dem befassen. Aber es gab nun mal keine Tatwaffe. Nirgendwo in seiner Nähe.«

»Und wenn es zwei Täter waren – oder noch mehr? Die sind abgehauen, und der Lette konnte nicht mit, weil er zu besoffen war. Die Botschaft bei der Leiche kann durchaus auf eine Tätergruppe hindeuten.«

»Gut, spinnen wir das mal weiter … Ach, übrigens: Was wissen wir denn inzwischen über dieses Schild?«

»Einfach ein Stück Karton«, sagte Schimmel.

»Also wirklich«, fuhr Helene auf. »Ein bisschen mehr müsste die KTU eigentlich herausbekommen, oder? Zum Beispiel, was für eine Art von Pappe das ist. Schuhkarton oder …«

»Zu groß«, widersprach Schimmel. »Ich meine: zu groß für einen Schuhkarton. Und auch zu stabil. Sie arbeiten noch dran, aber die Pappe könnte von einem Umzugskarton stammen, sagen die Techniker. Materialstärke, -struktur und -farbe sprächen dafür.«

Helene runzelte die Stirn. »Wie groß ist denn das Stück? Doch mindestens … fünfzig mal fünfundzwanzig Zentimeter, denke ich, oder?«

Nach einem Blick auf seinen Zettel erwiderte der Graue: »Vierundfünfzig mal achtundzwanzig, um genau zu sein.«

»Also ein ziemlich großes Stück Pappe. Waren Löcher oder Schlitze drin?«

»Nein, ich hab keine gesehen. Moment mal.« Schimmel kramte in dem Haufen auf seinem Schreibtisch herum, zog ein großes Foto hervor und beugte sich darüber »Ein glattes Stück Karton, sauber und gerade ausgeschnitten, sieh selbst.« Er reichte Helene das Bild und blickte sie misstrauisch an. »Was beschäftigt dich daran, Frau Kommissarin?«

»Das ist doch eigenartig«, murmelte Helene und hielt sich das Foto dicht vor die Augen. »Hast du schon mal einen Umzugskarton gesehen, der nicht über und über mit allem Möglichen bedruckt war, Edgar? Vor allem an den Breitseiten. Da steht doch immer das Umzugsunternehmen drauf. Und außerdem sind überall Pfeile und Hinweise für oben und unten und Kästchen für den Inhalt aufgedruckt. Von den Faltschlitzen und den Grifflöchern mal ganz abgesehen.«

»Bei den Maßen kommen sowieso nur die Breitseiten eines Kartons in Betracht.« Der Graue nickte. »Du hast recht. Wenn es tatsächlich ein Umzugskarton war, dann war er wahrscheinlich nicht bedruckt.«

Helene nickte und schwieg.

»Und was schließen wir aus dieser bahnbrechenden Erkenntnis?« Schimmel sah seine Kollegin aufmerksam an.

»Keine Ahnung«, erwiderte die junge Kommissarin und strich sich eine Strähne ihrer weißblonden Mähne aus der Stirn. »Was sagt die KTU denn zu der Schrift, also, was ist das für ein Stift?«

»Handelsüblicher dicker schwarzer Filzstift, permanent. Nichts Besonderes, gibt's überall zu kaufen, millionenfach. Hilft uns nicht weiter.«

Angewidert blickte Helene auf das Bild. Das Stück Karton war regelrecht getränkt vom Blut des Opfers.

»›Drecksnigger‹.« Grimmig stieß sie das Wort aus, das in fetten Druckbuchstaben aus den Blutflecken hervortrat. »Warum macht sich jemand die Mühe, ein Schild zu beschriften, um die Leiche seines Opfers daraufzulegen, nachdem er ihm den Schädel eingeschlagen hat, Edgar?«

»Eine Botschaft vielleicht?« Schimmel zuckte mit den Schultern. »Aber was nützt uns jetzt das Rätseln? Wir haben genügend andere Dinge zu tun. Wie geht es denn dem besoffenen Letten? Ist er bald vernehmungsfähig?«

»Der schläft noch. Gegen Abend müsste er aber ansprechbar sein. Seine Daten hab ich bereits nach Riga übermitteln lassen. Die dortigen Kollegen melden sich noch heute, falls er in seiner Heimat aktenkundig sein sollte. Ich fahre jetzt erst mal rüber zur Uni, um ein bisschen mehr über unseren Toten herauszufinden. Hab mich im Sekretariat angemeldet. Vielleicht kann ich auch mit ein paar seiner Kommilitonen sprechen.«

»Gut. Was hast du bisher über ihn erfahren?«

»Nichts. Ich denke nicht daran, seinen Namen schon vorab am Telefon zu nennen. Die wissen nur, dass ich sie in einer polizeilichen Angelegenheit wegen eines ihrer Studierenden sprechen will.«

»Hm«, grunzte der Graue, konnte sich aber ein anerkennendes Nicken nicht verkneifen. »Ich muss jetzt sofort zum Chef. Der Staatsanwalt kommt …«, er blickte auf seine Armbanduhr, »… in zehn Minuten. Dann wollen die Herren einen Zwischenbericht hören. Angeblich brauchen sie Stoff für eine Pressemitteilung.«

»Muss ich etwa …?«

»Nein, nein, fahr lieber sofort zur Uni. Ich kann denen auch allein eröffnen, dass wir noch nichts sagen können.«

Helene grinste schief. »Dann viel Spaß!«

»Verbindlichsten Dank, liebe Kollegin«, gab der Graue zurück, stand auf und nahm sein zerknittertes Jackett von der Stuhllehne. »Warte nur ab, was morgen los sein wird, wenn das alles in der Zeitung steht!«

»Alles? Du willst ...?«

»Natürlich nicht! Ich werde sie beknien, der Presse gegenüber nichts von dem Pappschild verlauten zu lassen – und schon gar nicht das Wort zu erwähnen, das draufgeschmiert wurde.« Er zuckte resigniert mit den Achseln. »Aber ob sie auf mich hören werden ...«

7

Kaspars Balodis stöhnte laut auf, als er seinen Kopf vorsichtig von der Pritsche hob, um sich in dem winzigen Raum umzusehen. Aus einem vergitterten Fenster über ihm fiel das Tageslicht auf die rundum gekachelten Wände und eine Toilettenschüssel ohne Deckel in der Ecke. Außer der Pritsche mit der Gummimatratze stand sonst nichts in der Zelle.

Dass es sich um eine Zelle handelte, in der er da lag, war Balodis sofort klar. Die massive Tür ohne Griff mit dem Guckloch in Augenhöhe sprach eine deutliche Sprache.

Er konnte sich an nichts erinnern. Nicht daran, wie er hierhergekommen war, nicht, wo man ihn aufgegriffen hatte. Sein Kopf fühlte sich an, als wäre er mit einem Bündel Stahlwolle gefüllt, das unter Strom stand und fortwährend heftige Wellen aussandte.

Alles tat ihm weh, der Schmerz fuhr auf- und abschwellend bis in die entferntesten Winkel seines Körpers. Sein Hals war trocken und seine Kehle wund. Sein Mund fühlte sich an, als hätte er auf einen alten Putzlappen gebissen. Und so roch er auch aus dem Hals.

Trinken, er musste etwas trinken. Vorsichtig schielte er auf den Boden vor der Pritsche. Seine Schuhe standen da, ohne Schnürsenkel. Und die Socken steckten darin. Weit und breit keine Flasche. Ein Waschbecken mit einem Wasserhahn gab es nirgends im Raum.

Sein Blick fiel auf einen roten Knopf neben der Zellentür. *Alarm* stand daneben an der Wand. Deutsch. Deutsch konnte er. Er hatte in Deutschland studiert, in Flensburg. Aber das war vorbei. Seit einem Jahr lebte er schon wieder in Riga.

Wieso aber war er jetzt wieder hier – wenn er denn tatsächlich in Flensburg war? Wie kam er überhaupt darauf? Deutschland war groß, wieso dachte er jetzt an Flensburg?

Balodis' gequältes Gehirn mahlte knirschend. Da war etwas mit einem Schiff, einem besonderen. Ja, richtig, er war auf einem Segelschiff gewesen! Plötzlich wusste er es: In Riga war er an Bord gegangen. Ein großes Segelschiff – wie hatte es noch mal geheißen?

Es wollte ihm nicht einfallen. Nur, dass es ein langer Törn nach Flensburg gewesen war, unter Segeln über die halbe Ostsee, das wusste er. Ja, und dass sie in der Zeitung Decksleute für die Überfahrt gesucht hatten. Hand gegen Koje. Eine Möglichkeit für ihn, mal wieder zu segeln. Kostenlos. Und jemanden zu treffen, den er von früher kannte. Wen denn eigentlich? Es fiel ihm nicht ein.

Wie lange war er unterwegs gewesen? Über eine Woche hatte er auf dem großen, alten Kahn bestimmt zugebracht, einer Schonerbrigg, die in Riga von Grund auf renoviert worden war. Eigenartig, dass er sich daran erinnern konnte. Und auch an die ersten Tage der Fahrt. Überhaupt: Je weiter er in die Vergangenheit ging, desto mehr Bilder sah er. Nur was in den letzten Tagen passiert war, schien ihm völlig entfallen zu sein.

Balodis atmete tief durch und versuchte, sich zu konzentrieren. Von Riga waren sie über das Meer nach Schweden gesegelt, genau. Ziemlich ruppiges Wetter hatte geherrscht, und oft waren alle Hände an Deck gebraucht worden. Das Schiff hatte keine Winschen, die Segel wurden von Hand bedient. Wenig Schlaf, das erinnerte er. Trelleborg hieß der Hafen in Südschweden, in dem sie nachts für ein paar Stunden festgemacht hatten, bevor sie durch die Kadetrinne in den Fehmarnbelt gelaufen waren. Da war das Wetter schön geworden, es hatte aufgeklart – nur in seinem Kopf verschwamm von da an alles. Er sah noch die Nordküste von Fehmarn vor sich, aber danach …

Danach lag die Fahrt total im Nebel, Balodis konnte nichts davon wirklich fassen, obwohl sie doch mehrere Tage gedauert haben musste. Sogar die Ankunft in Flensburg sah er nur schemenhaft, wie durch Watte.

Was war los mit ihm? Hatte er sich sein Hirn weggesoffen, irgendwo unterwegs auf der Ostsee?

Ein wildes Gelage. Etwa zu dem Zeitpunkt, als Fehmarn in Sicht gekommen war, hatte der Skipper Schnaps für die Decksleute spendiert. Die ganze Nacht hatten sie durchgesoffen, während die Stammbesatzung das Schiff in Fahrt gehalten hatte.

Jetzt war sich Kaspars Balodis sicher: Seit genau dieser Nacht fehlte ihm ein klares Gedächtnis. Was mochte das bloß für ein Fusel gewesen sein?

Die elektrischen Schläge im Kopf ließen ihn zusammenzucken. Sein Magen verkrampfte sich. Ihm war schlecht. Außerdem stank er erbärmlich. Bei jedem Atemzug stieg ihm der eigene säuerliche Körpergeruch in die Nase. Angewidert versuchte er, flacher Luft zu holen.

Wann war er jemals so betrunken gewesen? Konnte sein fürchterlicher Zustand tatsächlich nur die Folge eines Alkoholexzesses sein? Ja, in jener Nacht auf See hatte er sich gnadenlos volllaufen lassen, und auch auf dem Rest der Reise waren sie aus dem Suff nie wieder ganz herausgekommen, aber es war doch nicht möglich, dass er sich an kaum etwas erinnern konnte, was in den letzten zwei, drei Tagen geschehen war! Selbst die Ankunft in Flensburg lag im Nebel, ließ sich nicht konkret fassen. Alles war verschwommen.

Er versuchte, das Dröhnen in seinem gequälten Schädel zu ignorieren, lag ganz still da, versenkte sich in die flüchtigen Bilder, wollte wenigstens eines davon einfangen und festhalten.

Lange lag er so, und kalter Schweiß stand ihm auf der Stirn, als sich schließlich unendlich langsam ein paar Erinnerungssplitter anschlichen. Aber sie waren verschwommen, blieben nicht stehen, ließen sich nicht einfangen und ansehen. Und die Schmerzen wurden schlimmer.

Balodis griff sich stöhnend an den Schädel und fühlte wieder die Beule am Hinterkopf, ertastete sie vorsichtig unter seinen Haaren. Schnell zog er die Finger weg und hielt sie sich vor die Augen. Kein Blut. Auch Schorf hatte sich nicht gebildet. Immerhin.

So voll war ich, dass ich auch noch hingefallen bin, dachte er angewidert.

Plötzlich durchfuhr es ihn wie ein Blitz: Er sah Senyo neben sich an der Theke sitzen. Senyo Owusu, seinen Freund aus Flensburger Zeiten. In einer Kneipe hatten sie gesessen. Mit ihm hatte er sich schon von Riga aus telefonisch verabredet, jawohl, so war das gewesen. Jetzt wusste er es wieder.

»Was ist los mit dir, du bist so … anders? Fast, als hättest du alles vergessen. Bist du inzwischen Alkoholiker geworden?«, hatte Senyo gefragt. Balodis sah das dunkle Gesicht auf einmal wieder vor sich, ganz nah, aber dennoch wie durch einen Schleier. Die großen Augen, die ihn vorwurfsvoll ansahen.

Hatten sie sich am Hafen getroffen? Ja, so musste es gewesen sein. Und ihm war auch so, als wäre er nicht allein von

Bord gegangen. Jemand von der Stammmannschaft hatte ihn begleitet. Der Skipper hatte es angeordnet. Warum eigentlich?

Balodis sah jetzt Barhocker und Tresen und Lichter und Biergläser und Zapfhähne, hörte Gelächter und Geschrei. Und immer wieder Senyo. Dann tauchte ein beleuchtetes Schild aus dem Dunkel auf, die geschwungene Schrift darauf stand ihm auf einmal deutlich vor Augen: *Löwengrube.*

Dort waren sie also gewesen! Die Kaschemme kannte er noch aus seiner Zeit hier in der Stadt.

Und danach – was war danach geschehen? Vor allem aber: Wie zum Teufel war er in dieser Zelle gelandet?

Senyo. Da war etwas mit Senyo gewesen. Dunkelheit. Seltsame Geräusche. Ein ekelhaftes Knacken. Ein schriller Schrei. Schritte. Etwas war passiert, etwas Schlimmes.

Balodis' Magen krampfte sich zuckend zusammen. Er schluckte trocken. Sein Hals brannte.

Verdammt, erinnere dich!, befahl er sich.

Wasser – mein Gott, ich muss unbedingt etwas trinken, sofort!

Sollte er aufstehen und auf den Alarmknopf drücken? Natürlich, wie käme er sonst an Wasser? So schwer war das doch nicht: Einfach aufrichten, die Füße auf den Boden, sich hinstellen, die paar Schritte zur Tür gehen und den Knopf drücken …

Der Schmerz in seinem Schädel wurde unerträglich. Die Stahlwolle begann zu glühen. Es wurde dunkel.

Kaspars Balodis' Kopf sank wieder auf die Pritsche.

8

»Kriminalkommissarin«, las die Frau leise und gedehnt ab. Dann schaute sie auf, musterte Helene kurz und gab ihr den Dienstausweis zurück. »Sie müssen schon entschuldigen,

aber wir sind sehr vorsichtig, was die persönlichen Daten unserer Studierenden angeht.«

»Absolut okay«, gab Helene zurück. »Aber nun kann es doch losgehen, ja?«

»Losgehen?«, fragte die Mittfünfzigerin misstrauisch.

Die Kommissarin zwang sich zur Ruhe, setzte ein zuvorkommendes Lächeln auf und gab zurück: »Wie ich Ihnen schon sagte, brauche ich alle Angaben zu einem Studenten namens Senyo Owusu, der hier an der Uni eingeschrieben ist. Polizeiliche Ermittlungen.«

»Hat der Student denn etwas …? Ich meine, eigentlich dürfen wir ja nicht …«

Noch hielt das Lächeln. »Wenn es Ihren Enthusiasmus für eine Kooperation mit der Kriminalpolizei befördern kann: Ihm ist etwas zugestoßen. Genauer gesagt, er ist tot. Ermordet.«

»Ermor…«, keuchte die Angestellte, schluckte trocken und riss die Augen auf. »Das ist ja furchtbar.«

»Kannten Sie ihn denn?«

Schwer atmend lehnte die Frau sich in ihrem Bürostuhl zurück. »Ja, ja, zufällig kannte ich ihn.« Fassungslos schüttelte sie den Kopf. »Natürlich kenne ich nicht jeden Studierenden, dazu sind es zu viele, aber Senyo ist ja nicht zu übersehen … ich meine …«

»Ich weiß, was Sie meinen«, erwiderte Helene sanft. »Haben Sie viele ausländische Studenten, auch andere mit dunkler Hautfarbe?«

»In seinem Studiengang schon. Da kommen Studierende aus der ganzen Welt zu uns, vor allem natürlich …« Sie brach ab, atmete tief durch und holte eine Flasche Mineralwasser unter ihrem Schreibtisch hervor. »Himmel, die Nachricht muss ich erst mal verdauen, das ist einfach zu schrecklich«, sagte sie, während sie das Glas auf dem Tisch vollgoss. »Was ist denn eigentlich genau passiert?«

Helene zog einen Besucherstuhl neben den Schreibtisch

und setzte sich darauf, sodass sie auf den Monitor blickte. »Ich kann Ihnen derzeit nicht mehr sagen, als dass er ermordet wurde. Letzte Nacht. Unten am Hafen.« Sie deutete auf die Computertastatur. »Und nun bitte: Fangen Sie an. Ich brauche alles über Senyo Owusu, was Sie haben. Alles.«

Die Frau nickte stumm und tippte los. Es dauerte nur wenige Sekunden, dann langte sie nach dem Monitor, drehte ihn leicht zu Helene hin und sagte: »Hier sind seine Daten. Alles, was wir über ihn haben.«

Rasch verglich Helene Foto, Namen und Geburtsdatum mit den Angaben auf dem Studentenausweis, den sie aus ihrer Umhängetasche geholt hatte. »Geboren und zur Schule gegangen in Accra, Ghana«, las sie dann leise vom Bildschirm ab. »Ein Ghanaer also. Haben Sie auch seine Heimatadresse und die Kontaktdaten zu seinen Angehörigen?«

»Ja, ist hier alles vermerkt. Ich drucke es Ihnen gleich aus.«

»Was verschlägt denn jemanden aus Afrika ausgerechnet an die Uni Flensburg?«

»Afrika, Asien, Südamerika – die kommen von überallher.« Die Angestellte deutete mit dem Zeigefinger auf eine Zeile weiter unten auf dem Schirm. »Sehen Sie, hier: *Energie- und Umweltmanagement – Entwicklungsländer*. Diesen Masterstudiengang gibt es nur bei uns. Die Studierenden kommen vor allem aus der Dritten Welt, was bei diesem Studium ja eigentlich selbsterklärend ist. Es sind aber alles Leute, die sich schon qualifiziert haben. Da wird nicht jeder genommen.« Der Stolz in ihrer Stimme war unüberhörbar.

»Was heißt das denn?«, fragte Helene nach.

»Na ja, genau können Ihnen das die Lehrenden aus dem Fachbereich beantworten. Jedenfalls muss man mindestens einen Bachelor in Ingenieurwesen haben, dazu noch andere Voraussetzungen erfüllen – und natürlich fließende Englischkenntnisse nachweisen. Das ganze Studium läuft auf Englisch ab.«

»Ich bin beeindruckt. Wie viele Studierende sind das denn in diesem … Wie heißt das?« Helene lehnte sich vor. »In *Energie- und Umweltmanagement – Entwicklungsländer?*«

»Fünfzehn derzeit. Sehr wenige also. Und bis auf eine Deutsche aus Stuttgart, die im Entwicklungsdienst arbeiten will, kommen sie alle aus der Dritten Welt.«

Helene stand auf. »Gut, ich danke Ihnen sehr. Wo finde ich denn jemanden aus dem Fachbereich, der Owusu kennt? Ich meine zum Beispiel einen Professor oder einen wissenschaftlichen Mitarbeiter, bei dem er Vorlesungen gehört hat.«

»Die sitzen nicht hier auf dem Campus. Der Studiengang ist unten am Munketoft untergebracht, in der alten Seefahrtsschule gegenüber der Brauerei. Die haben sogar eine eigene Mensa dort.«

»Dann geben Sie mir doch bitte die Namen der infrage kommenden Leute und ihre Telefonnummern. Das wird erst mal reichen. Und noch etwas: Ich brauche eine Liste von Owusus Kommilitonen. Vielleicht hilft es uns ja weiter, wenn wir auch die einmal befragen.«

»Klar, kriegen Sie alles. Heißt das, die Kripo weiß noch nicht, wer der Mörder … äh, wer das getan hat?«

Der Drucker summte und spuckte ein paar Blätter aus.

»Das heißt es«, bestätigte Helene grimmig und nahm die Ausdrucke in Empfang. »Wir stehen erst am Anfang mit unseren Ermittlungen. Noch etwas: Wissen Sie, wo Senyo Owusu gewohnt hat?«

»Im Studentenwohnheim hier auf dem Campus, nehme ich an, wie die meisten der ausländischen Studenten. Müsste bei den persönlichen Daten vermerkt sein.«

Helene blätterte um. »Hier steht's ja. *Thomas-Fincke-Straße 3-5.* Ist das …?«

»Direkt hier auf dem Campus. Wenn Sie aus dem Fenster schauen, sehen Sie hinten das große halbrunde Gebäude.«

»Dann gehe ich da jetzt gleich einmal rüber. Wie komme ich an den Zimmerschlüssel?«

»Den haben Sie gar nicht?«, kam es erstaunt von der Sekretärin. »Hatte der Tote … also, hatte Owusu den denn nicht bei sich?«

Helene setzte ihre amtliche Miene auf. »Wenn ich es mir recht überlege, geht Sie das zwar nichts an, aber nein, wir haben keine Schlüssel bei ihm gefunden.«

»Schon gut«, kam es eingeschnappt zurück. »Ich rufe die Hausverwaltung an, damit sie jemanden hinschickt. Ich hoffe, da geht jetzt einer ans Telefon.«

Helene bedankte sich. »Falls es nicht klappt – es gibt durchaus andere Möglichkeiten, hineinzukommen. Machen Sie sich darüber keine Gedanken.« Sie wandte sich zur Tür. »Ach ja, die Information über die fehlenden Schlüssel eben war vertraulich. Sie behalten das bitte für sich, ja? Vor allem sagen Sie davon nichts zur Presse!«

»Zur … Meinen Sie denn, dass Presseleute hierherkommen – zu mir?«

»Kann durchaus sein. Die versuchen, so viel wie möglich zu finden, das sie verwerten können und …«

»Genau wie die Polizei!«, wurde die Kommissarin mit spitzem Tonfall unterbrochen.

Helene musste grinsen. »Stimmt.«

Die Kommissarin musste nur wenige Minuten auf den Hausmeister warten, der mit einem Fahrrad angeradelt kam und ihr, nachdem sie ihren Ausweis vorgezeigt hatte, den Schlüssel übergab. Als er sich dann anschickte, hinter ihr her die Treppe hinaufzusteigen, erklärte Helene ihm freundlich, aber bestimmt, dass seine Mission beendet und seine Anwesenheit nicht länger erforderlich sei. Leicht beleidigt zog er ab.

Helene schloss die Zimmertür zu dem kleinen Studentenappartement auf, tat zwei, drei Schritte in den Raum hinein und blieb stehen. Ganz still stand sie, ließ ihren Blick aufmerksam über die spärliche Möblierung wandern und musterte jeden einzelnen Gegenstand aufmerksam. Erst als diese visuelle Inspektion beendet war, trat sie an den Schreibtisch, der unter dem einzigen Fenster stand, aus dem man einen weiten Blick über die grüne parkähnliche Anlage auf dem Campus hatte.

Ein paar Fachbücher lagen auf dem Tisch, alle mit englischen Titeln, die Helene wenig bis gar nichts sagten, und vor dem Drucker stapelten sich lose Blätter. Auf dem obersten stand ebenfalls ein englischer Text.

Der ganze Raum wirkte sauber und aufgeräumt, das Bett war gemacht, die Tassen auf einem kleinen Tischchen schienen frisch gespült zu sein. Keine Bilder hingen an den kahlen, weiß getünchten Wänden, nicht einmal irgendwelche Poster. Nur auf dem Schreibtisch stand in einem billigen Plastikrahmen ein Foto.

Helene trat näher heran und beugte sich zu dem Bild hinunter. Es zeigte einen Afrikaner, etwa Mitte vierzig, in hellem Anzug, daneben eine etwas jüngere dunkelhäutige Frau mit auffallend ebenmäßigen Gesichtszügen in einem voluminösen farbenprächtigen Kleid, dessen Stoff offenbar mehrere Lagen hatte. Sie standen lächelnd auf der breiten Holzveranda eines weiß getünchten Hauses, neben dem am Bildrand in der Ferne grüne Hügel zu erkennen waren. Bis zum Horizont dehnte sich davor die Savanne, braunrote Erde, bewachsen mit niedrigem Gebüsch. Die Sonne leuchtete die ganze Szene bis in den letzten Winkel strahlend aus. Auf den Stufen der Veranda saßen fünf Kinder: drei Mädchen, ebenfalls in grellbunten Kleidchen, und zwei Jungen in dunklen Hosen und weißen Hemden. Der Junge ganz rechts war eigentlich kein Kind mehr, eher ein junger Mann von etwa achtzehn Jahren. Es war unverkennbar, dass dies Senyo war, offenbar das älteste Kind des Ehepaares.

Die Familie Owusu, kein Zweifel. Hier auf dem einfachen Schreibtisch seiner unpersönlich kargen Behausung hatte der junge Mann dieses Stückchen Heimat aufgestellt. Kein ganz neues Bild, denn der Ermordete war schon siebenundzwanzig Jahre alt gewesen.

›Schon‹. Helene zuckte zusammen. Das völlig falsche Wort. Sofort hatte sie ein anderes Bild vor Augen: Das glatte, ebenmäßige Gesicht, unverkennbar die Züge des Vaters, mit den großen toten Augen, obszön umrahmt von einer Lache geronnenen tiefdunklen Blutes.

Traurig hob sie ihren Blick und sah hinaus auf die ausgedehnte Grasfläche, auf der junge Leute einzeln oder in kleinen Gruppen beieinandersaßen, lasen, redeten und den warmen Frühlingstag genossen.

Bald würden sie es erfahren müssen, die Eltern. Und Senyos Geschwister. Würden hören, dass man ihrem Sohn, ihrem Bruder, Tausende von Kilometern von seiner afrikanischen Heimat entfernt, den Schädel eingeschlagen hatte. Ihm, der viel hatte lernen wollen, um seinem Land und seinen Landsleuten in eine bessere Zukunft helfen zu können.

Was wusste sie eigentlich über Ghana?, fragte Helene sich, als sie ihre Schutzhandschuhe aus der Jackentasche hervorzog und sie sich über die Hände streifte.

Nicht viel, gestand sie sich ein. Nach ihrem Abitur war sie für ein Jahr als Au-pair in Kapstadt gewesen, hatte es mit ›ihrer‹ Familie dort gut getroffen und eine wundervolle Zeit verlebt. Aber Südafrika war, so viel wusste sie immerhin, mit den meisten anderen Ländern des gewaltigen Kontinents nicht zu vergleichen. Der war riesig, und außer seinem südlichsten Teil hatte sie nicht allzu viel von ihm gesehen.

Die Kommissarin schüttelte unwirsch den Kopf, als sie sich bei ihren Gedanken ertappte. »Mach deine Arbeit, Mädchen«, ermahnte sie sich brummend und suchte nochmals den Raum mit den Augen ab. Dann trat sie an den Kleiderschrank, öffnete ihn mit spitzen Fingern und betrachtete aufmerksam den Inhalt, fasste aber nichts an.

Plötzlich schoss ihr ein Gedanke durch den Kopf. Hastig zog sie die unten liegenden Schubladen auf, sah aber nur ein paar ordentlich zusammengelegte Stapel Unterwäsche, einige Pullover und eine Menge Socken. Sie ging noch einmal zum Schreibtisch, zog die Tür zu dem einzigen Fach links unter der Tischplatte auf und starrte hinein. Doch auch hier fand sie nicht, was sie suchte. Erst als Helene sich auf den Boden kniete und unter den Tisch blickte, sah sie das Kabel und nickte. Sie kroch ein Stück weiter, zog ihr Smartphone hervor, schaltete die Taschenlampenfunktion ein und leuchtete damit auf das Netzteil.

Sie hatte es geahnt.

Schnell schaltete sie die Lampe am Smartphone aus, drückte eine Nummer im Kurzwahlspeicher und wartete ungeduldig. Kaum hatte sich der Kollege von der Spurensicherung gemeldet, sagte sie: »Helene Christ hier. Hör mal, ich brauche euch in der Wohnung des Opfers auf dem Uni-Campus, jetzt sofort.«

»Des Opfers? Du meinst …?«

»Na, des toten Studenten natürlich. Haben wir im Augenblick denn noch andere Mordopfer?«

»Nein, das nicht«, gab der Beamte eingeschnappt zurück. »Aber was sollen wir denn in seiner Bude anstellen? Er wurde doch dort getötet, wo er gefunden wurde, oder? Und mit der Auswertung dieser Tatortspuren haben wir weiß Gott genug zu tun.«

»Das ist mir natürlich klar«, beschwichtigte Helene gepresst, »aber ihr müsst hier auch Spuren sichern.«

»Wieso das denn? Was hast du denn so Dramatisches gefunden – noch ’ne Leiche?«

Helene schluckte die bissige Antwort hinunter, die ihr auf die Lippen kam. Es hatte keinen Sinn, es sich mit den Spezialisten zu verderben. Das gute Verhältnis zu ihnen hatte Vorrang vor einem gewonnenen Wortgefecht. Schließlich waren die Kriminaltechniker für eine erfolgreiche Ermittlungsarbeit absolut unentbehrlich und dabei – wie sie alle – chronisch unterbesetzt. Betont sachlich fragte sie daher nur: »Kannst du bestätigen, dass weder bei dem Toten noch irgendwo sonst am Tatort sein Handy gefunden wurde?«

»Ja, kann ich. Kein Handy. Nirgends.« Der Kollege bevorzugte den knappen Sprachstil.

»Okay. Hier in seinem Zimmer sehe ich auch keines. Er muss aber eines gehabt haben, ganz sicher. Also hat jemand es ihm abgenommen. Wer auch immer – vielleicht der oder die Täter.«

»Hm.«

»Jetzt pass auf: Hier steht ein Laserdrucker auf dem Tisch. Daran hängt ein Verbindungskabel. Und in der Steckdose steckt ein Netzkabel, mit Transformator dran. Aber nirgends ist ein Notebook oder Laptop oder so was zu finden. Fragt sich also, wo der geblieben ist, meinst du nicht?«

Der Kollege von der Spurensicherung schwieg.

»Ich vermute, jemand war hier und hat das Gerät mitgenommen. Einbruchsspuren an der Tür kann ich keine erkennen, aber vielleicht haben wir ja Glück mit Fingerabdrücken – oder was ihr sonst noch an Spuren sichern könnt. Einen Versuch wär's wert, was meinst du?«

Kurze Pause. Dann: »Sind unterwegs. Sag mir noch, wo genau es hingeht.«

Das tat Helene und musste wider Willen lächeln.

9

Friedel Papke stierte schweigend auf das erste Bier des Tages. Gerade hatte er einen Schluck genommen und drehte nun die kalte, beschlagene Flasche widerwillig in seiner Pranke hin und her. »Schmeckt nicht«, grunzte er und unterdrückte einen Rülpser.

Erstaunt warf ihm sein Freund Helmut einen Blick zu. »Das ist ja ganz was Neues! Du magst plötzlich kein Bier mehr?«

Papke antwortete nicht, sondern roch misstrauisch am Flaschenhals.

»Ist es schlecht?«, erkundigte sich Lutz besorgt.

Ein tiefer Seufzer entrang sich der breiten Brust des Schrotthändlers. »Nee, irjendwie is mir die Sache heute früh uff'n Majen jeschlagen. Weeß ooch nich …« Er schüttelte sich. »So wat is mir noch nie passiert.«

»Na ja, so was passiert wohl auch den wenigsten Leuten«, gab Lutz zurück. »Wer findet schon beim Pinkeln 'ne echte Leiche?«

Simon stand am Ruder und steuerte die *Seeschwalbe* in langsamster Fahrt durch die Innenförde. Der Dieselmotor brummte leise. Ganz vorn am Bug saß Frau Sörensen wie eine kleine, spitznasige Galionsfigur und suchte alle vorbeifahrenden Schiffe nach Feinden ab, zum Beispiel nach fremden Bordhunden, vorzugsweise aber nach Katzen. Entdeckte sie eine, brach sie augenblicklich in heiseres Gekläff aus, das jedoch niemand außer ihr selbst für bedrohlich zu halten schien.

Sie hatten keine Segel gesetzt. Es sollte nur eine gemächliche Besichtigungstour werden. »'ne kleene Hafenrundfahrt«, hatte Papke angeregt. »Damit wa uns die Schiffe ankieken können, wie sie alle reinjesejelt kommen.« Außerdem müsse er auf andere Gedanken kommen, hatte er erklärt, ›die Sache mit dem toten Schwarzen‹ habe ihn doch gewaltig mitgenommen. Und schließlich hätte ›der olle Kriminaler‹ ihn ja ›ooch jewaltig durch die Mangel jedreht‹ bei seiner Zeugenbefragung vorhin. Über eine Stunde lang habe man ihn in der Polizeidirektion verhört und seine Aussage zu Protokoll genommen.

Vor allem zwei Details hatten den alten Beamten interessiert, der sich als Kriminalhauptkommissar Schimmel vorgestellt hatte: Immer wieder hatte Papke die Geräusche beschreiben müssen, die er draußen gehört hatte, während er im Toilettenwagen seiner Verrichtung nachgegangen war. Und dann hatte Schimmel auch mehrmals nachgefragt, ob ihm denn wirklich niemand aufgefallen wäre, der sich vom Tatort entfernt hätte, ob er sich nicht vielleicht doch erinnern könne, etwas gesehen oder gehört zu haben, als er draußen bei der Leiche angekommen sei.

Doch so sehr sich Papke auch den schmerzenden Kopf zerbrochen hatte, nichts dergleichen wollte ihm einfallen, gar nichts. Schließlich hatte Schimmel den schwitzenden Berliner gnädig entlassen, der erkennbar immer noch an den Nachwehen des feuchtfröhlichen Abends gelitten hatte – ›ick hab doch wirklich nüscht jesehn oder jehört, nur den Suffkopp, der da rumsaß und lallte‹ – und der angegeben hatte, ›janz kaputt‹ zu sein, weil er nach dem Schock des Leichenfundes keine Ruhe mehr gefunden habe.

Auch jetzt schien der stolze Eigner der *Seeschwalbe* sich noch nicht wieder völlig erholt zu haben. Ungewöhnlich wortkarg saß er im Cockpit, den Rücken an den Kajütaufbau gelehnt, und blickte abwesend über das Wasser.

»Seht mal, das ist aber ein prächtiges Teil!«, rief Helmut aus und deutete auf einen mächtigen Dreimaster mit schwarzem Rumpf, der in majestätischer Gemessenheit herannahte, während die Mannschaft dabei war, die vielen Segel zu bergen.

»Das ist die *Activ*«, rief Simon ihnen vom Ruder her zu. »Ein Bramsegelschoner, dreißig Meter lang. Aber schaut mal dahin!« Er zeigte nach vorn, wo auf Höhe der Werfthalle der *Flensburger Schiffbau-Gesellschaft* Segelschiffe aller Größen dicht an dicht herankamen, um in den Hafen einzulaufen. Die hinteren fuhren noch unter Vollzeug, auf den Schiffen aber, die vorn lagen, wurden schon überall die Segel niedergeholt. »Die haben heute die *Flensburg-Fjord-Regatta* gesegelt – vom dänischen Sonderburg hierher.«

Simon drehte am Ruder, und die *Seeschwalbe* glitt weit nach steuerbord, um den hereinkommenden Schiffen nicht vor den Bug zu laufen. Dadurch kamen sie dicht an einer Schonerbrigg vorbei, die am Ballastkai vor den alten Lagerhäusern festgemacht hatte.

Das musste der Lette sein, der sich in diesem Jahr zum ersten Mal zur *Rumregatta* angemeldet hatte, dachte Simon. Aber wieso hatten die nicht an der Auftaktregatta von Sonderburg nach Flensburg teilgenommen? Außerdem wunderte er sich, dass das Schiff hier lag, wohin sich kaum ein Schaulustiger verirrte. Das Deck war verwaist, soweit man von Bord der tiefer liegenden *Seeschwalbe* aus sehen konnte – nichts bewegte sich dort oben. Keine Anzeichen dafür, dass man sich auf eine Teilnahme an der Rumregatta morgen vorbereitete oder im Begriff war, die Brigg auf die andere Hafenseite zu verlegen, wo das bunte Treiben herrschte.

Eigenartig. Natürlich lagen hier häufig Schiffe, Küstenmotorschiffe vor allem, die Getreide, Baustoffe, Holz oder andere Güter transportierten. Auch machte am Ballastkai hin und wieder einer der gewaltigen niederländischen Schwimmkräne fest, mit dessen Hilfe auf der Werft gegenüber dann die Aufbauten auf neu gebaute Schiffe gesetzt wurden. Und ganz selten – jedes Mal ein Highlight für Flensburg und Anlass für ausführliche Artikel in der Lokalpresse – kam auch ein Kreuzfahrtschiff zu Besuch, das dann an dieser Stelle des Hafens festmachte, wo das Wasser sehr tief war.

Aber ein Traditionssegler, und dann noch ein so großer? Simon wunderte sich. Alle Teilnehmer der *Rumregatta* bekamen Plätze am Pier auf der anderen Hafenseite zugeteilt, damit die Leute sie besichtigen konnten. Schließlich wollte die Crew ja auch ihre Werbeprospekte für Charterfahrten verteilen, die wichtigste Einnahmequelle für den aufwendigen Unterhalt der teuren Schmuckstücke.

Aufmerksam musterte Simon das Schiff vom Bug bis zum Heck. *Aija* stand in großen goldfarbenen Lettern vorn auf dem Rumpf. Er konnte sich an den Namen nicht erinnern. Aber es gab ja noch andere Möglichkeiten, herauszufinden, ob er mit seiner Vermutung richtig lag.

Simon, nun neugierig geworden, legte das Ruder, manövrierte die *Seeschwalbe* vorsichtig hinter das Heck der Schonerbrigg und stoppte auf.

Nirgendwo auf der *Aija* wehte eine Flagge. Der lange Flaggenstock am Achtersteven war leer. Auch das wies darauf hin, dass niemand an Bord war.

»Was machen wir denn hier?«, fragte Lutz, der herangetreten war.

»Ich will mir mal ansehen, aus welchem Heimathafen die Brigg kommt«, gab Simon zurück. »Wenn ich mich recht erinnere, wurde sie erstmals zur *Rumregatta* gemeldet.«

»Schönes Schiff, oder?«, fragte Helmut, der sich ebenfalls an den Steuerstand stellte, während Papke auf der Cockpitbank sitzen blieb, teilnahmslos auf seine halbvolle Bierflasche stierte und anscheinend irgendwelchen trüben Gedanken nachhing.

»Ja, sehr schön. Und alt. Ein Original, das man anscheinend gerade erst restauriert hat«, sagte Simon. »Und zwar fachgerecht. Komisch …«

»Was ist komisch?«, wollte Helmut wissen.

»Na, die *Flensburg-Fjord-Regatta* haben die jedenfalls schon mal nicht mitgesegelt, dann würden sie ja jetzt erst in den Hafen laufen. Und mir ist auch nicht in Erinnerung, dass auf dem Belegungsplan einer der Teilnehmer auf dieser Hafenseite eingetragen ist.«

»Du kennst den Belegungsplan?«, fragte Lutz beeindruckt.

»Nicht wirklich. Ich hab bloß vor ein paar Tagen beim Hafenmeister einen Blick drauf geworfen, um zu sehen, wo wir noch hinpassen, wenn alle da sind.«

»Da ist wohl niemand an Bord, oder?«, wunderte sich Helmut. »Alles so still. Fast ein bisschen unheimlich.«

Als sie sich schließlich dem weit überstehenden Heck von hinten näherten, lasen sie unter dem Schiffsnamen auch das, was Simon hatte sehen wollen.

Riga stand da.

»Das is doch die Hauptstadt von … äh …«, begann Lutz.

»Lettland«, ergänzte Simon. »Ein Lette ist das. Es stimmt also: Gemeldet ist der. Ist zum ersten Mal hier.« Simon schüttelte den Kopf. »Mir will bloß nicht einleuchten, wieso die sich erst für die *Rumregatta* anmelden und dann hier auf der falschen Seite festmachen und von Bord verschwinden.«

»Müssten die nicht wenigstens ihre Flagge hissen?«, fragte Helmut.

»Zwischen Sonnenaufgang und -untergang«, gab Simon zurück. »Es sei denn, für längere Zeit ist niemand an Bord.« Er schüttelte den Kopf. »Merkwürdig ist das schon. Ich frag nachher mal die Leute vom Museumshafenverein, die organisieren schließlich die Veranstaltung. Vielleicht gibt es ja eine ganz einfache Erklärung.«

In diesem Augenblick schob sich eine dunkelgraue Wolke vor die Nachmittagssonne, und plötzlich lag eine düstere Stille über dem großen Schiff, etwas Unheilvolles, im fahl gewordenen Tageslicht scheinbar mit Händen zu greifen.

»Irgendwie gruselig«, flüsterte Helmut grinsend. »Bestimmt ist das ein Geisterschiff!«

Simon lachte laut auf, drehte das Ruder nach backbord und gab etwas Gas, um vom Heck des großen Schiffes freizukommen. »Du hast zu viel Fantasie«, sagte er. »Geisterschiffe hab ich in der Ostsee noch keine gesehen, soweit ich mich erinnere.«

»Das ist kein Beweis«, protestierte Helmut fröhlich, der anscheinend Gefallen an seiner Gruselgeschichte gefunden hatte. »Nur weil du keine gesehen hast, heißt das nicht, dass nicht welche über die Meere treiben …« Grinsend führte er die Flasche zum Mund und leerte sie in einem Zug.

Plötzlich war ein lautes Plätschern zu hören, als ein daumendicker Strahl oberhalb der Wasserlinie der *Aija* mittschiffs aus der Bordwand herausschoss.

»Da kommt Wasser aus dem Schiff«, stieß Lutz überrascht hervor. »Also muss doch jemand an Bord sein, unter Deck!«

»Da duscht einer«, erklärte Helmut. »Oder es ist Spülwasser aus der Kombüse.«

Simon schüttelte den Kopf. »Nee, wahrscheinlich arbeitet gerade die automatische Lenzpumpe, die von Zeit zu Zeit eingedrungenes Wasser aus der Bilge abpumpt, also der tiefsten Stelle im Schiff. Dafür muss keiner an Bord bleiben.«

»Was? Da läuft Wasser ins Schiff?«, fragte Lutz erstaunt.

»Ein bisschen Wasser steht in fast jedem Schiff, besonders nach einem Segeltörn. Vor allem Holzrümpfe sind nie absolut dicht. Aber das ist ganz normal.«

Skeptisch wiegte Helmut seinen Kopf hin und her, während er zu dem lettischen Traditionssegler hochschaute. »Ich weiß ja nicht – irgendwie ist da was … Geheimnisvolles an diesem Schiff, das kann ich riechen …«

»Nun hör aber mal auf«, rief Simon amüsiert aus. »Du bist ja der reinste Spökenkieker!«

»Was bin ich?«

»Na, ein Geisterseher, also einer mit dem zweiten Gesicht für Spuk und solches Zeug.« Simon lachte und gab noch etwas mehr Gas, als der Bug der *Seeschwalbe* wieder in Richtung Hafenspitze zeigte. »Wir werden schon herauskriegen, was hier los ist«, setzte er hinzu. »Auch wenn es uns ja eigentlich überhaupt nichts angeht.«

Doch wie unter einem unerklärlichen Zwang musste er

noch einmal über die Schulter zurückblicken, als sie wieder ins freie Wasser kamen. Noch immer war die Sonne hinter der Wolke verborgen.

Prächtig restauriert und eindrucksvoll in ihrer Größe lag die Schonerbrigg am Kai, von Schatten umgeben und scheinbar verlassen.

Plötzlich fröstelte Simon. Irgendwie war auch ihm seltsam unwohl beim Anblick der *Aija*.

10

Nicht gerade seine Lieblingsaufgabe, ganz und gar nicht. Edgar Schimmel hatte soeben den dritten Bewohner des Studentenwohnheims entlassen, in dem Owusu gelebt hatte. Die Ergebnisse seiner Befragungen waren bisher höchst unbefriedigend. Wie die beiden vorherigen, eine Studentin aus Kolumbien und ein junger Mann aus Vietnam, hatte auch der dritte Kommilitone des Ermordeten, ein Grönländer, nichts Erhellendes zu dessen privatem Umfeld, seinen Freunden oder gar irgendwelchen Beziehungen beitragen können. Senyo Owusu war offenbar ein stiller, introvertierter, junger Mann gewesen, der sich außer für sein Studium kaum für etwas anderes interessiert zu haben schien. Der Vietnamese glaubte immerhin zu wissen, dass sein afrikanischer Zimmernachbar irgendwo einen Nebenjob gehabt hatte, um sich etwas Geld dazuzuverdienen.

Wie gern hätte Schimmel Helene an seiner Seite gehabt. Ihr Englisch war viel besser als das seine, gestand er sich ein, und außerdem war er sich keineswegs sicher, ob er bei den jungen Leuten überhaupt den richtigen Ton traf. Zweifel nagten an ihm. Vielleicht war er einfach schon zu alt für diese Klientel.

Helene wäre die ideale Besetzung für den Job gewesen,

aber die Kommissarin saß ja im Büro und versuchte, alles über die Flensburger Rechtsradikalenszene herauszufinden, was sie in Erfahrung bringen konnte. Aus Kiel war vorhin ein Kollege von der Abteilung Staatsschutz des Landeskriminalamtes gekommen, der ihr dabei half, die Daten zu sichten und auszuwerten.

Schimmel war unzufrieden, nicht nur mit sich selbst. Es gab zu viele Baustellen in diesem Fall. Und jetzt saß auch noch das LKA mit im Boot! Das hatte er nicht so gern. Jedenfalls fand er es viel zu früh für fremde Hilfe. Die Spur, die mit dem Pappschild gelegt worden war, erschien dem Grauen einfach zu … gewollt. Da gab es doch zunächst andere Prioritäten, um die sie sich bei ihrer Arbeit hätten kümmern sollen, meinte er.

Vor allem wollte er endlich den Letten befragen, und zwar gründlich. Als man den aber aus der Ausnüchterungszelle ins Büro gebracht hatte, war er immer noch nicht vernehmungsfähig gewesen. Die Nachricht, neben wessen Leiche er in der Nacht aufgegriffen worden war, schien ihn allerdings ehrlich erschüttert zu haben. Mehrmals hatte Balodis sich vergewissert, dass er alles richtig verstanden hatte. Er könne sich an kaum etwas erinnern, hatte er wieder und wieder erklärt, und seine Schmerzen seien zu stark, um sich zu konzentrieren. Sein Kopf würde dröhnen, und er könne nicht einmal klar sehen. Dabei wolle er ja helfen, unbedingt, schließlich sei Owusu sein Freund gewesen, hatte der Lette in recht gutem Deutsch, wenn auch mit starkem Akzent, behauptet.

Es war Helene zu verdanken, dass daraufhin nochmals ein Arzt zu Rate gezogen worden war. Gegen Schimmels erklärten Willen, wie der Graue sich beschämt eingestehen musste. Er hatte vermutet, Balodis wäre ein Simulant, der sie alle an der Nase herumführte.

»Es ist doch offensichtlich, dass der Mann ein Problem

hat, Edgar. Das ist mehr als ein Kater, sei er noch so gewaltig«, hatte seine Kollegin gefaucht. »Vielleicht konnte Dr. Asmussen heute Morgen auf die Schnelle nichts feststellen. Aber ich will, dass man ihn in die Notaufnahme des Krankenhauses bringt, bevor er uns hier kollabiert. Wir haben jetzt die Verantwortung für ihn, oder?«

In der Neurologie hatte man dann festgestellt, dass der Lette tatsächlich keine Gehirnerschütterung erlitten hatte. Die Beule war schmerzhaft, aber harmlos.

»Er behauptet, sich an kaum etwas erinnern zu können, nicht einmal an das, was in den letzten Tagen passiert ist. Gibt es so etwas?«, hatte Schimmel den Arzt gefragt.

»Wenn er die Wahrheit sagt, dann kommt das bestimmt nicht allein vom Alkohol. Sein Gamma-GT, also der Leberwert, ist zwar erhöht, aber ein langjähriger Alkoholiker ist der Patient nicht.«

»Also hat er plötzlich partiell sein Gedächtnis verloren oder er lügt uns an.«

»Na ja, dass er eine partielle Amnesie hat, nehm ich ihm durchaus ab«, hatte der Mediziner nachdenklich geantwortet. »Ich sag Ihnen was: Das Labor hat Spuren von irgendeinem Benzodiazepin in seinem Blut gefunden, eventuell γ-Hydroxybuttersäure.«

»Was für Zeug?«

»Sie kennen es vielleicht als GHB oder unter dem Namen Liquid Ecstasy.«

»Das ist doch eine Droge, oder?«, hatte Schimmel gefragt.

»Ja, aber eine, die eher nicht freiwillig genommen wird. Sie haben bestimmt schon mit Opfern zu tun gehabt, denen man sogenannte K.-o.-Tropfen verabreicht hatte.«

»Sicher, aber die sind immer völlig hinüber, können sich an gar nichts erinnern.«

»Alles eine Frage der Dosierung«, hatte der Arzt erklärt. »Wenn Sie es richtig machen, können Sie dafür sorgen, dass das Opfer nicht gänzlich weggetreten ist, sondern wie eine Art Zombie herumläuft.«

Dem Grauen hatte es die Sprache verschlagen.

»Kann ich noch etwas für Sie tun, Herr Kommissar?«, hatte der Arzt wissen wollen.

»Wann ist er denn so weit, dass wir ihn vernehmen können?«, hatte Schimmel gefragt und postwendend erfahren, dass der Patient zunächst in der Klinik bleiben müsse, um weiter beobachtet und behandelt zu werden. Man werde dann ja sehen, ob und wann sein Erinnerungsvermögen wieder zurückkehre.

Dem Hauptkommissar war nichts anderes übrig geblieben, als für die Unterbringung des Mannes in einem Einzelzimmer zu sorgen und einen Polizisten als Wache vor die Tür zu beordern. Diese Maßnahme diente ebenso dazu, den nach wie vor verdächtigen Letten an einer Flucht zu hindern, wie seinem Schutz vor den Journalisten. In wachsender Zahl belagerten Reporter seit der ersten Pressekonferenz die Polizeidirektion, und gewiss würden sie bald herausfinden, wo sich der Mann befand, den die Kriminalpolizei am Tatort festgenommen hatte. Zwar hatte sich der Staatsanwalt über dessen Identität strikt ausgeschwiegen, aber die Gier der Boulevardpresse nach neuen, sensationellen Details war offenbar innerhalb weniger Stunden gewaltig gestiegen – genau wie Schimmel es vorausgesehen und befürchtet hatte.

Helene hatte über die Reportermeute vor dem Gebäude der Polizeidirektion, die sie aus dem Fenster im zweiten Stockwerk hatte sehen können, nur den Kopf geschüttelt und erklärt, sie werde sich ab sofort um all das kümmern, was es im Zusammenhang mit dem Wort ›Drecksnigger‹ aufzuklären galt. Ihre tiefe Abscheu gegen dieses widerliche Schimpfwort und überhaupt alles, was mit Rassismus zu tun hatte, war unüberhörbar gewesen.

Schimmel teilte ihre Verachtung für Neonazis. Trotzdem

würde er aufpassen müssen, dass die junge Kollegin sich nicht zu sehr in diesen einen Verdacht verbiss. Seine Erfahrung sagte dem Grauen, dass sie bis jetzt noch nicht einmal den Zipfel eines handfesten Stranges zu fassen bekommen hatten, der sie auf eine Erfolg versprechende Spur führen würde.

Nun saß er am Tisch eines tristen, sparsam möblierten Gemeinschaftsraums des Wohnblocks. Auf der Resopalplatte lag sein Collegeblock, daneben ein Zettel mit den Namen der Hausbewohner und die Liste der Kommilitonen des Opfers. Zunächst hatte Schimmel nur diejenigen Mitbewohner Owusus zum Gespräch einbestellt, die ebenfalls für *Energie- und Umweltmanagement – Entwicklungsländer* eingeschrieben waren.

Er strich den dritten Namen durch, den des Grönländers. *Chemnitz.* Unglaublich. Der junge Mann hieß tatsächlich Anuun Chemnitz – und war doch ganz unverkennbar ein Inuit. Schimmel hatte sich zur Sicherheit den Ausweis zeigen lassen. Über das Privat- oder gar Liebesleben des getöteten Ghanaers wusste der junge Herr Chemnitz zwar auch nichts zu berichten, dafür aber erfuhr der Hauptkommissar, dass dieser Nachname auf Grönland gar nicht so selten sei, sogar eine frühere Bürgermeisterin der Hauptstadt Nuuk habe Chemnitz geheißen – auch sie eine waschechte Inuit.

Zwar begeisterte er sich für derlei skurrile Bildungssplitter, dennoch hatte der Graue sich weitere Nachfragen zu diesem Namensphänomen versagt. Schließlich galt es, endlich etwas über Owusu zu erfahren, das sie weiterbrächte, hatte er sich selbst zurechtgewiesen und den sichtbar erleichterten Studenten gnädig entlassen.

Über ihm im ersten Stockwerk waren die Kriminaltechniker in Senyo Owusus Zimmer vorhin erst mit der Spurensicherung fertig geworden. Mit einem kurzen Hinweis an Schimmel, dass sie einige Spuren, auch Fingerabdrücke, hätten sichern können, die Auswertung jedoch noch etwas dauern würde, waren sie abgezogen. Schimmel hatte ihnen aus dem Fenster hinterhergeschaut und war zusammengefahren, als er hatte erkennen müssen, dass die Presse inzwischen auch schon auf dem Campus präsent war. Ein Kameramann war gerade dabei gewesen, sein Stativ neben dem Hauseingang aufzubauen, wo eine Reporterin mit Mikrofon bereits Aufstellung genommen hatte.

Zwar berichtete die Onlineausgabe der örtlichen Tageszeitung schon über den Mord, wie Schimmel auf seinem Smartphone gesehen hatte, aber die Meldung war weitgehend frei von Mutmaßungen oder gar wüsten Spekulationen. Man hatte sich vornehmlich an den Mitteilungen von Polizei und Staatsanwaltschaft auf der Pressekonferenz orientiert. Diese Leute hier waren jedoch von anderem Kaliber. Das war die Yellow Press.

Wütend hatte der Graue in der Dienststelle angerufen und verlangt, dass der Eingang ab sofort ständig von einem Polizeibeamten bewacht würde. Begeisterung hatte er mit diesem Ansinnen nicht hervorgerufen. Ob das denn angesichts der knappen Personaldecke wirklich unumgänglich sei, hatte man ihn gefragt.

»Das fehlt noch, dass diese Aasgeier hier eindringen und unsere Ermittlungen behindern, nur um die jungen Leute über Owusu auszuquetschen«, war Schimmel explodiert. Dann hatte er rasch zwei, drei beschwichtigende Sätze hinzugefügt, und seit wenigen Minuten stand eine Streife vor der Haustür.

Es klopfte kurz, und eine pummelige junge Frau in hellgrünem Jogginganzug trat ein. Unsicher sah sie den Mann am Tisch an und fragte: »Bin ich hier richtig?«

Schimmel sah auf seine Liste. Sie hatte ihn auf Deutsch mit unverkennbar schwäbischem Akzent angesprochen. »Sie sind Ariane Sembacher aus Stuttgart, nehme ich an.«

Sie nickte scheu. »Ja, das hört man wohl.«

Schimmel wies auf den Stuhl, und sie setzte sich. »Sie haben erfahren, was Ihrem Kommilitonen Senyo Owusu zugestoßen ist?«, eröffnete er das Gespräch.

Wieder nickte die junge Frau und sah ihn wortlos durch ihre auffallend dicken Brillengläser an.

»Okay, wenn ich es richtig sehe, sind Sie die einzige Deutsche in diesem Semester, oder?«

»Ja, und das auch nur, weil ich später in den Entwicklungsdienst gehen will – in eines der Länder, aus denen die anderen kommen, die dieses Fach studieren.«

»Gut, das macht es einfacher, wenigstens, soweit es die Sprache betrifft. Also: Man konnte mir bisher so gut wie nichts sagen, was uns weiterbrächte. Mich interessiert, ob Sie etwas über Owusus privates Umfeld wissen, zum Beispiel, ob er eine Freundin hatte. Überhaupt: Mit wem hatte er Umgang, was machte er so in seiner Freizeit?«

Zu Schimmels Überraschung kam die Antwort prompt und präzise: »Senyo hatte seit ein paar Wochen eine Freundin. Ich hab ihn mit ihr zusammen gesehen, mehrfach.«

»Und den anderen hier im Haus ist das nicht aufgefallen?«, hakte der Graue ungläubig nach.

Die Frage löste eine unerwartete Reaktion bei Ariane Sembacher aus. Sie packte mit beiden Händen die Sitzfläche des Stuhles, auf dem sie saß, und rückte ein Stück zurück. Den Blick hatte sie gesenkt und starrte angelegentlich auf ihre weißen Tennisschuhe. »Na ja …«, murmelte sie.

»Was heißt das?«, fragte Schimmel. »Was wollen Sie mir sagen?« Er musterte die junge Frau mit einem strengen Blick. Als sie den Kopf hob, erkannte er, dass ihre Augen hinter den dicken Gläsern feucht waren. Sofort tat ihm sein harscher Ton leid. »Sagen Sie mir einfach, was Sie wissen. Es ist wirklich wichtig für unsere Ermittlungen, dass wir mehr über dieses Verhält… äh, diese Beziehung erfahren.« Dann ergänzte er sanft: »Das verstehen Sie doch, oder?«

Die Studentin nickte eifrig. »Natürlich.«

»Nun gut, also wer ist diese Freundin – und warum wussten offenbar nur Sie etwas von ihr?«

»Ihren Nachnamen kenne ich nicht«, behauptete Sembacher und sah den Grauen mit einem traurigen Blick an. »Sie ist auch Studentin, aber nicht an unserer Fakultät. Soviel ich weiß, studiert sie wohl Internationales Management. Sie ist Südamerikanerin – aus Brasilien, glaube ich.«

»Und woher wissen Sie das und die anderen nicht?«

Wieder senkte die junge Frau ihren Blick. »Sie haben ein ziemliches Geheimnis daraus gemacht«, flüsterte sie.

Ungeduldig fuhr Schimmel dazwischen: »Was heißt das nun wieder? Nun kommen Sie schon, sagen Sie endlich klar und deutlich, was Sie wissen!«

Ihr Körper begann unvermittelt zu beben, und als sie den Kopf hob, sah er, dass sie weinte. Hastig zog sie ein Taschentuch hervor, setzte ihre Brille ab und tupfte sich die Tränen von den Wangen.

Schimmel war erschüttert. Klar, er hatte die Geduld verloren, wieder einmal. Aber das ... Wieso hatten seine Fragen diese Wirkung? Warum brachten sie die junge Frau derart aus der Fassung? Das war doch ... Er erstarrte mitten im Gedankengang. Natürlich! Was für ein ausgemachter alter Esel er doch war! Plötzlich sah er glasklar, wer da vor ihm saß: eine Frau, deren Liebe nicht erwidert worden war und die den Verlust ihres Angebeteten an eine andere noch nicht verwunden hatte. Und dass Senyo Owusu nun auch noch ermordet worden war, hatte Ariane Sembacher anscheinend in tiefe Trauer gestürzt.

Mitleid überfiel ihn bei dieser Erkenntnis, und begütigend murmelte er: »Na, na, das scheint Sie ja alles sehr mitzunehmen. Tut mir leid.«

»Es ist so schlimm, dass Senyo tot ist, so furchtbar«, schluchzte sie. Unter einem erneuten Tränenausbruch stieß sie dann hervor: »Senyos neue Freundin heißt mit Vornamen Ana, aber mehr weiß ich nicht von ihr. Sie ist mit 'nem Typen aus Flensburg zusammen, niemand von der Uni, soviel ich weiß. Der Kerl ist gefährlich! Der hat gedroht, jeden umzubringen, der sich an Ana heranmacht. Deshalb haben sie und Senyo auch niemandem was von ihrer Beziehung erzählt und sich nur heimlich getroffen.«

Schimmel machte rasch ein paar Notizen. Dann stellte er sachlich fest: »Aber nicht so heimlich, dass es Ihnen entgangen wäre, scheint mir.«

»Ich ... ja nun, ich bin zufällig ...«, stammelte die junge Frau.

»Ist schon gut«, erlöste der Hauptkommissar sie. »Woher wissen Sie denn das mit dem angeblich gewalttätigen Partner dieser ... Ana?«

»Ich hab sie einfach mal in der Mensa angesprochen. Daher weiß ich auch ihren Namen.«

»Sie haben sie angesprochen?« Der Graue war irritiert. Das passte nicht zu dem Bild von der verschmähten Liebenden, fand er.

»Mir war halt aufgefallen, dass sie versuchten, ihre ... Beziehung zu verstecken«, gab Ariane Sembacher trotzig zurück und schnäuzte sich. »Ich wollte einfach wissen, was es damit auf sich hatte.«

Schimmel runzelte die Stirn. Seltsames Verhalten, fand er. Aber was verstand er schon von solchen Sachen – und von Frauen? Die waren ihm schon immer ein Rätsel gewesen. Und durch dieses Gespräch würde sich daran gewiss nichts ändern, da war er sicher. Besser, er konzentrierte sich auf seine Arbeit. »Sagen Sie, hat diese Brasilianerin auch ein Zimmer hier auf dem Campus?«, fragte er.

»Nein«, antwortete Ariane Sembacher und zerknüllte heftig das Taschentuch in ihrer Hand. »Wahrscheinlich wohnt sie irgendwo in der Stadt.«

Der Graue lehnte sich ein wenig vor. »Sie sind nicht zufällig mal hinter Senyo hergegangen, um zu sehen, wo die beiden sich trafen?«

»Also wissen Sie!«, protestierte die Studentin, und sofort schossen ihr wieder Tränen in die Augen. »Was halten Sie denn von mir? Ich bin doch keine ...«

»Schon gut, schon gut, ich hab's nicht bös gemeint«, beeilte sich Schimmel zu versichern. »War nur eine Frage.« Er stand auf. »Ich denke, wir belassen es für heute dabei.«

»Weiß Senyos Familie denn schon Bescheid?«, fragte die Studentin und fuhr mit dem Taschentuchknäuel über ihre feuchten Wangen.

»Wir sorgen dafür, dass die Angehörigen informiert werden«, antwortete Schimmel ausweichend. Verdammt, hatte sich eigentlich jemand dieser Aufgabe angenommen? Er durfte nicht vergessen, sich später danach zu erkundigen.

Aber vor allem mussten sie sich um die Brasilianerin kümmern, diese Ana. Und um ihren gewalttätigen Freund. Vielleicht bot das, was er gerade gehört hatte, tatsächlich einen ersten echten Ansatzpunkt für eine erfolgreiche Suche nach dem Mordmotiv. Und damit nach dem Täter.

11

Sie wusste, wer Senyo getötet hatte.

An der Uni war der Mord an dem Studenten das Thema des Tages gewesen. Überall hatten die Leute auf ihre Smartphones gestarrt und aufgeregt die Neuigkeiten ausgetauscht. Beim Mittagessen in der Mensa hatte sie kaum einen Bissen von ihrem Putenschnitzel herunterbekommen, weil um sie herum die Gerüchteküche brodelte. Alle sprachen von Senyo, als hätten sie ihn gut gekannt, und alle waren sicher, dass Rechtsradikale hinter der Tat steckten. Angeblich hatte sogar die Staatsanwaltschaft auf einer Pressekonferenz erklärt, es lägen ›Hinweise auf ein mögliches rassistisches Motiv‹ vor. Jedenfalls stand es so auf dem Onlineportal der Tageszeitung, und auch die Radionachrichten hatten davon berichtet.

Natürlich hatte niemand sie auf Senyo angesprochen. Keiner wusste etwas von ihrer Beziehung – außer seiner kleinen, dicklichen Kommilitonin vielleicht, die immer hinter ihm hergelaufen war und ihn angehimmelt hatte. Die war aber nicht aufgetaucht. Ana hatte die graue Maus nicht mehr gesehen, seit die ihr einmal aufgelauert und ihre eifersüchtigen Fragen gestellt hatte.

Irgendwann hatte Ana genug gehabt von den sensationsgeilen Mutmaßungen und war in ihre kleine Wohnung in der Stadt geflüchtet. Während der Heimfahrt hatte sie im Bus auf ihrem Smartphone die Eilmeldungen von ein paar Nachrichtenportalen aufgerufen. Fast überall war ihr ein Passbild von Senyo entgegengesprungen. Auch auf *Facebook* gab es mittlerweile schon Kommentare zum Mord – ebenfalls mit Senyos Foto.

Senyo. Die letzten Wochen waren herrlich gewesen, für immer unvergesslich, die besten ihres ganzen bisherigen Lebens. Die Gespräche mit ihm, seine beruhigende Nähe. Seine Zärtlichkeit, seine dunkle, sanfte Stimme, die tiefen Augen. Seine Stärke, die wilde Leidenschaft. Seine Liebe.

Alles tot.

Die Trauer überfiel Ana so heftig, dass ihr die Knie versagten und sie kraftlos auf den Stuhl sank. Angewidert blickte sie auf den Touchscreen ihres Smartphones, das jetzt auf dem Küchentisch vor ihr lag. *Schwarzer Student erschlagen – waren es Neonazis?* leuchtete die Schrift in fetten Lettern.

Mit kläglichem Miauen machte sich ihre grauschwarze Katze bemerkbar. Rasch stand sie auf, füllte den Napf mit Trockenfutter und schaute dem Tier beim Fressen zu. »Was machen wir jetzt nur, wir beide?«, flüsterte sie.

Die Katze fraß gierig und gab keine Antwort.

Was sollte sie bloß tun? Sie wusste genau, wer Senyo auf dem Gewissen hatte. Falsch, ganz falsch, berichtigte sie sich sofort. Der hat gar kein Gewissen. Das hatte sie selbst erfahren müssen – nicht nur einmal. Dabei konnte er durchaus liebevoll sein, zärtlich sogar. Aber wenn es um seine politischen Ideen ging, um das, was er großspurig ›Weltanschauung‹ nannte …

Sie schauderte. Lang würde es nicht mehr dauern, dann stünde er wieder vor ihrer Tür. Würde so tun, als habe es Senyo nie gegeben, würde wieder sagen, wie sehr er sie liebte. Und damit nichts anderes meinen, als dass er sie als seinen persönlichen Besitz betrachtete.

Und wenn sie jetzt einfach die Polizei anriefe und ihn anzeigte, sagte, dass er den Mord an ›diesem stinkenden Niggerschwein‹ mehr als einmal angedroht hatte? Sie könnte ja versuchen, anonym zu bleiben, müsste ihren Namen nicht nennen. Die Kripo würde einem Hinweis in einem Mordfall bestimmt auch nachgehen, wenn er anonym war.

Das ging nicht. Er würde es wissen, sofort. Und selbst wenn die Polizei ihn auf der Stelle verhaften würde, was keineswegs sicher war, denn auch sie hatte keine Ahnung, wo er sich gerade aufhielt: Er hatte seine ›treuen Kameraden‹, die wahrscheinlich nicht zögern würden, die Frau, die ihren Kumpan ins Gefängnis gebracht hatte, so zuzurichten, dass sie sich für den Rest ihres Lebens nicht mehr im Spiegel erkannte – oder ihr im Zweifelsfall auch Schlimmeres anzutun.

Die Erkenntnis hatte als Gedanke, als unausgesprochene Angst schon seit längerer Zeit in ihr geschlummert – jetzt traf sie Ana mit voller Wucht: Sie schwebte in Lebensgefahr, und zwar in akuter. Zu oft hatte er ihr voller Begeisterung von der ›schlagkräftigen Truppe‹ erzählt, deren Anführer er war.

Darum musste sie schweigen. Und am besten bald in ihre Heimat zurückkehren.

Warum eigentlich nicht sofort?, durchfuhr es Ana wie ein

Blitz. Ja, das war doch die Lösung! Sie konnte einfach abhauen, weg von hier, fort aus dieser kalten deutschen Stadt. Scheiß auf das Studium! Sie musste sich in Sicherheit bringen, so schnell wie möglich ihr Leben retten.

Hektisch stand sie auf, lief die paar Schritte in ihr winziges Wohn- und Schlafzimmer, setzte sich an den Arbeitstisch unter dem Fenster, schaltete ihren Laptop ein und klickte auf das erstbeste Vergleichsportal für Flüge.

Es dauerte nur ein paar Klicks, dann stand es klar und deutlich vor ihr auf dem Monitor: Übermorgen um elf Uhr waren noch drei Plätze frei auf dem Flug mit *Air Portugal* von Hamburg nach São Paulo.

Sie würde noch heute Abend die wichtigsten Sachen zusammenpacken und morgen ein letztes Mal in die Uni gehen, um sich abzumelden und einer ihrer Kommilitoninnen die Wohnungsschlüssel zu geben. Die Katze würde sie Frau Christensen im Erdgeschoss schenken. Die hatte schon oft gesagt, dass sie das Tier zu sich nehmen wolle, wenn die Studienzeit vorüber wäre und Anas Rückkehr nach Brasilien anstünde.

Sie würde einfach allen sagen, dass sie dringend nach Hause zu ihrer Familie müsste, und dass sie noch nicht wisse, wann sie wiederkäme.

Ja, das würde gehen, so konnte sie es machen, das wäre der Ausweg. Der einzige, der ihr einfiel …

Danach würde Ana direkt in den Zug nach Hamburg steigen. Lieber nahm sie sich dort ein Zimmer für ihre letzte Nacht in Deutschland, als eine Stunde länger als nötig hier im Haus bleiben zu müssen – auch wenn er wahrscheinlich ein paar Tage in Deckung gehen musste, bevor er es wagen konnte, wieder an ihrer Wohnungstür zu klingeln.

Und wenn du's schließlich wieder tust, wird dir niemand mehr öffnen, rief sie ihm in Gedanken zu und nickte entschlossen.

»Ânimo!«, murmelte sie leise, führte den Mauszeiger auf dem Monitor zum Feld *Buchen*, klickte und gab ihre Daten ein. *»Força!«*, stieß sie aus und lehnte sich erleichtert zurück.

Plötzlich klingelte es an der Tür.

12

»Ich hatte ja keine Ahnung, wie viele rechte Gruppierungen es hier in Flensburg gibt«, sagte Helene Christ.

»Die gibt es doch überall. Nur weil sie nicht alle tagtäglich in Erscheinung treten, heißt das ja nicht, dass sie nicht existieren würden«, antwortete Edgar Schimmel. »In den letzten Monaten haben sich einige dieser Neonazis und andere rechte Idioten aber durchaus in der Öffentlichkeit gezeigt. Erinnere dich bitte an die Demos gegen die Flüchtlinge am Bahnhof.«

»Ja, weiß ich noch. Die haben wochenlang ihre Plakate herumgetragen, diese ›Wutbürger‹ aus Flensburg und Umgebung, während die freiwilligen Helfer die Menschen drinnen versorgt haben.«

»Eben. Und du kannst sicher sein: Da waren sie alle beisammen, das ganze unselige Spektrum. Von angstgesteuerten Leuten mit unerklärlichen Vorurteilen bis hin zu knallharten rechtsradikalen Extremisten. Du kennst doch die Parolen. Brauchst nur den Fernseher einzuschalten. Was überrascht dich also?« Er zog eine Schublade seines Schreibtisches auf, holte seine Gummibärchendose heraus und schob sich eine Handvoll davon in den Mund.

»Ach, ich dachte halt, dieser ganze Mist fände vor allem woanders statt – na ja, du weißt schon, AfD und *Pegida* und brennende Flüchtlingsunterkünfte. Aber doch nicht hier bei uns. Hab ich wenigstens gehofft.« Unwillig schüttelte sie den Kopf. »Obwohl rechtsextreme Übergriffe ja auch schon in Schleswig-Holstein vorgekommen sind, klar. Vielleicht hab ich einfach die simple Tatsache verdrängt, dass die Menschen hier auch nicht anders sind als im Rest Deutschlands. Es ist so … so …«

»Ekelhaft. Das wolltest du doch sagen, oder?«

Helene nickte. »Aber es hilft nichts: Wir müssen uns jetzt mit diesen Leuten befassen, Edgar. Und von denen gibt es einige. Hier …« Sie griff nach einem Ausdruck und las vor: »Die NPD im Kreis Schleswig-Flensburg mitsamt den *Jungen Nationaldemokraten,* ihrer Jugendorganisation, dann zwei Gruppen von sogenannten ›Autonomen Nationalisten‹, dazu eine Truppe, die sich *Deutsche Kameradschaft Nord* nennt, dann noch andere sogenannte ›Freie Nationalisten‹, und so weiter – da sträuben sich mir die Nackenhaare.« Helene ließ die Liste wieder auf den Tisch gleiten. »Die Vielzahl von Organisationen, Edgar – hier bei uns –, das ist es, was mich überrascht hat.«

»Ihr Name mag Legion sein, aber sie sind allesamt gleich«, stieß Schimmel düster hervor. »Kommen alle aus demselben widerlichen Sumpf. Wie immer sie sich nennen, was immer sie von sich behaupten: Sie sind alle nichts anderes als mehr oder weniger gut verkappte Faschisten, durch die Bank.« Erneut griff er in die Dose.

Helene beobachtete ihn verstohlen beim Kauen. Nicht zum ersten Mal spürte sie, wie viel Leidenschaft hinter der abgeklärten, ruppigen Fassade ihres Kollegen brodelte. Bei wenigen Themen nur fiel manchmal, ganz selten, ein Teil seines Schutzwalls. Besonders eindrucksvoll war das vor Kurzem passiert, als der Graue im Beisein des Oberstaatsanwaltes – und zu dessen namenlosem Entsetzen – ein paar hohen Beamten des BKA, die aus Wiesbaden angereist waren, ungeschminkt seine Meinung zu ihrer anmaßenden Arroganz gesagt hatte. Die Erinnerung an diese unvergessliche Szene zauberte ein warmes Lächeln auf Helenes Gesicht. Rasch wandte sie sich ab und sagte: »Es hilft nichts: Wir müssen da ran. Oder sollen wir das Pappschild bei der Leiche ignorieren – willst du das?«

»Nein, natürlich nicht. Aber wo sollen wir ansetzen? Es sind ja nicht bloß die einschlägigen Organisationen, auch ein radikaler Einzeltäter käme durchaus in Betracht.«

Helene nickte. »Ich habe mir überlegt, dass wir uns zunächst alle diejenigen aus der Szene vornehmen sollten, die schon mal auffällig geworden oder sogar wegen Gewalttaten vorbestraft sind. Die Kollegin Nielsen sammelt gerade die entsprechenden Daten.«

»Gut gemacht. Sucht sie auch außerhalb der zusammengetragenen Organisationen nach Personen, die wegen rechtsradikaler Umtriebe aktenkundig geworden sind?«

»Ja, sie prüft die letzten drei Jahre. Darauf soll sie sich erst mal beschränken, hab ich ihr gesagt.«

Der Graue nickte. »Wie lange wird sie brauchen, bis wir etwas in der Hand haben?«

»Ich hab ihr vorhin erst den Auftrag gegeben. Wird aber nicht mehr allzu lange dauern, denke ich.« Die Kommissarin erhob sich und ging zum Sideboard, auf dem der Wasserkocher stand. »Ich mache mir einen Tee. Vielleicht fällt mir dann ja noch was Kluges ein.«

Schimmel runzelte die Stirn. »Was meinst du damit?«

»Ach, egal …«, antwortete Helene unwillig, schaltete den Kocher ein und wechselte das Thema: »Übrigens: Was ist denn mit den Fingerabdrücken in Owusus Zimmer? Wann kommen die Auswertungen endlich?«

»Sei nicht so ungeduldig, Miss Marple«, meinte Schimmel. »Unsere Leute arbeiten mit Volldampf, das weißt du doch.«

»Ja, natürlich. Viel zu viele Baustellen für die paar Hanseln, die wir noch haben. Das ist mir schon bewusst. Aber dass das Opfer kein Handy bei sich hatte, und dann noch das Fehlen seines Laptops …« Sie hängte einen Teebeutel in ihre Tasse. »Das hat doch etwas zu bedeuten, oder?«

»Sicher hat es das. Er besaß ein topaktuelles Smartphone, das hat mir die kleine schwäbische Studentin bestätigt. Und sie hat mir auch seine Nummer genannt. Aber wir können es nicht orten. Ist abgeschaltet, sagen die Techniker.«

»Handy weg, Laptop weg.« Das Wasser im Kocher begann zu brodeln. »Wir sollten davon ausgehen, dass der Täter Owusu alles abgenommen hat, was der bei sich hatte, nur den Studentenausweis hat er übersehen. Vielleicht hat er in seiner Eile an die Gesäßtasche gar nicht gedacht, vielleicht ist ihm auch bloß nicht genügend Zeit geblieben.« Helene zuckte mit den Schultern. »Und dann muss er mit Owusus eigenem Schlüssel in das Zimmer eingedrungen sein, um den Laptop zu stehlen. Einbruchsspuren gab's ja nicht.« Sie goss den Becher voll.

Schimmel nickte. »Das ist wahrscheinlich, aber keineswegs sicher. Und außerdem ein ziemliches Risiko für den Täter.«

»Nicht so sehr, wenn er gleich nach dem Mord auf den Campus gefahren ist, um den Laptop aus dem Zimmer des Opfers zu holen. Das war etwa gegen vier Uhr morgens. Da schlafen alle noch tief und fest.«

»Oder auch gerade erst – je nachdem, wann die Herrschaften Studiosi nach Hause gekommen sind«, fügte Schimmel grinsend hinzu. »Aber warten wir ab, was die daktyloskopische Auswertung bringt.«

»Warum macht ein Mörder so was, Edgar?«, fragte Helene unvermittelt. »Ich meine …«

»Ich weiß, was du meinst. Jemand ermordet einen Afrikaner, hinterlässt absichtlich einen Hinweis auf rassistische Motive am Tatort, nimmt dem Opfer aber sein Smartphone ab – und die Wohnungsschlüssel, um ihm auch noch das Notebook aus der Bude zu klauen. Und das ist sogar nachts ziemlich riskant, denn er könnte dabei ja beobachtet werden, und sei es rein zufällig …« Der Graue schwieg abrupt.

Auch Helene sagte kein Wort, sondern schwenkte gedankenverloren den Teebeutel am Faden in der Tasse hin und her. »Und wenn das alles nur … ein Bluff ist?«, kam nach einer langen Pause ihre tastende Frage.

Schimmel zuckte mit den Schultern und sagte: »Völlig normal, dass wir verarscht werden – kann dich doch nicht überraschen. Wir müssen aufpassen. Und genau da … ach, verdammt …« Er brach ab und wühlte nachdenklich in der Gummibärchendose.

»Was treibt dich um?«

»Mein Kopf, wenn du es genau wissen willst«, sagte er und schob mit einer ärgerlichen Geste die Dose weg. Den von ihm favorisierten gelben und orangenen Bärchen schien er bereits den Garaus gemacht zu haben. »Ich weiß genau, dass ich bei der Befragung seiner Kommilitonen auf dem Campus etwas gehört habe, was wichtig war. Aber es will mir partout nicht einfallen, was das war. Hab schon meinen ganzen Notizblock durchgeblättert, aber da finde ich es nicht. Jemand hat etwas gesagt …« Er fuhr sich durch das graue Haar und schnaubte. »Egal: Auf jeden Fall ist der arme Kerl brutal erschlagen worden. Das jedenfalls ist kein Bluff, wie du gesagt hast, sondern grausame Realität. Und was die Spuren betrifft …« Wieder ließ er seinen Satz unvollendet. Stattdessen zog er die Gummibärchen noch mal zu sich heran, suchte mit spitzen Fingern ein paar rote aus der Dose heraus, schob sie sich zwischen die Zähne und murmelte: »Die Roten gehen grad so, aber die Grünen und Weißen mag ich überhaupt nicht.«

»Das ist mir bekannt, Edgar«, sagte Helene mild. »Ich stelle deine Dosen immer unten in den Wachraum, wenn nur noch weiße und grüne Bärchen drin sind.«

»Ich weiß. Resteverwertung sozusagen.« Der Hauptkommissar grinste.

Das Telefon auf Helenes Schreibtisch klingelte. Rasch nahm sie ab und meldete sich. »Hervorragend, gute Arbeit! – Ja, ich schreib's mir auf, Moment.« Sie machte sich eine Notiz auf ihrer Schreibunterlage aus Abreißblättern. »Danke, Herr Önal, dass das so schnell ging.« Sie legte auf. »Mit dem Kommissaranwärter, der kürzlich zu uns gekommen ist, haben wir einen guten Fang gemacht, scheint mir.«

»Der hat sich vor ein paar Tagen bei mir vorgestellt. Wie heißt er gleich noch?«, fragte Schimmel zerstreut.

»Önal, mit Vornamen Nuri, soweit ich mich erinnere.«

»Aha, und was hat Nuri Önal so Bahnbrechendes ermittelt? Worauf hast du ihn denn angesetzt?«

»Er hat gerade vom Campus angerufen, weil er herausgefunden hat, wer diese Ana ist.«

Schimmel runzelte die Stirn. »Ana?«

»Das war doch der Name, den dir die schwäbische Studentin genannt hat, oder? Hast du mir jedenfalls …«

»Ach ja, genau. Die angebliche Freundin des Opfers, diese Brasilianerin.«

Helene sah auf ihre Notiz. »Ana Vida Buarque heißt sie wohl, wenn ich Önal richtig verstanden habe. Und die Adresse ihrer Wohnung hat er mir auch gegeben. Sie wohnt in der Toosbüystraße.«

»Na denn.« Schimmel schaute auf seine Armbanduhr. »Mach du das bitte.«

Die Kommissarin warf ihm einen fragenden Blick zu.

»Oder magst du eventuell den Termin mit unserem Chef und Oberstaatsanwalt Petersen übernehmen?«, schob er schnell hinterher. »Dann fahr ich zu der Brasilianerin. Der Name ist ja schon mal recht vielversprechend. Klingt feurig. Nach Samba und so …«

»Oha, übernimm dich nicht, alter Mann.« Helene lachte auf. »Was wollen denn die hohen Herren schon wieder? Haben wohl Sehnsüchte nach Erkenntnissen, die es noch gar nicht geben kann? Nee, nee, schlag du dich mal mit den Bossen herum. Du kannst das besser, du bist so …«

»Na?«, hakte er in gespielter Entrüstung nach. »Was kommt jetzt?«

»Äh ... *abgeklärt.* Ja genau. Das war das Wort, nach dem ich gesucht habe.«

»Dein Glück! Gerade noch die Kurve gekriegt. Knapp genug«, grummelte der Graue.

13

Ordentlich was los in Flensburg, dachte Helene, als sie aus dem Gebäude der Polizeidirektion hinaus in die Dämmerung trat.

Drüben auf der Hafenmeile, nur ein paar Meter von ihr entfernt, schob sich am Vorabend der *Rumregatta* eine beachtliche Menschenmenge über den Kai. Stimmengewirr drang zu ihr herüber, untermalt von aufdringlich lauter Musik aller denkbaren Stilrichtungen aus ungezählten Lautsprechern. Die bunte Festbeleuchtung brannte inzwischen rund um die Hafenspitze, und die Luft war gesättigt von allerlei verschiedenen Düften, die sich auf ihre Zunge legten – süßliche nach gebrannten Mandeln ebenso wie deftig-oleogustische von Holzkohlengrills und Fritteusen.

Helene hatte sich entschlossen, die paar Hundert Meter bis zur Toosbüystraße zu Fuß zu laufen. Eigentlich hatte sie auf ein bisschen frische Luft gehofft, aber die Auspuffgase der Autos, die auf der Schiffbrücke im Schneckentempo in beide Richtungen krochen, vermischten sich schon nach wenigen Schritten mit den Aromen der Festmeile am Pier zu unangenehmen Schwaden.

Wind, schoss Helene durch den Kopf, wir brauchen Wind, um den Mief aus der Stadt zu blasen. Sonst roch es in Flensburg nach Meer, frisch und prickelnd, meistens jedenfalls. Aber der Wind war zum Abend hin völlig eingeschlafen. Für Menschen von der Küste war dies ungewohnt, und auch Helene mochte solche Wetterlagen überhaupt nicht. Sie konnte den Teilnehmern der *Rumregatta* nur wünschen, dass der Wind in der Nacht, spätestens aber morgen früh wieder aufbrisen würde.

Die ersten Takte von *Cheerleader* tönten an ihr Ohr. Es dauerte einen Augenblick, bis sie reagierte und das Handy aus ihrer Umhängetasche hervorzog. Noch war der neue Klingelton ungewohnt für sie. Erst gestern hatte sie den Song von OMI heruntergeladen, weil er ihr so gut gefiel, vor allem das Intro hatte es ihr angetan.

Sie warf einen Blick auf das Display, schürzte die Lippen und meldete sich. »Na, Simon, was gibt's?«

»Hallo Helene«, sagte ihr Freund. »Wollte nur mal hören, wie's dir so geht.«

»Na ja …«

»Sehr aufschlussreich. Heißt was?«

»Heißt, dass wir mit unserem Fall ziemliche Probleme haben und dass mir der laute Frohsinn des *Gaffelmarktes* und der ganze Andrang hier auf die Nerven gehen.«

»Oha«, gab Simon zurück und ergänzte hörbar vorsichtig: »Du hast doch die Atmosphäre rund um die *Rumregatta* immer gemocht, dachte ich.«

»Stimmt schon, aber diesmal …«

Schweigen.

Simon räusperte sich. »Sag mal, kann ich etwas für dich tun – ich meine, sollen wir uns irgendwo treffen, ein Glas zusammen trinken und … mal reden?«

»Lieb von dir«, gab sie zurück. »Aber ich sehe wirklich nicht, wo ich die Zeit dafür hernehmen sollte. Und außerdem …«

»Ja? Was ist außerdem?«

»Hast du noch mal über alles nachgedacht? Du weißt schon …«

»Ich denke an nichts anderes, Helene. Aber es geht mir nicht in den Kopf, dass ich mein selbst gebautes Haus aufgeben soll, nur damit du deinen Willen bekommst.«

»Aha, so siehst du das also.« Sie schluckte die aufsteigende Enttäuschung herunter. So sehr hatte sie gehofft, dass er in dieser leidigen Angelegenheit endlich zur Einsicht käme. Es sah nicht danach aus.

»Ja, tue ich. Ich verstehe deine Argumente durchaus, zumindest teilweise. Aber wir sollten da Vernunft walten lassen, findest du nicht auch?«

Sie schnaubte auf. »Vernunft, aha. Nun gut, dann lassen wir die doch einfach mal walten: Ich werde meine Wohnung nicht kündigen. Es bleibt alles so wie bisher – und gut.«

»Gar nicht gut, überhaupt nicht«, rief er aus. »Du bist trotzig wie ein kleines Kind und …«

»Tschüss, Simon, ich muss arbeiten.« Damit beendete sie die Verbindung und stopfte das Smartphone wütend in die Tasche zurück. Verdammter Kerl! Warum rief er überhaupt an, wenn er nicht bereit war, sich auch nur einen Zentimeter auf sie zuzubewegen? Sie stapfte die Toosbüystraße hinauf und suchte die Eingänge nach der richtigen Hausnummer ab.

War sie zu hart in dieser Sache?, kam es ihr plötzlich in den Sinn. ›Trotzig wie ein Kind‹, hatte Simon sie genannt. Stimmte das nicht sogar? Warum, zum Teufel, hatte sie solch eine Aversion dagegen, in das Haus einzuziehen, das er mit seiner Frau gebaut hatte? Schließlich war die Ehe doch später sowieso gescheitert, lange bevor Helene Simon kennengelernt hatte.

Ganz tief in ihrem Inneren wusste sie, warum sie sich so verhielt. Doch daran wollte sie möglichst nicht rühren. Es hatte etwas mit der Vorstellung zu tun, nicht die Einzige zu sein, die mit ihm dort wohnen würde, mit dem verrückten Gefühl, das Haus mit einem Schatten teilen zu müssen, über den sie keine Kontrolle hatte.

Ihre Kindheit. Der Unfall. Der Verlust der Eltern. Die Zeit bei ihrer verhassten Tante, bevor die Großeltern sie zu sich genommen hatten. Die strenge, unnahbare Schwester ihrer Mutter, die der ungeliebten Helene tagtäglich zeigte, dass sie nichts wert war – schon gar nichts im Vergleich mit den eigenen drei Kindern. Die Erkenntnis, von niemandem geliebt zu werden, immer hinter anderen zurückstehen zu müssen.

Helene begann unvermittelt, zu schwitzen. Unwillkürlich hatte sie ihren Schritt auf der steilen Straße beschleunigt.

Ihre alte Angst. Sie war noch immer nicht überwunden, lauerte ihr in den unmöglichsten Situationen auf, machte sie ungerecht und engherzig. Sie musste das alles endlich hinter sich lassen. Aber andererseits: War es denn tatsächlich so abwegig, dass sie mit Simon lieber in eine Wohnung ziehen wollte, die unbelastet war von alten Erinnerungen, vom Geist seiner ermordeten Ehefrau?

›Geist‹ – das Wort stieß ihr plötzlich auf. »Du spinnst wirklich, Mädchen«, flüsterte sie. »Mach lieber deine verdammte Arbeit!«

Ihr Ziel lag ganz oben, fast am Ende der Straße. In ihren quälenden Grübeleien war sie den steilen Anstieg viel zu schnell hinaufgelaufen, sodass sie jetzt zwei, drei Minuten im Hauseingang stehen blieb, um wieder zu Atem zu kommen. Sie musste sich beruhigen.

Rasch fand sie das Schild mit dem Namen *Vida Buarque*, drückte auf den Klingelknopf und lehnte sich an die Haustür.

Nichts geschah. Helene klingelte nochmals und hielt den Knopf einige Sekunden lang gedrückt.

Nichts.

Sie hätte sich telefonisch anmelden können, aber das machte sie nur selten. Das Überraschungsmoment war oftmals von Vorteil bei einer solchen Befragung. Allerdings bestand so auch das Risiko, vor verschlossener Tür zu stehen.

Mist, fluchte sie in sich hinein. Vielleicht war ja bloß die

Türklingel defekt? Sie drückte wahllos einen der anderen Knöpfe auf dem Klingelschild.

Der Summer ertönte, und Helene trat ein. Im Hausflur roch es stechend nach chemischen Putzmitteln. Sie zwängte sich gerade an einem Kinderwagen vorbei, als oberhalb der ersten Treppe eine Tür einen Spalt breit aufging und eine alte Frauenstimme etwas krächzte, das sich wie »Was ist denn, was wollen Sie?« anhörte.

Helene stieg die Stufen hinauf, stellte sich vor den Türspalt und fragte das faltige Gesicht hinter der Sicherheitskette: »Wissen Sie, in welchem Stockwerk Frau Vida Buarque wohnt, eine junge Studentin aus Brasilien?«

»Ganz oben, fünfter Stock, glaube ich. Aber wieso klingeln Sie bei mir?«

»Sie macht nicht auf. Kann sein, dass ihre Klingel kaputt ist. Ich schau mal hoch. Danke fürs Aufmachen.«

Ohne Kommentar schlug die Alte ihr die Tür vor der Nase zu.

Helene erklomm die Treppen in raschem Tempo, nahm immer zwei Stufen auf einmal, ohne sich an dem massiven Holzgeländer festzuhalten. Die schönen, alten Häuser im Westen der Stadt hatten alle keine Aufzüge – sie kannte das von ihrer eigenen Wohnung in der Schloßstraße. Großzügige Räume, hohe Decken, häufig mit Stuck verziert, oft genug ein traumhafter Blick über die Stadt und den Hafen – aber keine Fahrstühle. Jeder Wochenendeinkauf wurde so zu einer körperlichen Herausforderung. Bis zwei schwere Einkaufstaschen oder gar eine Kiste Mineralwasser in das fünfte Stockwerk gewuchtet waren, floss mancher Schweißtropfen, vor allem im Sommer.

Bem-vindo! stand in bunten Buchstaben an der Tür. Helene konnte zwar kein Portugiesisch, aber es war unschwer zu erraten, dass es sich hierbei um einen Willkommensgruß handelte. Sie klingelte und wartete.

In der Wohnung blieb es still, nichts rührte sich. Die Kommissarin legte ihr Ohr an die Tür und klingelte erneut. Kein Geräusch.

Auf einmal stieg ein eigenartiges Gefühl in Helene auf, und unvermittelt beschlich sie eine bedrückende Vorahnung. Sie atmete tief durch und klopfte heftig an die Tür.

Totenstille.

Das beklemmende Gefühl wurde stärker. Helene wurde unruhig. Mit der Faust hieb sie auf die Tür ein. »Aufmachen, Polizei!«, rief sie laut.

Unter ihr im vierten Stockwerk wurde eine Tür aufgerissen. »Was ist das für ein Scheißlärm da oben?«, tönte es hallend durch das Treppenhaus.

»Polizei, alles in Ordnung, gehen Sie in Ihre Wohnung!«, rief Helene und legte wieder ein Ohr an die Tür.

Da! Ein Kratzen, direkt unter ihr auf der anderen Seite der Tür. Eine Katze! Das hat gar nichts zu bedeuten, mahnte Helene sich. Eine Hauskatze konnte sehr gut stundenlang, zur Not auch ganze Tage, allein bleiben, wenn sie ein Katzenklo und genug zu essen und vor allem zu trinken hatte. Weshalb also dieses komische Gefühl? Immer stärker wurde es, rumorte ihr im Magen …

Die Katze stieß einen lang gezogenen Klagelaut aus.

Helene nickte verbissen. Ganz klar, das war's: Sie hatte einen Hilferuf gehört, entschied sie. Rasch sah sie sich die Tür genauer an. Kein Problem. Ein einfaches Schloss, schon ziemlich ramponiert. Wenn die Tür nur zugezogen und nicht abgeschlossen war, sollte es klappen …

Sie trat einen Schritt zurück, zog ihre Dienstwaffe, hob das rechte Bein und trat mit aller Kraft mit der Sohle ihres Sneakers auf Höhe des Schlosses gegen die Tür, die sofort aufflog und innen krachend gegen die Wand prallte. Helene zuckte zusammen, als ein stechender Schmerz durch ihren Fuß schoss.

Mit einem kurzen, spitzen Aufschrei verschwand eine graue Katze aus ihrem Blickfeld, und Helene machte einen vorsichtigen Schritt in die Wohnung hinein. Sie konnte mit dem rechten Fuß kaum auftreten. Festes Schuhwerk mit einer dicken Ledersohle wäre zweifellos die bessere Wahl gewesen – wenngleich solche Treter bei Schuhgröße zweiundvierzig nicht gerade einen schlanken Fuß machten. Aber nun war's eh zu spät für diese Einsicht. Fluchend humpelte sie ein paar Schritte in die Wohnung und rief dann laut: »Hallo, ist hier jemand? Frau Vida Buarque, sind Sie da? Ana, hallo, hier ist die Polizei, ist alles in Ordnung?«

Unten im Haus gingen wieder Türen auf. Rufe ertönten, und gleich darauf näherten sich Schritte und Stimmen auf der Treppe.

Helene hielt die Walther-P-99-Q mit beiden Händen in Augenhöhe vor sich, durchquerte den kleinen Flur und warf im Vorbeigehen einen Blick in die Küche, deren Tür offen stand.

Niemand befand sich im Raum. Neben dem Kühlschrank entdeckte Helene die Näpfe der Katze.

Auch die Wohnzimmertür stand offen. Angestrengt lauschte die Kommissarin in die Stille und ließ ihre Augen hin und her wandern, während sie vorsichtig in das kleine Zimmer trat. Es war schon fast dunkel, alles im Raum war nur noch schemenhaft zu erkennen.

Sie fand den Lichtschalter neben dem Türstock. Als die Deckenlampe aufflammte – eine große, altmodische Kugel aus geriffeltem weißem Plastik –, fiel Helenes Blick auf eine Holzplatte, die unter dem Fenster auf zwei Böcken aufgelegt war und auf der neben einem aufgeklappten Notebook Bücher und Papiere herumlagen. Gegenüber an der Wand stand ein Bett aus schwarz lackiertem Metall mit kleinen goldenen Verzierungen. Eine helle Tagesdecke lag darauf. Und ein sehr blasses schwarzhaariges Mädchen.

Helene wusste augenblicklich, dass sie zu spät kam – noch bevor sie das Kabel entdeckte, das um den Hals der jungen Frau geschlungen war.

14

Ein Fischkutter, das Holz abgenutzt von tausend Fahrten und von harter Arbeit, die Decksplanken hell gewaschen von der See. Der uralte Einzylindermotor rumpelt in trägem Rhythmus, stößt fette schwarze Schwaden durch das Auspuffrohr neben dem Deckshäuschen in den Abendhimmel. Wasser plätschert leise um den Rumpf, Möwen stürzen sich immer wieder schreiend aus dem Himmel.

Der Großvater hat das Ruder festgesetzt, steht an der Schanz, die Hängepfeife im Mundwinkel, blickt über die an Deck aufgestapelten Kisten, kneift ein Auge zu, peilt irgendein Objekt am fernen Ufer an, stopft die Pfeife mit dem Zeigefinger nach, stellt sich in den Windschatten des Ruderhauses, zieht die Streichhölzer hervor.

Vorn am Bug steht das kleine Mädchen, die klobige Korkschwimmweste um den Oberkörper geschnallt. Fest, wie damit verwachsen, stehen ihre Beine auf dem lebendigen Holz. Sie schaut dem Alten zu, saugt tief den Duft nach Seewind ein, nach Tang und Salzwasser, kurz auch nach Tabak, blickt über die glatte See zum Horizont.

Dahinter ist die Welt, weiß sie. Sie wird noch weit fahren müssen.

Wohlige Wehmut, Glück und ein unvergesslicher Geruch. Nicht süß, sondern hart und scharf. Er wird sie ihr Leben lang begleiten, gehört untrennbar zu diesem Tag, holt sie immer wieder ein, lockend wie ein Versprechen. Sicherheit.

Der Großvater ist längst gestorben, der Kutter abgewrackt. Die Bilder aber sind geblieben. Und seine Stimme.

»Komm, Helene«, sagt die Stimme. »Lass uns nach Hause fahren.«

»Hörst du mir überhaupt zu?«, schnappte Schimmel verärgert.

Die Kommissarin blickte auf, blinzelte. »Entschuldige, was hast du gesagt?«

»Dass wir hier nur im Weg stehen. Wir können genauso gut ins Büro zurückfahren und uns um unsere Arbeit kümmern – ist ja nicht gerade weniger geworden. Die Spurensicherung wird hier noch Stunden brauchen.«

»Ist gut«, sagte sie, griff nach dem kleinen Buch mit den bunten Stickern auf dem Deckel, das neben ihr lag, und erhob sich von der Treppenstufe vor Ana Vida Buarques Wohnungstür, auf der sie – wie lange eigentlich schon? – gesessen hatte.

Als Dr. Asmussen abgezogen war, hatte Helene sich hier draußen hingesetzt. In das in der Wohnung gefundene Tagebuch der Toten hatte sie nur einen kurzen Blick geworfen, dann waren die Buchstaben vor ihren Augen verschwommen. Sie hatte das Buch zugeschlagen und nur noch das geschäftige Treiben in der Wohnung beobachtet, teilnahmslos, als ginge sie das alles gar nichts an.

»Was ist denn los mit dir?«, fragte der Graue und beäugte sie argwöhnisch.

»Alles in Ordnung«, gab die Kommissarin zurück. »Wirklich.«

Er runzelte die Stirn. »Scheint mir aber nicht so.« Schimmel deutete auf das bunte Büchlein in ihrer Hand. »Was steht denn da drin? Schreibt sie etwas, das für uns nützlich sein könnte?«

»Ich habe nur kurz hineingeschaut. Sie hat offenbar alles auf Portugiesisch geschrieben.«

»Logisch.«

»Klar. Ich bin gerade auch ganz dankbar dafür, dass es

kein Deutsch ist, denn, ganz ehrlich: Ich wäre im Moment damit überfordert, es zu lesen.«

»Wieso das denn?«, fragte Schimmel. »Was bedrückt dich?«

»Wenn du es genau wissen willst: Ich sehe zu viele ermordete junge Menschen, seit ich in diesem Job bin. Das macht mich traurig, Edgar, ganz unprofessionell traurig. Und dann das hier zu lesen …«, sie hielt das Tagebuch hoch, »… nachdem ich die Verfasserin vorher mit einem Kabel um den Hals aufgefunden habe …« Sie brach ab.

Der Gesichtsausdruck des Grauen veränderte sich. »Es ist hart, ich weiß. Komm, Helene, lass uns fahren und …« Er zog die Augenbrauen hoch. »Wieso lächelst du denn plötzlich?«

»Schon gut. Ich hab nur gerade an etwas gedacht.« Damit wandte die Kommissarin sich zum Treppenabsatz und stieg die Stufen hinunter.

Helene war immer noch überrascht, wie überwältigend das Gefühl von Trauer und Hilflosigkeit gewesen war, das sie beim Anblick des ermordeten Mädchens unvermittelt angesprungen hatte. Geradezu obszön, das weiße Stromkabel auf der braunen Haut des Halses. Die Augen der jungen Frau mit den für eine Erdrosselung typischen Stauungsblutungen waren weit aufgerissen gewesen. Der Mund hatte offen gestanden und die Zunge bläulich und geschwollen aus dem Mundwinkel gehangen.

Noch bevor sie ihre Finger an die Halsschlagader gelegt hatte, war Helene klar gewesen, dass Ana Vida Buarque tot war.

Als dann die Kollegen nach und nach eingetroffen waren – Schimmel natürlich als Erster, wie nicht anders zu erwarten gewesen –, war Helene in eine Art Dämmerzustand gefallen, aus dem sie die professionelle Geschäftigkeit, die sich um sie herum entwickelte, nur schemenhaft wahrnahm. Immer wieder fragte sie sich, ob es einen Anlass gegeben hätte, die Studentin früher aufzusuchen. Sie wurde den quälenden Gedanken nicht los, dass dieser zweite Mord hätte verhindert werden können, nein, müssen. Denn dass beide Verbrechen miteinander in Verbindung standen, auch wenn die Taten selbst sich nicht ähnelten, daran konnte es nach ihrer Überzeugung keinen Zweifel geben.

»Tod durch Ersticken«, hatte Dr. Asmussen gesagt, während hinter ihm der Fotograf mit grellen Blitzen weiter seiner Arbeit nachgegangen war. »Sie ist erst seit ungefähr vier oder fünf Stunden tot. Irgendwann heute Nachmittag wurde sie stranguliert, etwa um fünfzehn, sechzehn Uhr herum.«

Schnell stellten die Ermittler fest, dass das Tatwerkzeug – ein etwa ein Meter langes, dreiadriges Stromkabel – vermutlich nicht aus dem Haushalt des Opfers stammte. Es war nagelneu, wie das Talkpulver bewies, das an beiden abgeschnittenen Enden zu finden war.

Nichts in der Wohnung ließ darauf schließen, dass Ana elektrische Installationen selbst vornahm. Nicht einmal Werkzeug gab es, schon gar keine Kneifzange. Mit einer solchen aber, da waren sich die Spezialisten der Kriminaltechnischen Untersuchung sicher, war das Kabel an beiden Enden abgekniffen worden.

Der Täter hatte seine Mordwaffe also mitgebracht.

»Was hat das alles zu bedeuten, Edgar? Langsam wird es unheimlich«, hatte Helene gesagt, nachdem der Gerichtsmediziner seine erste Einschätzung abgegeben hatte. »Was sollen wir jetzt anstellen? Wie hängt das zusammen, ich meine …?«

»Ich weiß, was du meinst«, hatte der Graue erwidert. »Das sind durchaus gute Fragen. Aber du erwartest doch nicht, dass ich eine Antwort darauf habe, oder? Dass die beiden Morde in einem engen Zusammenhang stehen, davon können wir wohl ausgehen. Aber in welchem? Wenn ich einen Schnellschuss abgeben sollte, würde ich sagen, dies hier ist eine klassische Folgetat.« Er hatte sich zu einem der Beamten umgedreht. »Sind Sie so weit, dass wir uns mal im Wohnzimmer etwas genauer umsehen können?«

»Ja, aber ziehen Sie sich bitte die Schutzhüllen über die Schuhe und sagen Sie uns Bescheid, falls sie etwas mitnehmen.«

Dann war Helene auf das Tagebuch gestoßen. Der Täter hatte es vielleicht übersehen – oder es hatte ihn schlicht nicht interessiert. Jedenfalls hatte das schmale, bunt beklebte Büchlein in der Küche auf dem Fensterbrett neben dem Küchentisch gelegen.

Helene hatte es an sich genommen und einen kurzen Blick hineingeworfen. Sie würden einen Übersetzer finden müssen, rasch. Durchaus vorstellbar, dass Ana etwas aufgeschrieben hatte, was ihnen weiterhelfen konnte.

»Der Lette, dieser … Verdammt, wie heißt er noch?«, wollte Schimmel wissen, als er hinter Helene die Treppe hinabstieg.

»Balodis, Kaspars Balodis.«

»Genau. Jedenfalls werden wir den wohl gehen lassen müssen, wenn er wieder auf dem Damm ist, was meinst du?«

»Diesen Mord hier hat er auf keinen Fall begangen, das steht fest, aber irgendetwas stimmt nicht mit ihm. Warum hat man ihm diese K.-o.-Tropfen verbreicht – und vor allem: wer? Hat das etwas damit zu tun, dass er sich mit Owusu getroffen hat?«

»Wir werden ihm auf den Zahn fühlen, sobald er wieder fit ist«, sagte Schimmel. »Ich will mehr wissen über seine Beziehung zum ersten Opfer. Mit dieser Schweinerei hier hat er natürlich nichts zu tun, da hast du recht.«

Helene erreichte die Haustür, öffnete sie und trat auf den Bürgersteig. Die Toosbüystraße war mit Einsatzfahrzeugen auf hundert Metern halbseitig zugeparkt, überall blitzten Blaulichter durch die Dunkelheit. An den Enden der Straße sah Helene je einen Beamten, der den Verkehr regelte. Auf dem gegenüberliegenden Bürgersteig hatte sich eine dicke Traube von Gaffern gebildet, und fortwährend flammten Blitze auf, wenn Handyfotos gemacht wurden.

»Die sehen nur das Haus und die Dienstfahrzeuge«, grunzte Schimmel, als er neben Helene trat. »Muss ja aufregend sein, sich hier hinzustellen.«

»Du weißt, worauf sie warten. Es ist immer dasselbe«, sagte seine Kollegin.

»Man sollte den Sarg hinten aus dem Haus heraus- und über den Hof wegtragen. Nur um die Meute hier zu ärgern. Aasgeier, elende.«

»Du bist dir also sicher: ein Täter für beide Tötungsdelikte? Was du gerade über Balodis gesagt hast, spricht dafür«, kam Helene zum eigentlichen Thema zurück.

»Ich lasse den Letten ja ungern als Verdächtigen fallen, aber kannst du dir ernsthaft vorstellen, dass die beiden Taten nichts miteinander zu tun hatten?«

»Nein, eigentlich nicht. Laut Zeugenaussage dieser schwäbischen Studentin war die Brasilianerin in einer Beziehung mit dem ersten Opfer. Das Tagebuch müsste uns das auch noch mal bestätigen. Äußerst unwahrscheinlich, dass es zwei verschiedene Täter gibt, zwei unterschiedliche Motive. Die Frage ist nur …«

»… welches Motiv hinter den Morden steckt«, schloss Schimmel. »Eben. Wenn wir nicht bald irgendetwas finden, was uns wenigstens einen einzigen brauchbaren Ansatzpunkt bietet, dann …« Der Graue verstummte, als sein Handy sich mit einem durchdringenden Klingelton aus der Jackentasche meldete. Er zerrte es hervor, meldete sich und hörte dann zu.

Helene verstand nicht, was der Anrufer sagte, aber dass er hektisch sprach, mit lauter Stimme, war nicht zu überhören. Mit wachsender Verblüffung beobachtete sie, wie der Gesichtsausdruck des Grauen sich verwandelte. Schließlich, als so etwas wie Fassungslosigkeit darauf lag, fragte er: »Wann soll die Aktion denn losgehen?«

Wieder redete der Anrufer auf Schimmel ein, bis der schließlich sagte: »Wir werden dabei sein, schaden kann das bestimmt nicht.«

Die Stimme wurde noch lauter.

»Sie brauchen nicht so zu schreien«, unterbrach der Hauptkommissar den Mann. »Ich schalte jetzt den Lautsprecher ein, damit die Kollegin Christ mithören kann.«

Er drückte einen Knopf, und Helene erkannte sofort beim nächsten Wort die Stimme ihres Chefs. »Machen Sie einfach Ihre Arbeit!«, rief der Kriminaldirektor erregt. »Das Ganze hat mit Ihren Mordermittlungen nichts zu tun. Überlassen Sie das den zuständigen Kollegen und dem LKA – das ist für die Aktion verantwortlich.«

»Sagten Sie ›ein lettisches Schiff‹?«, fragte Schimmel scheinbar gelassen.

»Ja, warum?«, kam es misstrauisch zurück.

»Na ja, es gibt immerhin einen lettischen Staatsbürger, der am Tatort des ersten Mordes aufgegriffen wurde.«

Pause. Dann: »Sehen Sie da etwa einen Zusammenhang?«

Der Graue machte ein feixendes Gesicht. »Durchaus denkbar«, erklärte er vage, und nach zwei, drei weiteren Nachfragen gab der Chef schließlich auf.

Zufrieden verstaute Schimmel sein Handy wieder in der Tasche des Knitterjacketts und sagte: »Okay, das wird eine lange Nacht – wenn du magst. Du musst aber nicht dabei sein.« Während sie die Straße hinuntergingen, berichtete er Helene, was er soeben von ihrem gemeinsamen Chef erfahren hatte.

Schon nach den ersten Sätzen blieb sie stehen und fragte ungläubig: »Ein getarnter Drogenschmuggel? Wie kommen die denn darauf?«

»Das LKA hat seine Informanten, nehme ich an. Und die

haben wohl berichtet, dass eine große Menge Crystal Meth aus Lettland hierhergebracht werden soll. Dort gibt es angeblich besonders viele illegale Labors, die das Zeug herstellen.«

»Und zur Tarnung wollen sie an der *Rumregatta* teilnehmen, hab ich das richtig verstanden?«

»Genau. Das sagt jedenfalls das Landeskriminalamt. Deshalb wollen sie heute Nacht eine groß angelegte Razzia veranstalten, alles absperren und das Schiff durchsuchen.«

»Wann?«

»Um drei Uhr dreißig, sagt der Chef.«

»Weißt du, um welches Schiff es sich handelt?«

»Angeblich ist es das einzige aus Lettland, das hier im Hafen liegt. Wir sollten den Namen problemlos herausfinden können, denke ich – und den Liegeplatz.«

»Weil du unbedingt dabei sein willst, obwohl der Chef dagegen ist, hab ich das auch richtig ...?«

»Verdammt, Helene«, unterbrach er sie unwirsch. »Ich mache diesen Job nicht erst seit gestern! Da sitzt ein Lette neben einer Leiche, der sich angeblich an nichts erinnern kann und K.-o.-Tropfen im Blut hatte, und gleichzeitig findet ein riesiger Drogendeal auf einem lettischen Schiff im Hafen statt. Und das soll nichts miteinander zu tun haben? Lächerlich! Ich will mir das ansehen, wer weiß ...« Schimmel beschleunigte seine Schritte. »Aber vorher geh ich höchstpersönlich ins Krankenhaus. Es ist mir völlig egal, ob dieser Balodis einen Dachschaden hat oder sonst was – er wird mir jetzt sagen, wann er in Flensburg angekommen ist. Und vor allem: wie!«

Helene blieb abrupt stehen und sagte leise: »Ich schätze, auf einem Segelschiff.«

15

In dieser Nacht konnte Simon stundenlang keinen Schlaf finden. Er wälzte sich grübelnd in seiner Koje herum, stand immer wieder kurz davor, endlich wegzusacken, doch stets überfielen ihn dann erneut diese quälenden Gedanken, kreisten in seinem Kopf herum und wollten ihm keine Ruhe lassen.

Im Gegensatz zu ihm war der Wind schon gegen Abend gänzlich eingeschlafen, und die drückende Luft konnte man bis in die Koje hinein fühlen. Kein Lüftchen wehte da draußen, das Schiff lag bewegungslos wie unter einer Glasglocke im Wasser, ohne dass man das typische Gluckern außen an der Bordwand hörte oder wenigstens ein leichtes Knarren der Festmacherleinen.

Wieder und wieder zermarterte sich Simon den Kopf darüber, wie er den Streit um das Zusammenziehen mit Helene beenden könnte. Von Natur aus eher harmoniebedürftig, hasste er solche Auseinandersetzungen wie die Pest. Und er wäre ja allzu gern auf ihre Wünsche eingegangen, wenn sie nur einen vernünftigen Grund vorgebracht hätte, warum sie keinesfalls in das schöne Haus einziehen wollte. Dass Lisa damals daran mitgeplant hatte, war doch kein nachvollziehbares Argument für Helenes unvernünftige Haltung. Der Bau war teuer gewesen, auch wenn er die Pläne selbst entworfen und das Haus eigenhändig mit ein paar Leuten aus seiner Firma gebaut hatte. Jahre später war es ihm dann mit Ach und Krach gelungen, die Immobilie vor der Versteigerung zu retten. Verdammt, er liebte dieses Haus. Es war sein Zuhause, ein Teil seines Lebens, ein Teil von ihm. Warum sah Helene das nicht ein? Warum stellte sie ein derart drastisches Ultimatum?

Irgendwann mussten ihn all die Gedankenspiralen doch in

den Schlaf gezogen haben, denn plötzlich erwachte er schlagartig und fuhr in seiner Koje auf.

Was hatte ihn geweckt? Er schüttelte sich und lauschte. Dann ging ein Lächeln über sein Gesicht. Da waren sie auf einmal, die wohlbekannten Geräusche, die nur der Wind auf den Schiffen rundum erzeugen konnte: Hafenmusik. Tauwerk, das sogenannte ›Laufende Gut‹, das nicht richtig dichtgeholt war, schlug an die Masten und klapperte in wilder Kakofonie miteinander um die Wette. Der Seewind blies endlich wieder in den Hafen. Auch das Großfall auf der *Seeschwalbe* schlug rhythmisch scheppernd an den Mast. Untermalt wurde das Konzert hier unten zusätzlich von Friedel Papke, der in der Kabine nebenan herzhaft schnarchte.

Simon staunte, dass es ihm auf einmal besser ging. Der Wind schien die dumpfen Sorgen aus seinem Kopf geblasen zu haben, jedenfalls für den Moment. Sie würden eine Lösung finden, mussten es einfach. Und er ahnte durchaus, wie die aussehen würde ...

Leise seufzend zog er seine Bermudashorts an, trat in den Salon, wo die beiden anderen Gäste in tiefem Schlaf lagen, und stieg die Niedergangstreppe hoch an Deck. Frau Sörensen begrüßte ihn freudig mit wedelndem Schwanz.

»Du hast schon auf mich gewartet, was?«, begrüßte er sie und lachte auf, als er ihren vorwurfsvollen Gesichtsausdruck bemerkte. »Ja, ich weiß. Das Fall muss durchgesetzt werden. Komme ja schon!« Er trat an den Mast. Die Leine, mit der das Großsegel hochgezogen wurde, war lose und schlug im Wind knallend an das Holz. Nach ein paar Handgriffen hörte das Klappern auf.

Prüfend blickte Simon nach oben. Noch war es stockdunkel, und der Sternenhimmel funkelte prächtig über der Stadt. Einzelne Wolkenfetzen jagten unter dem Firmament hindurch; der Wind blies dort oben deutlich kräftiger als auf Meereshöhe. Schaumkronen waren nirgends auf dem Wasser. Etwa drei bis vier Beaufort, schätzte Simon. Wenn das Wetter so blieb, wären das einfach ideale Bedingungen für die *Rumregatta,* die in wenigen Stunden starten würde.

Gestern Abend hatten sie auf die Ostseite des Hafens umziehen müssen, da drüben am *Gaffelmarkt*-Kai die für die *Rumregatta* gemeldeten Boote dicht an dicht im Päckchen lagen.

»Seht mal, nun sind wir fast Nachbarn des Geisterschiffes«, rief Helmut begeistert aus, als sie auf ihren Liegeplatz am Ballastkai zuhielten. Tatsächlich lag die *Aija* jetzt, nur durch ein weiteres Gästeboot getrennt, keine dreißig Meter vor der *Seeschwalbe.*

Sofort nach dem Festmachen gingen alle drei Berliner – Friedel Papke schien sich langsam von seinem schlimmen, nächtlichen Erlebnis zu erholen – auf dem Pier nach vorn, um sich die Schonerbrigg aus Lettland von Land aus anzusehen.

Simon brachte ein paar Fender auf der Seeseite aus. Falls noch Boote einliefen, zeigten die dicken Gummipuffer an, dass sie an der *Seeschwalbe* längsseits festmachen durften, um über Nacht im Päckchen zu liegen. Nachdem er alle Leinen aufgeschossen und das Deck aufgeklart hatte, folgte er dann seiner Crew. Immer noch zeigte sich niemand an Deck des großen Schiffes. Papke und seine Freunde standen seltsam still auf dem Kai und ließen ihre Blicke über den frisch schwarz lackierten Rumpf gleiten.

Simon hatte ein paar Stunden vorher mit einem Bekannten telefoniert, der aktives Mitglied im Museumshafenverein war und sich um die Organisation der *Rumregatta* kümmerte. Die *Aija* habe ihre Meldung zur Teilnahme zurückgezogen, hatte der berichtet, ganz kurzfristig, weil mehrere Besatzungsmitglieder plötzlich krank geworden seien, auch der Skipper. Magen-Darm, irgendein Virus, hätte ein Mann aus der Crew der Regattaleitung mitgeteilt. Deshalb wollten sie auch am Ballastkai liegen bleiben und so bald wie möglich nach Hause zurücksegeln.

Das erklärte natürlich die sonderbare Stille um das Schiff, die ihnen am Nachmittag aufgefallen war: Die Leute lagen krank in ihren Kojen.

»Aber alle werden ja wohl nicht krank sein, oder?«, bemerkte Helmut und sah sich um. »Und Autos stehen hier auch nirgends herum, ich meine Krankenwagen oder Arztfahrzeuge oder so was.«

»Na ja, vielleicht sind sie ja gar nicht *so* krank«, versuchte Simon es lahm. »So ein Virus ist zwar unangenehm – und mit Sicherheit mag damit niemand eine Regatta segeln –, aber es ist ja keine Seuche.«

»Denn müssten se ooch so 'ne Quarantäneflagge hissen!«, dröhnte Papke lachend.

Simon nickte abwesend. Es gab etwas ganz anderes, das ihm aufgefallen war. Und dafür hatte er beim besten Willen keine Erklärung: Es gab keine Gangway. Den drei Landratten mochte das entgangen sein, ihm nicht. Niemand konnte an Bord der Schonerbrigg gelangen. Aber diese Beobachtung behielt er für sich. Es mochte auch dafür einen ganz simplen Grund geben. Nur welchen?

Bevor sie alle zu Fuß um die Hafenspitze herum in die Stadt wanderten, um irgendwo einzukehren, gönnten sie sich noch ein frisches Bier und redeten über den morgigen Tag. Helmut hatte von ihrem Ausflug auf die Hafenmeile am letzten Abend einen Flyer mitgebracht, auf dem das Programm und ein paar Informationen zur *Rumregatta* standen.

»Lieber heil und Zweiter als kaputt und breiter«, las Lutz lachend vor.

»Det is det Motto für det Janze!«, erklärte Friedel Papke.

»Ist vielleicht eine blöde Frage«, erwiderte Lutz, »aber wieso heißt es eigentlich *Rumregatta?*«

Simon erzählte ein bisschen aus der Geschichte der Rum-

Stadt Flensburg, von der ruhmreichen Zeit im achtzehnten und neunzehnten Jahrhundert, als die Stadt zu den bedeutendsten Häfen der Westindienflotte gehört hatte. Aus der Karibik brachte man damals Rohrzucker und Roh-Rum nach Flensburg, woraus über zwanzig Brennereien den Rum raffinierten und veredelten, der danach jahrelang in Holzfässern reifte und schließlich in alle Welt verkauft wurde.

»Der Name ›Rumregatta‹ ist also eine kleine Reminiszenz an diese Blütezeit der Stadt«, schloss Simon die kurze Geschichtsstunde. »Und außerdem bekommt der Zweite in jeder der gemeldeten Klassen eine Drei-Liter-Flasche besten Flensburger Rum.«

»Die einzje Rejatta, wo der Erste nur Schrott jewinnt«, ergänzte Papke.

»Genau«, bestätigte Simon. »Der Erste kriegt irgendwas Originelles, meistens vom Flohmarkt. Das nennen sie übrigens ›Preisverschleuderung‹. Da gab es schon riesige Muscheln, aus denen man Meeresrauschen hören konnte, oder einen Wandspiegel, der von einer Klobrille umrahmt war, oder auch eine kleine, gläserne venezianische Gondel mit bunter Beleuchtung, so eine, wie Oma sie früher auf den Fernseher gestellt hat.«

»Mensch, genau wie dein Leuchtturm, Helmut«, brach es aus Lutz heraus. »Der leuchtet auch so schön! Ob der wohl eigentlich für die Preisverschleuderung vorgesehen war?«

Helmut warf dem Freund einen vernichtenden Blick zu und nahm einen tiefen Schluck aus seiner Flasche.

»Äh, ja«, warf Simon schnell ein, während er sich mühsam das Lachen verkniff. »Der Zweck des Ganzen ist halt, dass jeder blinde Ehrgeiz aus der Regatta herausgenommen wird. Manchmal kommt es zu sehr lustigen Szenen, wenn jemand kurz vor der Ziellinie befürchten muss, Erster zu werden. Ihr werdet euren Spaß haben morgen, das verspreche ich euch.«

Helmut war noch ein paar Minuten eingeschnappt, aber

schließlich siegte auch bei ihm die Vorfreude auf den nächsten Tag, und sie brachen auf. Schnell wurden die Männer sich einig, setzten sich in *Hansens Brauerei* und ließen sich das rustikale Essen schmecken.

Da alle noch unter den Nachwirkungen der letzten Nacht zu leiden hatten, wurde es diesmal nicht allzu feucht, und gegen Mitternacht kehrten sie auf die *Seeschwalbe* zurück und krochen müde in ihre Kojen.

»Na gut, dann wollen wir mal noch 'ne Runde schlafen«, sagte Simon, ging in die Hocke und streichelte Frau Sörensen den Kopf. »Leg dich auf deinen Platz, altes Mädchen. Ich geh wieder in die Koje.«

Er streckte sich und drehte sich zum Niedergang um.

In dieser Sekunde hörte er in der Nähe leise Stimmen und sah aus den Augenwinkeln neben dem Lagerschuppen ein Licht aufblitzen. Auch Frau Sörensen hatte etwas gehört. Bedrohlich knurrend starrte sie hinüber an Land.

»Leise«, befahl Simon. »Ganz ruhig!«

Der Hund versteifte sich und reckte den Rattenschwanz angriffslustig in die Höhe.

»Nicht bellen!«, zischte Simon scharf. Das war eines der wenigen Kommandos, auf die Frau Sörensen hörte. Simon hasste kläffende Hunde. Monatelang hatten sie das trainiert, und es funktionierte auch jetzt. Nur ein leises Grollen kam noch aus der Kehle der kleinen Hündin, während sie bebend vor Anspannung in die Dunkelheit starrte.

Simon beugte sich zu ihr hinunter und hielt sie am Halsband fest. »Ruhig, nicht bellen!«, wiederholte er sicherheitshalber und versuchte, mit seinen Augen die Dunkelheit gegenüber zu durchdringen.

Aber er sah nichts, nur hin und wieder drang das Geräusch von leisen Schritten an sein Ohr, ein Rascheln, zwei-, dreimal auch ein Flüstern.

Frau Sörensen zitterte vor Aufregung. Bald würde all das Training nichts mehr helfen, wusste Simon. Rasch umfasste er die Schnauze des Tieres mit seiner Hand und hielt die Kiefer leicht umschlossen. Gerade als die Hündin unwillig versuchte, ihren spitzen Kopf aus der Umklammerung zu winden, brüllte hinter der *Seeschwalbe* ein starker Motor auf, und ein greller Lichtstrahl flammte durch die Nacht.

Ein Motorboot rauschte vorbei, und der Scheinwerfer auf dem Dach seines Steuerstandes leuchtete die *Aija* an, die dadurch unvermittelt aus der Dunkelheit hervortrat. Und mit ihr die *Duburg*, ein hochmodernes Patrouillenboot der Wasserschutzpolizei, das offenbar schon eine ganze Zeit lang abgedunkelt direkt an der Bordwand des großen Schiffes gelegen hatte, wie Simon überrascht kombinierte. Das Boot musste sich unbemerkt herangeschlichen haben, als Simon noch in der Koje gelegen hatte.

Auch auf dem Kai ging auf einmal Licht an, das die Schonerbrigg in gleißende Helligkeit tauchte. Auf dem Motorboot wurde das Blaulicht eingeschaltet. Gespenstisch zuckte es durch die Nacht. Simon sah, dass ein weiteres Polizeiboot in schneller Fahrt herankam. Es stoppte vorn unter dem Bug des lettischen Seglers.

»Gewaltiger Aufwand«, murmelte Simon erstaunt.

Bis zu diesem Moment war alles fast lautlos abgelaufen. Plötzlich aber kam vom Deck der *Aija* eine kräftige Stimme: »Schiff durchsucht. Vier Personen festgenommen. Sicherheit vorhanden.«

»Licht!«, tönte es von dort, wo Simon die Laderampe des Getreidesilos vermutete. Ein Generator wurde gestartet, und nach wenigen Sekunden war der ganze Kaiabschnitt in Helligkeit getaucht. Simon erkannte einen auf einen Einachsanhänger montierten Teleskopmast, von dem ein starker Scheinwerfer auf die gespenstische Szene hinableuchtete. Man hatte den Anhänger offenbar vorher mit Menschenkraft herangerollt und in Stellung gebracht. Jetzt sah Simon auch, dass zwei Strickleitern am Rumpf des Seglers herabhingen. Wahrscheinlich hatte ein Kommando das Schiff bereits vorher im Schutz der Dunkelheit geentert, um es zu durchsuchen.

Etwa ein halbes Dutzend schwarz gekleidete, behelmte Gestalten rannten nun auf die *Aija* zu; zwei von ihnen führten Hunde an langen Leinen. Oben an Deck wurde gerade das Tor in der Schanz entriegelt und eine Gangway über Bord geschoben. Kaum hatte sie den Boden berührt, liefen zunächst die beiden Hundeführer mit ihren Tieren und dahinter die anderen Schwarzgekleideten hinauf und verschwanden aus dem Blickfeld.

Noch immer hielt Simon Frau Sörensen fest, die aber plötzlich begann, heftig mit dem Schwanz zu wedeln. Ihr Knurren verwandelte sich in ein Fiepen, und sie wand sich unter Simons Griff.

»Lass sie ruhig los, sie will mich doch begrüßen«, sagte Helene, die neben der *Seeschwalbe* stand. »Beeindruckend, was?« Sie deutete mit einer umfassenden Handbewegung über die grell ausgeleuchtete Szenerie.

Frau Sörensen schoss wie aus einem Kanonenrohr abgefeuert vor, sprang an der Reling hoch und hechelte vor Begeisterung. Helene nahm sie hoch und hob sie über die Reling, wo die Hündin sich sofort schwanzwedelnd auf den Rücken legte und sich den Bauch kraulen ließ.

»Du hier?«, fragte Simon entgeistert. »Hast du denn etwas mit dieser … Aktion zu tun?«

»Nicht direkt«, gab Helene zurück und richtete sich auf. »Wir sind …«

»… nur Beobachter«, unterbrach Schimmel sie, der plötzlich neben ihr aufgetaucht war.

»Aha«, sagte Simon. »Sie also ebenfalls. Alles andere hätte mich auch gewundert. Was hat das denn zu bedeuten? Was läuft da ab? Dürft ihr dazu etwas sagen?«

»Na ja …«, antwortete Helene gedehnt.

»Du könntest deinem Hilfssheriff durchaus ein bisschen was erzählen. Allzu viel wissen wir schließlich selbst nicht.« Der Graue grinste Helene verschmitzt an. »Wie durch ein Wunder finden wir ihn ja wieder mal direkt am Ort einer Polizeiaktion vor. Vielleicht hat er etwas gesehen oder gehört, das uns interessieren könnte.« Zu Simon gewandt sagte er: »Wie wär's denn mit einem Kaffee für die schwer überarbeitete Polizei?«

Ein Poltern kam von der Niedergangstreppe, und Papkes Kopf erschien im Luk. »Wat is'n hier für een Betrieb mitten in der Nacht? Da kann ja keena schlafen«, beschwerte er sich.

Simon lachte. »Ich geh runter und koch uns einen Kaffee«, sagte er.

»Einen starken, wenn ich bitten darf«, rief ihm Schimmel hinterher. »Den haben wir nötig!«

16

Helene Christ warf einen Blick durch das Seitenfenster des VW-Busses. Die Zeit war wie im Flug vergangen; schon schälte sich die Silhouette des Westufers aus der Morgendämmerung. Der frische Wind kräuselte das Wasser im Hafen, und ein paar kleine Wölkchen flogen über den langsam heller werdenden Himmel.

Die Standheizung lief, und es war warm in dem Wagen des Mobilen Einsatzkommandos. Die Luft stand und roch nach Zigarettenrauch. Der Leiter der nächtlichen Razzia, ein Mittvierziger, der sich als Kriminalrat Schumann vorgestellt hatte, saß mit Helene und Schimmel um den kleinen Tisch herum auf der halbrunden Sitzbank und rauchte unablässig.

»Nichts, leider«, sagte er gerade. »Tatsächlich haben wir keine Drogen gefunden, nur eindeutige Spuren, dass sich eine größere Menge Crystal Meth bis vor Kurzem auf diesem Kahn befunden haben muss. Das haben die Hunde klar angezeigt. Die Proben, die wir genommen haben, werden das im Labor sicher belegen.«

»Das heißt, man hat das Zeug hierhergeschmuggelt, aber es wurde schon entladen, richtig?«, fragte Helene nach.

»So sieht es aus«, gab Schumann zurück. »Entladen wurde es aber vermutlich nicht hier im Hafen, sondern bereits vorher – irgendwo auf See wahrscheinlich.«

»Wie kommen Sie darauf?«, wollte Schimmel wissen.

»Nun, die Drogenspürhunde haben auf dem Pier und in der gesamten Umgebung keine Witterung von Crystal Meth aufgenommen. Wenn es im Hafen von Bord geschafft worden wäre, hätten sie auch außerhalb des Schiffes Spuren angezeigt.«

Helene nickte. »Wie sind Sie denn überhaupt darauf gekommen, dass dieser Schmuggel stattfindet? Weiß das LKA, wer dahintersteckt?«

Ein schmales Lächeln erschien auf dem Gesicht des Kriminalrats. »Es wäre zu schön, wenn wir die Drahtzieher kennen würden. Leider ist dem nicht so. Die sitzen irgendwo hier in Deutschland, einige auch in Dänemark und Schweden, genau konnten wir das bisher nicht feststellen. Sie sind bestens vernetzt, schwimmen im Geld, tarnen sich exzellent. Aber die Droge selbst lassen sie nicht zu dicht an sich heran, sie organisieren nur alles, mit sehr effektiven Methoden und vor allem mit gnadenloser Härte. Das Crystal Meth selbst lassen sie in den baltischen Staaten produzieren, vorzugsweise in Lettland.«

»Ist es denn schwer herzustellen, ich meine, aufwendig?«, wollte Schimmel wissen.

»Nein, überhaupt nicht. Crystal Meth, also Methamphetamin, wird synthetisch hergestellt. Das gab's übrigens früher schon«, sagte Schumann. »Als Pervitin hat man es im

Zweiten Weltkrieg an deutsche Soldaten ausgegeben, die besonders gefahrvolle Einsätze vor sich hatten. Das Zeug macht zwar extrem schnell abhängig, ist wirklich saugefährlich, aber jeder Chemielaborant mit ein paar Grundkenntnissen kann es mit relativ primitiven Gerätschaften herstellen. Und darauf haben sich kriminelle Banden zum Beispiel in Lettland spezialisiert. Dort wimmelt es nur so vor illegalen Labors – von topmodernen Einrichtungen bis zu armseligen Hexenküchen.« Er fischte sich eine neue Zigarette aus der Schachtel, die vor ihm auf dem Tisch lag, und steckte sie an. »Es ist uns zusammen mit dem Bundeskriminalamt gelungen, den einen oder anderen V-Mann in diese Gruppen einzuschleusen. Und zwei oder drei Überläufer, die aus Überzeugung nicht mehr mitmachen wollen bei diesem tödlichen Geschäft, haben wir auch auf unserer Liste. Von denen haben wir den Hinweis auf die *Aija* bekommen.«

»Können wir kurz mal die Tür aufmachen?«, fragte Helene. »Es ist zwar kein Crystal Meth, aber Ihre Droge setzt mir auch ziemlich zu.«

Schimmel grinste, und Schumann sagte: »Schlechte Angewohnheit, sorry. Tun Sie sich keinen Zwang an.«

Mit kräftigem Schwung schob die Kommissarin die Schiebetür zurück, und ein Schwall frischer Luft strömte in den Bulli.

»Okay, und nun sagen Sie mir doch mal, was die Flensburger Mordkommission an dieser Sache so interessiert«, sagte Schumann.

»Das ist schnell erzählt«, gab Schimmel zurück. »In der Nacht von Donnerstag auf Freitag wurde da drüben ein Mord verübt.« Er deutete hinüber auf die andere Hafenseite. »Neben der übel zugerichteten Leiche haben wir einen jungen Mann aus Lettland aufgegriffen, der sich an nichts erinnern kann – oder will.«

»Nun ja, ihm wurden offenbar K.-o.-Tropfen verabreicht,

da ist das nicht ganz unerklärlich«, erlaubte sich Helene, einzuwerfen.

»Mag sein«, fuhr der Graue gleichmütig fort. »Vor allem war er vollkommen betrunken.«

»Und den verdächtigen Sie also dieses Mordes?«, wollte der LKA-Beamte wissen.

»Eher nicht. Es erschien uns eigentlich sehr unwahrscheinlich, dass er der Täter ist. Aber dann wurden wir benachrichtigt, dass das LKA im Zusammenhang mit Drogenhandel eine Razzia auf einem lettischen Schiff durchführen wolle, das ausgerechnet hier in Flensburg liegt.« Schimmel griff neben sich und schob die Tür wieder zu. »Lieber erstunken als erfroren«, kommentierte er lakonisch und fuhr fort: »Da bin ich gestern Abend doch noch mal zu dem Letten ins Krankenhaus – Balodis heißt der übrigens – und hab ihm ein paar Fragen gestellt …«

»… obwohl er offiziell noch nicht vernehmungsfähig ist«, warf Helene ein, und der Kriminalrat verzog amüsiert das Gesicht.

»Wie dem auch sei«, sagte Schimmel ungerührt. »Er konnte sich immerhin wieder erinnern, dass er in Riga auf einem Traditionssegler mit Namen *Aija* angeheuert habe, angeblich nur, um mal wieder nach Flensburg zu kommen, wo er bis vor einem Jahr studiert hat. Ach ja, und einen alten Freund aus dieser Zeit habe er auch treffen wollen. Raten Sie mal, wen?«

Schumann drückte seine Kippe aus, sah den Hauptkommissar fragend an und zuckte mit den Schultern.

»Owusu hieß dieser ehemalige Kommilitone, Senyo Owusu«, gab sich Schimmel selbst die Antwort. »Ein Student aus Ghana. Derselbe, der erschlagen wurde und neben dessen Leiche wir den Letten aufgegriffen haben.«

»Und wenig später hat es noch einen zweiten Mord gegeben, habe ich gehört – und auch, dass die getötete Frau mit dem ersten Opfer liiert war. Stimmt das?«, fragte der BKA-Mann.

Helene nickte. »Richtig, aber mit dem Mord an der brasilianischen Studentin kann Balodis nichts zu tun haben, denn zum Tatzeitpunkt war er nicht mehr auf freiem Fuß.«

»Eine harte Nuss, die Sie da zu knacken haben, scheint mir«, sagte Schumann. »Verwirrend, das alles. Aber am Ende vielleicht interessant.«

»Interessant, für Sie?«, hakte Helene nach.

»Könnte durchaus sein. Aber auch für Ihre weiteren Ermittlungen. Ich habe natürlich keine Ahnung, ob der Lette etwas mit Ihren beiden Morden zu tun hat – den zweiten kann er ja gar nicht begangen haben, wenn ich Sie richtig verstanden habe, zumindest nicht selbst ...«

»Was wollen Sie damit sagen?«, hakte Schimmel nach, und sein Kopf schnellte ruckartig vor.

»Na ja, es handelt sich bei unserer Klientel um eine straff organisierte Bande. Da kann auch ein anderer die Schmutzarbeit übernehmen, wenn jemand beseitigt werden muss.« Schumann zuckte mit den Schultern. »Bloß eine Überlegung – und auch nur relevant, falls die Ermordeten die Kreise der Drogenschmuggler gestört haben. Wie auch immer, wir werden diesen Balodis ganz sicher vernehmen. Vielleicht ist er ja gesprächiger als die vier Besatzungsmitglieder, die wir vorhin festgenommen haben.«

Kein Wort sei bisher aus diesen Leuten herauszubekommen, berichtete Schumann dann reichlich resigniert. Und das, obwohl das LKA sogar einen lettischen Dolmetscher mitgebracht habe. Nur dass einer von ihnen der Kapitän sei, hätten sie erfahren, und die anderen feste Besatzungsmitglieder. Alle seien mehr oder weniger angeschlagen von einer Virusinfektion.

»Das wären dann mit unserem Herrn Balodis zusammen nur fünf Leute«, dachte Helene laut nach. »Mehr waren nicht an Bord? Kann ich mir nicht vorstellen bei einem so weiten Törn.«

»Angeblich waren noch vier weitere Decksleute auf der Reise dabei, aber die hätten alle gestern hier abgemustert, behauptet der Kapitän. Ich vermute, die haben sich aus dem Staub gemacht, weil ihnen die Sache zu heiß geworden ist.« Der Kriminalrat griff nach einer neuen Zigarette.

Helene hustete dezent und sagte: »Zu wenige Leute an Bord, und die auch noch krank. Deshalb also liegt die *Aija* hier am Ballastkai und nicht drüben, wo sich das Leben abspielt. Das hätte doch eigentlich ihre Tarnung werden sollen, nehme ich an.«

»Ja, unser Informant hat herausgefunden, dass sie sich für die *Rumregatta* angemeldet haben, um auf diese Weise unbemerkt auf einem harmlosen, unverdächtigen Segelschiff Crystal Meth nach Deutschland zu bringen. Drogen im Marktwert von etwa eineinhalb Millionen Euro übrigens.«

»Donnerwetter«, entfuhr es Schimmel.

»Wann können wir diesen Balodis denn vernehmen?«, fragte Schumann, nahm die Zigarette zwischen die Finger, ließ aber das Feuerzeug liegen. »Er *muss* ganz einfach etwas mitgekriegt haben von der Sache. Egal, ob er selbst darin verstrickt ist – auf jeden Fall hat er etwas gesehen. Zum Beispiel, wann und wo das Zeug umgeladen wurde. Und wer es abgeholt hat.« Das Feuerzeug schnappte auf.

Helene riss, ohne zu fragen, die Schiebetür so heftig auf, dass sie an den Anschlag knallte. »In zwei, drei Tagen, sagen die Ärzte.« Sie stand auf, zog ihren Kopf ein und trat rückwärts auf den Asphalt. »Wir werden Sie sofort benachrichtigen, wenn er so weit ist«, sagte sie in den Wagen hinein.

Auch Schimmel kroch gebückt hinter dem Tisch hervor. »Wir werden dem Herrn noch einige Fragen stellen, da können Sie sicher sein. Nun wissen wir ja, dass er wahrscheinlich in ein Verbrechen verwickelt ist. Vielleicht gibt es irgendeine Verbindung zwischen dem Mord und seiner Rolle als Drogenkurier.«

»Seiner *mutmaßlichen* Rolle«, berichtigte Helene ihren Kollegen.

Der warf ihr einen giftigen Blick zu. »Spitzfindigkeiten! Auf jeden Fall müssen wir diesen Ansatz noch weiter verfolgen.« Damit sprang auch er aus dem Bulli heraus.

»Dann passen Sie bloß gut auf ihn auf. Wäre gar nicht schön, wenn er uns verloren ginge«, rief ihnen Schumann hinterher und blies eine dicke Rauchfahne aus der Türöffnung nach draußen.

17

Gegen sechs Uhr morgens war Helene in ihre Wohnung zurückgekehrt und nach dem Zähneputzen und einer Katzenwäsche todmüde in ihr Bett gefallen. Nur kurz noch hatte sie an die nächtliche Razzia auf der *Aija* gedacht, innerlich geflucht, dass sie dem neugierigen Edgar Schimmel, der anscheinend keinen Schlaf brauchte, überhaupt dorthin gefolgt war. Kriminalrat Schumann mochte ja durchaus kooperativ gewesen sein und hatte mit Informationen nicht hinter dem Berg gehalten – das war leider keineswegs die Regel im Umgang der verschiedenen Polizeibehörden miteinander. Doch alles, was das LKA bei seiner Aktion herausgefunden hatte, konnte der Flensburger Kripo bei der Aufklärung ihrer Mordfälle nicht helfen – und Helene wusste nicht, auf welche Information die Kollegen noch hätten stoßen können, die diesen Umstand geändert hätte.

Auch Schimmels Vermutung, es könne einen Zusammenhang zwischen dem Drogenschmuggel und dem Mord an Senyo Owusu geben, war zwar nicht gänzlich von der Hand zu weisen, allerdings konnte sich Helene nur schwer vorstellen, dass das Opfer selbst in den Drogenhandel verstrickt gewesen war.

Immer drängender hingegen wurde – sowohl für die Flensburger Kripo, als auch für die LKA-Kollegen – die Frage, welche Rolle Kaspars Balodis spielte. Ob der Lette nur Zeuge war oder gar Täter, in jedem Falle war er zur zentralen Figur für die Aufklärung beider Kapitalverbrechen geworden. Man konnte nur hoffen, dass sein Erinnerungsvermögen vollständig zurückkehrte.

Über diesen Gedanken war sie eingeschlafen.

Den Wecker hatte sie auf zehn Uhr gestellt, und als er pünktlich seine Pflicht tat, hatte er sie aus tiefstem Schlaf gerissen. Selbst nach einer kräftigen Morgendusche mit viel eiskaltem Wasser am Schluss war Helene noch nicht vollständig wach, als sie gegen halb elf mit feuchtem Haar in der Bezirkskriminaldirektion eintraf. Sie kaute hungrig auf einem Käsebrötchen herum, das sie im Vorbeigehen in einer Bäckerei gekauft hatte, und war nur mäßig erstaunt, dass Schimmel bereits auf seinem Platz saß, als sie hereinkam. Ein paar Tageszeitungen lagen auf seinem Tisch, das schlimmste aller Boulevardblätter aber hielt er in der Hand, wedelte damit herum und zitierte lautstark: *»Mordserie in Flensburg – war es derselbe Killer?«* Angewidert ließ er das Blatt auf den Tisch segeln und grunzte: »Aasgeier, alle miteinander.«

»Guten Morgen, Edgar«, sagte Helene. »Sei nicht ungerecht: Sie stellen sich doch dieselbe Frage wie wir, oder?«

Unwirsch gab der Graue zurück: »›Killer‹, wenn ich das schon lese …«

»Hast du eigentlich hier im Büro durchgemacht?«

Darauf ging er nicht näher ein, sondern behauptete nur, dass er auch ›ein Stündchen geschlafen‹ habe und ›absolut fit‹ sei.

In der Tat sah ihr Kollege aus, als stecke er voller Energie, wunderte sich Helene und beobachtete ihn verstohlen, während er konzentriert auf seinen Monitor starrte und heftig die Tastatur bearbeitete. Er sah frisch geduscht aus, sogar ein neues Hemd hatte er angezogen. Nur Anzug und Krawatte schienen dieselben zu sein, die er schon seit Tagen trug. Aber das konnte täuschen, wusste sie. Alle seine Anzüge sahen gleich aus, und die Schlipse auch. Simon hatte einmal behauptet, Schimmel habe bestimmt irgendwann in grauer Vorzeit gleich je ein halbes Dutzend dieser Bekleidungsstücke als Sonderposten bei einer Auktion erstanden.

»Sie erwähnt immer wieder einen Torsten. Wenn ich es richtig sehe, war sie über ein Jahr lang mit dem zusammen.« Helene Christ blätterte in den zusammengehefteten Ausdrucken hin und her. »Aber kein Nachname, nirgends.« Sie warf die Übersetzung von Ana Vida Buarques Tagebuch frustriert auf die Tischplatte und lehnte sich erschöpft in ihrem Schreibtischstuhl zurück.

»Was hast du gesagt, Miss Marple?«, fragte Schimmel und drehte Helene den Kopf zu.

»Es findet sich kein Nachname in Anas Tagebuch. Jedenfalls keiner, der uns was nützt. Zwei, drei Professoren, bei denen sie gehört hat, tauchen mit vollem Namen auf. Aber niemand aus ihrem privaten Umfeld. Ist ja auch völlig normal. Wer …«

»… nennt schon in seinem Tagebuch seine Freunde mit Nachnamen?«, vollendete Schimmel. »Klar, aber du gibst zu schnell auf. Sieh mal auf die letzten Seiten. Da ist inzwischen Owusu in ihr Leben getreten. Danach scheint dieser Torsten durchgedreht zu sein, genau wie sie der eifersüchtigen, kleinen Schwäbin erzählt hat. Und da steht was Interessantes.«

»Du hast das ganze Zeug schon gelesen?«, fragte Helene fassungslos.

»Ich arbeite mit einer Kollegin zusammen, die viel Schlaf braucht. Das muss ich eben ausgleichen.«

»Also hör mal …«, fuhr Helene auf.

»Ein Scherz! Meine Güte, sei nicht so dünnhäutig. Ich kann auch nichts dafür, dass ihr euch nicht einigen könnt, du und der Hilfssheriff.«

»Was weißt du denn davon?«, hakte sie misstrauisch nach.

»Es ist nicht zu überhören, dass ihr ... Aber das geht mich überhaupt nichts an.« Unwirsch sprang er auf, und sein Tonfall wurde dienstlich. »Zur Sache: Auf der dritt- oder viertletzten Seite schreibt sie einmal sinngemäß: ›H. droht mir jetzt ganz unverhüllt. Ich habe solche Angst. Ich fürchte mich vor dem, wozu er und seine Freunde fähig sind.‹ Oder so ähnlich.«

»Torsten H. also«, sagte Helene nachdenklich. »Damit sollten wir eigentlich ...«

»... etwas anfangen können«, fiel ihr der Graue wieder ins Wort. »Haben wir sogar schon. Auf der Liste der aktenkundig gewordenen Rechtsradikalen, die die Kollegin in deinem Auftrag erarbeitet hat, findet sich – trara! – ein Torsten Hinrichsen. Das ist der einzige Treffer. Hab's aber auch gerade erst gefunden, als du hereinkamst.«

Helene konnte nicht anders, sie musste den alten Kriminaler, der ihr am Anfang das Leben so schwer gemacht hatte, und den sie auch heute noch allzu oft am liebsten auf den Mond schießen würde, wieder einmal bewundern. Sicher, er war ein manchmal unerträglicher Zyniker, oft ruppig bis zur Beleidigung, aber sie wusste inzwischen, dass das meiste daran Fassade war. Nicht zum ersten Mal empfand sie große Hochachtung vor seinem unermüdlichen Tatendrang, vor allem aber vor seinem messerscharfen Verstand.

Fast wäre ihr der unverzeihliche Fehler unterlaufen, ihm ein begeistertes Lob auszusprechen – woraufhin mit tödlicher Sicherheit eine giftige Antwort auf sie herabgefahren wäre. Im letzten Augenblick besann Helene sich und rief rasch die von ihm erwähnte Liste in ihrer Datei auf. Nach einem kurzen Blick auf den Monitor las sie leise vor: »Torsten Hinrichsen, geboren am 13.01.1986 in Husum, kaufmännischer Angestellter, derzeit arbeitssuchend gemeldet. 2010 und 2012 vorläufige Festnahmen wegen Landfriedensbruch und Volksverhetzung. 2013 wegen Körperverletzung angeklagt, aber mangels Beweisen freigesprochen. Und schließlich 2014 zu sechs Monaten Haft verurteilt. Auch wegen Körperverletzung. Hat jemanden auf der Straße mit einem Knüppel zusammengeschlagen. Gesessen hat er in der JVA Neumünster. Ja, das muss er sein.«

»Das ist er«, bestätigte Schimmel nickend. »Schau mal nach, was da noch so vermerkt ist über unseren braven, arbeitslosen kaufmännischen Angestellten!«

Helene erstarrte, als sie die Zeile gefunden hatte. »Du lieber Himmel, da steht, er sei der Anführer einer Gruppe, die sich *Nationaler Widerstand im Grenzland* nennt. Die sitzen hier in Flensburg. Und es ist vermerkt, dass sie vom Verfassungsschutz beobachtet werden. Warte mal, hier gibt es noch ein paar Eintragungen dazu.« Rasch überflog sie den Text. »Es sollen nur sieben Vereinsmitglieder sein, aber es gibt wohl mindestens ein Dutzend Mitläufer. Anscheinend finden regelmäßige Treffen statt. Ihr ›Clubheim‹ ist angeblich eine kleine Motorradwerkstatt draußen an der B 199 in der Nähe von Gelting, genau gesagt in …« Die Kommissarin stockte. »Verdammt, den Schuppen kenn ich doch!«, rief sie aus. »Da kommt man dran vorbei, wenn man zum Liegeplatz der *Seeschwalbe* fährt, und ein paar Hundert Meter entfernt steht Simons Haus!« Helene holte tief Luft. »Und das soll ein Treffpunkt von Neonazis sein? Nicht zu fassen.«

»Fasse es nur, es ist vermutlich die traurige Realität. Und es passt alles: ein gewalttätiger, vorbestrafter Rechtsextremist, das Schild mit der Aufschrift *Drecksnigger,* dann …«

»Aber wieso macht er das?«, fiel Helene ihm ins Wort. »Warum dieses Schild, Edgar? Damit legt Hinrichsen doch eine Spur aus, die zu ihm führen könnte.«

»Wir dürfen nicht unterschätzen, was für ein … äh … nennen wir es mal ›Sendungsbewusstsein‹ diese radikalen Rechtsextremen haben. Hinrichsen wollte ein Zeichen setzen, alle Welt sollte wissen, warum der Schwarze sterben musste, erschlagen wie ein räudiger Hund. Er *will* also, dass die Tat als eine Aktion der Kräfte verstanden wird, die aus seiner verqueren Sicht das Land retten wollen. Dass er persönlich dabei ins Fadenkreuz geraten könnte, hat er nicht einkalkuliert. Wahrscheinlich ahnt er nichts von dem Tagebuch seiner ehemaligen Freundin, fühlt sich viel zu sicher in seiner Selbstgefälligkeit. Typisch für diese Leute, wenn du mich fragst.« Schimmel griff nach dem Telefon auf seinem Schreibtisch.

Helene nickte nachdenklich. »Ja, das passt. Dazu noch die Art, wie er die Tat begangen hat, und nicht zuletzt das Motiv. Aber … hm …«

Schimmel hielt den Telefonhörer in der Hand und fragte: »Was treibt dich um?«

»Ich frage mich, wozu Hinrichsen auch noch den Laptop des Opfers aus dessen Zimmer gestohlen haben sollte – wenn er es denn war. Welchen Sinn ergibt das für einen Täter, der aus rassistischen Motiven handelt?«

Der Graue zuckte mit den Schultern. »Ich weiß es nicht, Helene. Wir müssen auf die Ergebnisse der Spurensicherung warten. Es gibt immer noch mehr Fragen als Antworten.«

»Leider. So ganz passt das alles noch nicht zusammen, obwohl der Neonazi durchaus auch für den Mord an Ana infrage kommt, oder was sagst du?«, bohrte Helene.

Schimmel nickte. »Die beiden Opfer hatten ein Verhältnis miteinander, und Hinrichsen war vorher mit der Dame liiert. Die Verbindungen sind offensichtlich. Außerdem: Die Tür zu ihrer Wohnung war ja unbeschädigt, zumindest bis du sie eingetreten hast.«

»Gefahr im Verzug.«

»Schon klar, ich sag ja nichts. Es geht mir nur darum, wie der Täter in die Wohnung hineingelangt ist. Die Spusi hat auch bestätigt, dass keinerlei Einbruchsspuren zu finden waren, also …«

»… hat Ana ihrem Mörder die Tür geöffnet. Sie hat ihn wahrscheinlich gekannt.«

»Nicht unbedingt, aber es spricht einiges dafür. Da passt Hinrichsen natürlich genau ins Bild. Nur: Welchen Grund sollte er haben, auch noch seine Exfreundin zu ermorden? Jetzt hätte er doch wieder freie Bahn bei ihr gehabt, nachdem er den Nebenbuhler beseitigt hatte.«

»Vielleicht wollte sie nicht mehr, hat ihn zurückgewiesen, und da ist er durchgedreht, hat sich irgendwo ein Stück Kabel abgeschnitten und sie erdrosselt, wer weiß? Oder er wollte sie für ihr Verhältnis mit einem Schwarzen … äh, bestrafen. Rechtsextremisten haben ein abartiges Gedankengut, vor allem, was ihren Rassenwahn betrifft.«

»Ich weiß«, sagte Schimmel und lehnte sich in seinem Stuhl zurück. »Hast du dich eigentlich mal gefragt, wie es zusammenpasst, dass ein Neonazi, der sein Opfer auch noch als ›Drecksnigger‹ schmäht, ein Verhältnis mit einer braunhäutigen Brasilianerin hatte? Das müsste ihm doch seine rassistische Ideologie verboten haben.«

Helene sah ihn überrascht an und überlegte ein paar Sekunden, dann antwortete sie nachdenklich: »Du hast recht, Edgar, das passt nicht. Vielleicht war es einfach nur …«

»Was?«

»Na ja, Inkonsequenz oder … eine Ausnahme, die er sich als Chef seiner Bande geleistet hat«, sagte Helene tastend. »Sie war ja auch eher … kaffeebraun.« Plötzlich trat Helene wieder das Bild des Halses mit dem weißen Kabel schmerzlich vor Augen.

»Wie Milchkaffee«, ergänzte Schimmel leise. »Mit viel Milch.«

Die Kommissarin schluckte. »Wir werden es von ihm erfahren, wenn wir ihn gefasst haben.«

»Dann wollen wir das mal sofort in die Wege leiten!« Entschlossen hob der Graue den Hörer hoch. »Egal, was Hinrichsens Motiv bei der Brasilianerin war, sogar, ob er überhaupt ihr Mörder war – zumindest Owusu hat er erschlagen. Und diesen Mord werden wir ihm jetzt beweisen. Das ist schon mal ein Anfang. Wird auch Zeit, dass wir Grund unter die Füße bekommen.«

»Balodis ist also raus?«

»Sieht so aus, oder? Wahrscheinlich geht diese Spur ins Leere. Aber wir knöpfen ihn uns auf jeden Fall noch mal vor. Am besten gleich gemeinsam mit dem Kollegen Schumann.« Schimmel drückte ein paar Tasten. »Ich will nur rasch unsere Informationen über Hinrichsen an die Kriminaltechnik weitergeben, Moment.«

Nach kurzem Warten gab der Graue dem Kollegen am anderen Ende den Namen des Verdächtigen durch. »Seine Fingerabdrücke sind gespeichert, er hat schon gesessen«, fügte er hinzu. »Vergleichen Sie die mit denen, die an beiden Tatorten und in Owusus Wohnung gesichert wurden, aber schnell. Und dann rufen Sie mich sofort zurück. – Was?« Er stockte. »Ist ja gut, ist ja gut. Dann eben ›bitte, bitte, lieber Herr Kollege‹, wenn Sie gesteigerten Wert auf so was legen. Ich hab's eilig, muss aus dem Haus. Aber ich leite die Anrufe auf mein Handy um. Ende.« Damit knallte er den Hörer scheppernd auf den Apparat. »Empfindlicher Patron! Als wären wir hier in der Tanzschule.«

Helene wurde unvermittelt von einem Lachanfall bedroht, den sie nur mit größter Beherrschung unterdrücken konnte. Mühsam brachte sie hervor: »Hinrichsen hat also sogar zwei Motive für den Mord an Owusu, die sich gegenseitig verstärken: seinen Rassismus und dazu die Schmach, die er empfunden haben muss, als ihm seine Freundin ausgerechnet von einem Schwarzen ausgespannt wurde.«

»Also los, holen wir ihn uns!« Schimmel nahm die

Dienstpistole aus der Schublade, schob sie in das Holster und schnallte es um. »Steck deine Waffe auch ein, für alle Fälle«, sagte er, griff nach seinem Jackett auf der Lehne und zog es an. »Sag mir noch mal, an welcher Adresse er derzeit gemeldet ist. Und sieh auch in unserer Datei nach, was für ein Haus das ist, damit wir vorbereitet sind.«

Helene blickte kurz auf den Monitor, prägte sich die Anschrift ein, wechselte dann in eine andere Datei, nickte entschlossen und sprang auf. Ihre Müdigkeit war wie weggeblasen. »Auf der anderen Seite der Förde, Twedter Berg im Stadtteil Mürwik. Ein Mehrfamilienhaus. Unter der Hausnummer sind sechs Namen registriert. Und dieser obskure Neonaziverein ist auch dort eingetragen. Wohl nur formal, denn angeblich versammeln sie sich ja immer in diesem Motorradschuppen.« Sie schob ein volles Magazin in ihre Walther, überprüfte die Waffe, steckte sie in das Holster, das sie hinten am Gürtel trug, und folgte Schimmel durch die Tür. »Meinst du denn, wir haben eine Chance, ihn anzutreffen? Ich an seiner Stelle wäre abgehauen und würde mich irgendwo verstecken.«

Der Graue lief schon die Treppe hinab und rief ihr über die Schulter zu: »Dann schreiben wir ihn eben zur Fahndung aus. Und natürlich sehen wir uns sein Rattenloch an der B 199 an, also dieses ›Clubheim‹. Aber erst mal versuchen wir's bei ihm zu Hause.«

»Brauchen wir keinen Durchsuchungsbeschluss für seine Wohnung und den Schuppen da draußen?«

»Keine Zeit, dauert viel zu lang. Meine junge Kollegin spricht in derlei Fällen gern von ›Gefahr im Verzug‹.« Schimmel lachte auf. »Beeil dich! Vielleicht fühlt er sich ja sicher, ahnt nicht, dass wir ihm auf der Spur sind. Mal sehen. Wir werden es in einer Viertelstunde wissen.«

Leise schlichen sie die Treppe hoch ins zweite Stockwerk. Vor der Tür, auf die ein kleines Metallschild mit der Aufschrift *T. Hinrichsen* geschraubt war, trat Schimmel zur Seite, presste sich mit dem Rücken an die Wand und zog seine Pistole hervor.

Helene Christ holte ebenfalls ihre Waffe aus dem Holster und verbarg sie hinter dem Rücken.

Der Graue nickte und drückte den Klingelknopf.

Keine Reaktion. Kein Laut aus der Wohnung. Nichts.

Helene legte ein Ohr an das Türblatt. Sofort schoss ihr durch den Kopf, dass sie das nun schon zum zweiten Mal innerhalb von vierundzwanzig Stunden tat – und was sie beim letzten Mal hinter einer Tür gefunden hatte, die nicht geöffnet worden war. Sie riss sich zusammen und lauschte angestrengt, nachdem Schimmel nochmals geklingelt hatte, diesmal mehrere Sekunden lang.

Sie hörte absolut nichts, nicht das kleinste Geräusch. »Der Vogel ist ausgeflogen«, stieß sie enttäuscht hervor.

»Sieht so aus«, stimmte der Graue ärgerlich zu und steckte seine Dienstwaffe in das Holster zurück. »Verdammt, es läuft nicht gut für uns. Nicht nur, dass der Kerl nicht da ist … Ich hätte allzu gern mal in der Wohnung nach Owusus Laptop gesucht. Und nach seinem Handy.«

Helene hob ihren Fuß auf Höhe des Türschlosses und tat so, als hole sie Schwung.

»Bist du noch zu retten?«, stieß Schimmel erschrocken aus. »Du kannst doch nicht in der ganzen Stadt die Türen eintreten!« Dann hörte er ihr leises Kichern, sah ihr ins feixende Gesicht und schüttelte ungläubig den Kopf. »Sehr witzig! Du hast vielleicht Ideen.«

»Entschuldige, ist so über mich gekommen«, sagte sie und wurde wieder ernst. »Wir haben ja sonst nicht viel zu lachen.« Sie stellte den Fuß zurück auf den Boden. »Okay, aber jetzt brauchen wir wohl wirklich einen richterlichen Beschluss, damit wir da drin nach Beweismitteln suchen können, auch wenn der Verdächtige nicht anwesend ist.«

»In der Tat. Ich rufe gleich den Staatsanwalt an, damit er das veranlasst. Falls ich ihn überzeugen kann. Dauert natürlich alles wieder seine Zeit.« Schimmel holte sein Handy hervor. »Na gut, dann lassen wir das Haus jetzt überwachen, damit Hinrichsen uns nicht durch die Lappen geht, wenn er hier wieder auftaucht.«

»Und wir fahren raus und sehen nach, ob er sich in diesem ominösen Clubhaus herumtreibt, oder?«

»Machen wir. Aber erst holen wir uns zwei, drei Leute zur Verstärkung. Wer weiß, wie viele autonome Grenzlandnazis sich da herumtreiben – und wie die drauf sind.«

Helene musste widerwillig schmunzeln. ›Autonome Grenzlandnazis‹.

Sie setzten sich in ihren Dienstpassat, der an der Straße stand, und behielten den Hauseingang im Blick.

»Verdammt, mir fällt gerade ein, dass wir kein Foto von Hinrichsen dabeihaben«, fluchte Schimmel. »Wie soll der Kollege den denn erkennen, wenn er hier auftaucht?«

Helene holte ihr Smartphone hervor und tippte ein paarmal auf dem Touchscreen herum. Mit leisem Triumph hielt sie dem Grauen das Gerät vors Gesicht. »Ich habe sein Foto heruntergeladen. Falls man jemanden fragen müsste, ob er den schon mal gesehen hat.«

»Ich bin beeindruckt«, stieß Schimmel begeistert aus. »Manchmal bist du nicht zu toppen.« Er nahm sein eigenes Telefon zur Hand und rief eine Nummer aus dem Kurzwahlspeicher auf. »Wohlgemerkt, ich habe *manchmal* gesagt!« Die Polizeidirektion meldete sich. »Wir brauchen einen Beamten, der eine Wohnung und den dazugehörenden Hauseingang bewacht«, erklärte Schimmel ohne Umschweife, wartete einen Moment, dann sagte er scharf: »Ja, Herr Kollege, natürlich hier in der Stadt und natürlich sofort. Wir warten vor der Tür, bis er kommt. Und …« Er brach ab und verdrehte theatralisch die Augen. »Nein, Sie brauchen nicht erst den Chef zu fragen, ich verantworte das. – Ja, ich weiß, dass Sie wegen der *Rumregatta* überlastet sind. Aber es hilft ja nichts. Außerdem gehe ich davon aus, dass es nicht lange dauern wird. Entweder der Verdächtige taucht bald hier auf, oder wir fassen ihn woanders. – Ja, danke, wir warten.« Rasch gab er noch die Adresse durch und setzte hinzu: »In einem neutralen Fahrzeug bitte, nichts, was auch nur nach Polizei riecht!« Dann legte er auf. »Ordentlich was los auf der Hafenmeile, sagt der Kollege von der Bereitschaftspolizei. Sie haben alle Hände voll zu tun.«

»Schlägereien etwa?«

»Davon hat er nichts gesagt. Aber Tausende von Besuchern, Verkehrschaos, Parkplatzprobleme, Eltern, die ihre Kinder vermissen, solche Sachen eben. Und natürlich die üblichen Besoffenen, die herumrandalieren. Alles wie immer.«

»Denkbar ungünstiger Zeitpunkt, ihnen Leute abzuziehen, um diesem Motorradschuppen da draußen auf dem Dorf einen Besuch abzustatten, was meinst du?«

Der Graue nickte. »Du hast recht. Lass uns zurückfahren, sobald der Kollege uns hier ablöst. Wir schauen dann mal, ob wir woanders jemanden finden, der uns begleitet. Und ich brauche unbedingt etwas in den Magen. Ein paar Straßen weiter gibt es einen Chinesen. Lass uns auf dem Weg dort anhalten. Wir holen uns was Leckeres zu essen und nehmen es ins Büro mit. Du magst doch chinesisch, oder?«

»Gern sogar«, sagte Helene. »Mir fällt gerade ein: Den jungen Nuri Önal, unseren Kommissaranwärter, können wir auf jeden Fall mitnehmen. Der freut sich bestimmt, wenn er bei so einem Einsatz dabei sein darf. Ach ja, und dann noch Mommsen, Hauptmeister Asmus Mommsen, wie wär's mit dem? Du weißt schon, dem Dorfsheriff da draußen. Der hat uns doch schon früher recht ordentlich geholfen.«

Schimmel lachte. »Davon ist zumindest er selbst vollkommen überzeugt, wie man so hört.«

Eine halbe Stunde später – Schimmel hatte die Zeit genutzt, um den Durchsuchungsbeschluss zu beantragen – parkte ein betagter dunkelgrauer Opel Astra hinter ihnen ein und blendete einmal kurz die Scheinwerfer auf. Helene stieg aus, setzte sich zu dem Beamten in Zivil ins Auto, zeigte ihm das Foto des Gesuchten und wies ihn in die Lage ein.

Dann fuhren sie zum Chinarestaurant und kehrten wenig später mit einer Plastiktüte voller Köstlichkeiten in Pappbehältern in ihr Büro zurück.

18

Der Airbus A 320 schwebte durch den Morgendunst auf den Flughafen Hamburg zu.

John Adika Owusu streckte sich müde in seinem komfortablen Sitz und schaute teilnahmslos durch das Fenster auf die große deutsche Stadt. Selbst aus dieser Höhe sah alles sauber aus, aufgeräumt, ordentlich.

Vom gesamten Flug hatte er kaum etwas mitbekommen, weder vom ersten Abschnitt, der ihn in nicht einmal sechs Stunden von Accra nach London gebracht hatte, noch von der zweistündigen Umsteigezeit in Heathrow. Und auch während der knappen Stunde hierher nach Hamburg hatte er nur dagesessen, die Augen geschlossen, tief in seine dunklen Gedanken versunken.

Von dem vorzüglichen Essen, das *British Airways* den Passagieren in der ersten Klasse anbot, hatte er kaum etwas angenommen. Schnell hatte das Kabinenpersonal bemerkt, dass der dunkelhäutige Mann mit dem ebenmäßigen, scharf geschnittenen Gesicht seine Ruhe haben wollte. Man bot ihm hin und wieder einen Drink an, respektierte aber ansonsten die Aura der Unnahbarkeit, die er unmissverständlich aussandte.

Owusu schob die Manschette seines weißen Maßhemdes am linken Handgelenk ein Stück nach oben und blickte auf seine Patek-Philippe-Armbanduhr. Sie waren pünktlich. Um neun Uhr vierzig sollten sie in Fuhlsbüttel landen.

Er musste seinen Sohn nach Hause holen.

Den Weg vom Hamburger Flughafen bis hoch an die dänische Grenze war er schon drei-, viermal in den vergangenen Jahren gefahren. Das Navi des luxuriösen Leihwagens hatte er zwar aktiviert, aber er achtete kaum auf die Frauenstimme, die ihn auf Englisch über die A 7 führte. Nur später, wenn er in Flensburg angekommen wäre, könnte sie ihm nützlich sein. Den Weg zur Polizeidirektion kannte er nicht.

Während er sich über die vielen Baustellen auf der Strecke wunderte, beschäftigte Owusu nur eine einzige Frage. Dieselbe, die ihn seit jenem Anruf aus Deutschland quälte. Sie kreiste unablässig in seinem Kopf, ließ ihn nicht los, am Tag nicht, und erst recht nicht nachts. Tausendmal schon, seit ihm die furchtbare Nachricht überbracht worden war, hatte er sich diese Frage gestellt: Warum?

Er hatte gute Gründe dafür, sich das zu fragen. Die Antwort darauf war nämlich viel wichtiger als die auf die Frage, *wer* die Tat begangen hatte. Das mochte die Kriminalpolizei interessieren – für ihn aber war das erst einmal zweitrangig.

Denn John Adika Owusu hatte einen schrecklichen Verdacht. Und wenn der sich bewahrheitete …

Die deutsche Polizei durfte nichts davon erfahren. Er würde schweigen müssen, falls sie ihm die falschen Fragen stellten. Nur er selbst, auf sich allein gestellt, könnte im Hintergrund seinen schlimmen Vermutungen nachgehen, äußerst vorsichtig. Und wenn sie zutrafen, gab es keinen Zweifel darüber, was ihn erwartete.

Ein Schauer überlief ihn, und er stellte die Klimaanlage des Wagens zwei Grad höher. Die Kälte wollte dennoch nicht weichen. Zum ersten Mal in seinem überaus erfolgreichen Berufsleben hatte er Angst. Es war keine Besorgnis, wie sie ihn bei seinen Geschäften des Öfteren einmal überfiel, auch nicht Unruhe wie bei manchen riskanten Entscheidungen, nein, ekelhafte, dumpf an den Eingeweiden zerrende Furcht hatte ihn ergriffen.

Noch vom Flugplatz aus hatte Owusu in Flensburg angerufen, einer Kriminalkommissarin Christ seinen Besuch angekündigt und sich nach dem Stand der Ermittlungen erkundigt. Sie hatte am Telefon nicht allzu deutlich werden wollen, aber Owusu hatte schnell gemerkt, dass es wohl nicht viel Konkretes zu sagen gab. Die Polizei schien im Dunkeln zu tappen.

Nun, John Adika Owusu ahnte, wieso: Die Kriminalisten suchten nach dem Täter, sicherten und verfolgten Spuren, stellten mit den Methoden und Hilfsmitteln modernster Kriminologie professionelle Ermittlungen an. Erst wenn sie einen Verdächtigen festnahmen, interessierten sie sich für sein Motiv. Sie konnten gar nicht anders vorgehen. Für sie war dies nur ein weiterer Mordfall, den sie aufklären mussten. Sie taten ihre Arbeit so gut wie möglich und verließen sich dabei auf ihr Können und ihre Erfahrung. Andere Optionen hatten sie nicht. Weil sie nicht wussten, was er wusste. Und er konnte es ihnen nicht sagen. Unter gar keinen Umständen. Nicht einmal die Hamburger Detektei, die er eingeschaltet hatte, nachdem er vom Tod seines Sohnes benachrichtigt worden war, wusste allzu viel über ihren Mandanten. Über den brisanten Hintergrund seines Auftrages hatte er geschwiegen.

Die schlanken Hände auf dem Edelholz des Lenkrades waren auf einmal schwitzig, stellte Owusu ärgerlich fest. Kalter Schweiß.

Verflucht, er dachte nur an sich, fiel ihm plötzlich auf, und eine Welle bitterer Scham überrollte ihn. Was für ein lächerlicher Mann war er eigentlich? Was galt das alles jetzt noch, das Geschäft, sein Leben? Senyo war tot, sein wunderbarer, kluger Junge, sein Stolz, seine Hoffnung. Sein Prinz.

Er ballte die rechte Hand zur Faust und schlug auf das Lenkrad. »If he did that, he will pay for it, Senyo, I promise you!«, flüsterte er, als ihm plötzlich etwas einfiel. Er hatte keinen Rückflug gebucht.

Die Straßen in Flensburg waren verstopft, und er kam nur langsam voran. Ein großes Volksfest schien hier stattzufinden. Von der Straße aus konnte Owusu das Fördewasser nicht sehen; Jahrmarktbuden standen dicht an dicht auf dem Kai und versperrten die Sicht auf den Hafen. Nur Segelschiffmasten erkannte er, die in großer Anzahl hinter den Buden in den Himmel ragten. Der Verkehr bewegte sich im Schritttempo vorwärts. Überall drängten sich Fußgänger, auch auf der Fahrbahn. Ungeduldig bemerkte Owusu, dass er schon eine halbe Stunde später dran war, als das Navi beim Start in Fuhlsbüttel ausgerechnet hatte.

Als er im Parkhaus nach mehreren vergeblichen Runden endlich einen Stellplatz gefunden hatte, machte er sich zu Fuß auf den Weg zum Gebäude der Polizeidirektion nebenan. Während er sich durch die vielen fröhlichen Menschen schob, schoss ihm unvermittelt ein Gedanke durch den Kopf, den er schon die ganze Zeit immer mal wieder gehabt hatte: Was, wenn er sich ganz umsonst diese Sorgen machte, wenn am Ende nichts dran war an seiner fürchterlichen Vermutung, an dem eigentlich … ja, dem ganz und gar Undenkbaren?

Unwirsch schüttelte der Ghanaer den Kopf. Möglich war das durchaus. Aber es half nichts, er würde das Risiko eingehen müssen, das war das Mindeste, was er seinem Sohn schuldig war.

Mit einem entschlossenen Griff zog er die Eingangstür zur Polizeidirektion auf und trat an den Schalter, hinter dem ein Uniformierter dem Besucher ein fröhliches »Moin, Moin« entgegenrief.

19

Sie saßen im Aufenthaltsraum und hatten ihren Schmaus gerade beendet, als es an der Tür klopfte und Kommissaranwärter Önal seinen Kopf hereinsteckte. »Entschuldigung, ich wollte nachsehen, ob Sie schon wieder zurück sind. Und da Sie nicht in Ihrem Büro waren …«

»Schon gut, was gibt's denn?«, fragte Helene freundlich.

»Da wartet jemand auf Sie.« Der junge Mann trat in den Raum und sah auf einen Zettel. »Ein Mister Owusu aus Ghana«, las er ab. »Der Vater des ermorde… äh, des Opfers eines Tötungsdeliktes.«

»Brechen Sie sich bloß nichts ab«, fuhr Schimmel ihn an. »Den Fachhochschuljargon können Sie sich schenken.« Er stand auf, warf Essensreste und Pappkartons in den Mülleimer, ging an Önal vorbei und verschwand auf dem Flur. Plötzlich erschien sein grauer Kopf noch einmal in der Tür. »Wer hat den Vater eigentlich informiert? Ich wollte noch dran denken, hab's aber ganz vergessen.«

»Ich hab ihn gestern Morgen angerufen, Edgar. Anscheinend hat er sich direkt in den Flieger gesetzt«, antwortete Helene mit zuckersüßer Stimme. »Ich hab übrigens auch dafür gesorgt, dass die Angehörigen von Ana Vida Buarque in Brasilien die traurige Nachricht erhalten haben. Du kannst dich doch nicht um alles kümmern, nicht wahr?«

Er schoss ihr einen scheelen Blick zu. »Gut, gut. Dann sprich du bitte auch mit ihm, ja? Ist mir zu anstrengend, das ganze Englisch. Aber mach es so kurz wie es nur geht. Wir müssen so schnell wie möglich zu diesem Motorradschuppen rausfahren. Ich wecke gleich mal den alten Mommsen aus seinem Büroschlaf und sage ihm, wo er hinkommen soll. Und Sie, junger Mann …«, er wies mit dem Zeigefinger auf Nuri Önal, »… Sie kommen auch mit. Wird Zeit, dass Sie Ihren Hintern aus dem Schreibtischsessel kriegen. Machen Sie sich schon mal bereit.« Der Kopf verschwand wieder. Vom Flur her hörte man Schimmels gnatzende Stimme: »Ach ja, der Staatsanwalt will mich wegen des Durchsuchungsbeschlusses noch einmal sprechen und eine Pressekonferenz sollen wir auch abhalten. Mist, elender. Das hat mir gerade noch gefehlt. Außerdem muss ich auch mit der KTU reden. Hoffentlich haben die Brüder endlich Ergebnisse vorzuweisen. So langsam wird es wirklich Zeit.«

Helene sah, dass Nuri Önal konsterniert auf den Türrahmen starrte, durch den Schimmel gerade verschwunden war. Lächelnd sagte sie zu ihm: »Was der freundliche Herr Hauptkommissar ausdrücken wollte: Wir wissen, dass das Opfer ermordet wurde. Also dürfen Sie diesen Begriff auch gern verwenden.«

Der stämmige Kommissaranwärter mit dem angesagten Undercut-Haarschnitt nickte. »Danke, Frau Kommissarin. Worum handelt es sich denn bei dem Einsatz?«

»Ich gebe Ihnen nachher die nötigen Informationen. Übrigens: Frau Christ tut's auch. Machen Sie sich ein bisschen locker.«

»Okay, ich merk's mir.« Er wies in Richtung Flur. »Äh, sagen Sie, ist der eigentlich immer so?«

»Ja«, antwortete Helene, ohne eine Miene zu verziehen. »Also los, wo wartet Herr Owusu denn auf mich?«

»Im kleinen Konferenzraum«, entgegnete Önal eifrig. »Ist erst seit etwa einer halben Stunde da. Hab ihm was zu trinken hingestellt.«

Helene nickte ihm anerkennend zu und hob den Daumen.

Rasch ging sie hinüber in ihr Büro und zog aus einer dicken Mappe auf dem Schreibtisch ein paar großformatige Fotos heraus. Damit ging sie zum Konferenzzimmer.

Der schlanke Afrikaner im Maßanzug stand auf, als Helene den Raum betrat. Sie schätzte ihn auf Anfang fünfzig. Sofort erkannte sie ihn wieder, obwohl er auf dem Foto im Zimmer seines Sohnes deutlich jünger gewesen war.

»Ich bin Kommissarin Christ«, stellte sie sich auf Englisch vor. »Wir haben vor zwei Tagen miteinander telefoniert.«

»Sehr erfreut«, antwortete er. »Mein Name ist John Adika Owusu.« Er ergriff ihre ausgestreckte Hand. »Ich danke Ihnen, dass Sie uns unverzüglich benachrichtigt haben. Ich habe mich allein auf den Weg hierher gemacht, um unseren Sohn …« Er stockte kurz und schluckte, fuhr dann aber im selben sachlichen Tonfall fort: »Nun, um ihn abzuholen. Meine Frau und Senyos Geschwister bereiten zu Hause alles für seine Beerdigung vor.«

Helene sprach ihm ihr Beileid aus, bat ihn, wieder Platz zu nehmen, und setzte sich ebenfalls an den Tisch. Die Fotos legte sie umgedreht neben sich. Sie hatte einen Kloß im Hals, und eine Zeit lang saßen sie sich schweigend gegenüber. Der Ghanaer starrte stumm auf die Tischplatte. Schließlich nahm die Kommissarin sich zusammen und sagte vorsichtig: »Ich vermute, Sie haben viele Fragen. Bitte scheuen Sie sich nicht, sie mir zu stellen. Wie kann ich Ihnen helfen?«

Owusu hob den Kopf und blickte sie an. Die Ähnlichkeit zu seinem ermordeten Sohn war frappierend, stellte Helene traurig fest.

Alles wolle er wissen, erklärte Owusu bestimmt, alles darüber, wie sein Sohn zu Tode gekommen war, was die Polizei bisher ermittelt habe, vor allem aber, wo man den Leichnam derzeit aufbewahre – er wolle Senyo auf jeden Fall noch einmal sehen –, und wann er ihn nach Ghana überführen könne.

Helene lieferte ihm einen knappen, aber präzisen Bericht, dem er regungslos zuhörte, ohne sie zu unterbrechen. Erst als sie ihm vorsichtig die Verletzungen beschrieb, die seinem Sohn zugefügt worden waren, sagte er mit bebender Stimme: »Ihre Leute haben sicher einige Aufnahmen gemacht. Kann ich die sehen?«

Helene seufzte. Sie hatte es geahnt. Widerwillig kam sie seiner Bitte nach, drehte die Fotos um, die sie mitgebracht hatte, und schob sie zu Owusu hinüber.

Sein Blick flackerte, als er sich die Bilder nacheinander ansah. Minutenlang betrachtete er das Grauen, ohne ein Wort zu sagen. Schließlich lehnte er sich in seinem Sessel zurück. »Danke«, sagte er leise.

Helene nickte nur. „Haben Sie denn schon die notwendigen Vorkehrungen für eine Überführung getroffen?«, fragte sie dann, um irgendetwas zu sagen.

»Ich habe von Accra aus bereits Kontakt zu einem Bestattungsunternehmen aufgenommen, das alles in die Hand nehmen wird. Man wartet dort auf meinen Anruf, wenn ich die polizeiliche ... man nennt es wohl ›Freigabe‹ erhalten habe.«

Es ging etwas Beunruhigendes aus von der Sachlichkeit, mit der der Mann über all dies sprach, fand Helene. Hier saß der Vater eines jungen Mordopfers vor ihr, und hätte genauso gut der Bestattungsunternehmer selbst sein können. Aber vielleicht tat sie ihm unrecht. Dass Owusu seine Gefühle derart diszipliniert im Griff hielt, hieß ja nicht, dass er keine hatte.

»Wir werden die Leiche recht bald zur Überführung freigeben können«, erklärte sie ihm. »Ich habe heute Morgen mit der Gerichtsmedizin gesprochen. Nahezu alle Untersuchungen sind abgeschlossen. Die Staatsanwaltschaft wird Sie vermutlich in ein, zwei Tagen über die offizielle Freigabe informieren. Wo können wir Sie erreichen, Mister Owusu?«

»Ich habe ein Zimmer im Hotel *Alter Meierhof* in Glücksburg gebucht«, sagte der Ghanaer. »Dort können Sie eine Nachricht für mich hinterlassen, wenn es so weit ist.«

Das erste Haus am Platze, dachte Helene. Klar, irgendwie hatte sie nichts anderes erwartet, so wie der Mann gekleidet war und wie er auftrat. »Darf ich Sie fragen, welchen Beruf Sie haben, Mister Owusu?«, fragte sie, ohne lange zu überlegen.

Er lächelte schmal. »Ich bin Ingenieur und besitze eine kleine Firma in Ghana.« Sein Lächeln erstarb abrupt. »Senyo sollte in Kürze in den Betrieb einsteigen, nach seinem Studium.«

Helene biss sich auf die Lippen. »Entschuldigen Sie bitte meine Neugier.«

Verdammt, was tat das zur Sache, schalt sie sich innerlich. Was ging es sie an, womit der Mann sein Geld verdiente? Der hatte weiß Gott andere Sorgen, als ihre indiskreten Fragen zu beantworten. »Natürlich können wir auch im Hotel anrufen«, lenkte sie rasch ab. »Aber geben Sie mir doch einfach Ihre Mobilfunknummer, das macht es leichter.«

Zögerte er einen Augenblick, war da ein Hauch von Widerwillen in seiner Stimme, als er sagte: »Ich schreib sie Ihnen auf.«? Helene war sich nicht sicher.

Owusu sah ihr in die Augen. »Wann und wo kann ich meinen Sohn noch einmal sehen?«

Sie erklärte ihm, dass die Leiche im Gerichtsmedizinischen Institut der Universitätsklinik in Kiel lag. »Ich rufe gern dort an und mache einen Termin für Sie aus.«

»Morgen früh um zehn Uhr, bitte«, sagte Owusu, als handele es sich um eine ganz normale geschäftliche Terminvereinbarung.

Helen nickte. »Geht in Ordnung. Kann ich Ihnen noch irgendwie weiterhelfen?«

»Sie haben mir noch nichts zum Stand Ihrer Ermittlungen gesagt. Also bitte: Wer hat das … äh, wer hat meinen Sohn umgebracht?«

Immerhin meinte Helene, jetzt so etwas wie eine Gemütsregung in seinem Tonfall zu erkennen. »Ich will ganz ehrlich zu Ihnen sein, Mister Owusu: Wir wissen es noch nicht. Es gibt allerdings Hinweise darauf, dass ein rassistisches Motiv hinter der Tat stecken könnte. Wir ermitteln mit Hochdruck in diese Richtung.«

Sie erschrak, als der Mann urplötzlich aus seinem Sessel hochschoss und ungläubig rief: »Das glauben Sie? Wirklich?«

»Es gibt Spuren, die eindeutig in diese Richtung weisen.«

»Kein Zweifel?« Er starrte sie an.

»Es ist mehr als wahrscheinlich, dass Ihr Sohn das Opfer einer rechtsextremistischen Gewalttat geworden ist«, antwortete Helene und stellte im selben Moment bestürzt fest, dass sie selbst kein bisschen an das glaubte, was sie da sagte. Es musste einfach mehr dahinterstecken! Sie klammerten sich an einen spröden Strohhalm, weil sie nichts Besseres hatten. Aber noch wollte sie Edgar Schimmel nicht mit ihren Zweifeln konfrontieren. Erst einmal würde sie abwarten, was aus Hinrichsen herauszubekommen wäre – wenn sie ihn denn endlich erwischten.

Langsam sank der Ghanaer zurück auf seinen Stuhl. Auf einmal erkannte Helene einen Ausdruck auf seinem Gesicht, der sie aus der Fassung brachte. Was war das? Unglaublich, aber in seiner Miene spiegelte sich so etwas wie Erleichterung. Es sah tatsächlich aus, als habe ihn die Nachricht, sein Sohn sei von einem deutschen Neonazi erschlagen worden, irgendwie … ja, beruhigt. Seine scharfen Züge schienen sich ein wenig zu entspannen.

Unheimlich, dachte sie. Findet all das hier wirklich statt oder spinne ich schon total?

Und plötzlich kam ihr wieder eine Frage in den Sinn, die sie schon hatte stellen wollen, als er so gewandt und wie aus der Pistole geschossen von seiner Hotelbuchung gesprochen hatte: »Sagen Sie bitte, Mister Owusu, waren Sie schon häufiger hier in Flensburg?«

»Wie kommen Sie darauf?«, fragte er mit neutraler Stimme.

»Nun, ich frage nur. Ich hatte den Eindruck, Sie würden sich hier schon ein wenig auskennen.«

»Ich habe meinen Sohn besucht, zweimal. Reicht Ihnen das?«

Die Röte stieg Helene ins Gesicht, das merkte sie genau. »Durchaus, entschuldigen Sie.« Welch ein Unsinn, fiel ihr auf. Ständig entschuldigte sie sich bei dem Mann. Warum eigentlich? Wieso fühlte sie sich so unsicher in seiner Gegenwart? »Kann ich sonst noch etwas für Sie tun?«

»Nein, zunächst nicht. Ich danke Ihnen für alles, Frau Kommissarin.« Er zog eine Visitenkarte und einen goldenen Stift aus der Innentasche seines Seidenjacketts, schrieb eine Nummer auf die Rückseite der Karte und schob sie Helene hinüber. »Die Mobilfunknummer, die Sie haben wollten.« Damit erhob er sich und ging zur Tür. »Ich höre ja dann von Ihnen.« Er nickte ihr höflich zu und ergriff die Klinke. Kurz darauf hatte er den Raum verlassen.

Helene aber blieb sitzen und starrte minutenlang auf die geschlossene Tür.

20

Alle Schiffe waren in den Hafen eingelaufen, die letzten machten gerade fest. In Dreier- und Viererpäckchen lagen sie am Kai, und ein fröhliches Klettern über die Decks von Schiff zu Schiff setzte überall ein, bis die Passagiere, die für die Regatta an Bord eingecheckt hatten, wieder festen Boden unter den Füßen hatten.

Simon ließ die *Seeschwalbe* im breiten Hafenbecken langsam kreisen, und die Berliner standen an der Reling und konnten sich an dem bunten Treiben offenbar nicht sattsehen.

Auch Frau Sörensen war schwer beschäftigt. Sie stand

ganz vorn auf dem Luk des Ankerkastens, von wo sie eine gute Sicht auf das Geschehen rundherum hatte, wedelte aufgeregt mit dem Schwanz und suchte die vielen fremden Schiffe nach Feinden ab. In allen Häfen tat sie das unverdrossen, und selbst unterwegs, wenn sie in Sichtweite an einem anderen Boot vorbeisegelten, als wäre es ihre hoheitliche Aufgabe, jeden anderen Bordhund und vor allem jede Katze, die sich zeigte, wütend zu verbellen.

Gut gelaufen, der Tag, dachte Simon zufrieden. Bestes Regattawetter. Am Morgen waren sie rechtzeitig nahe an die Start- und Ziellinie gefahren. Ein eindrucksvolles Bild hatte sich ihnen geboten, als die vielen Boote und Schiffe aller Größen unter voller Besegelung über die Linie gefahren waren. Dann hatten sie selbst auch die Segel gesetzt und waren den ganzen Tag lang bei viel Sonnenschein neben der Armada hergesegelt – natürlich in gebührendem Abstand, um die Wettbewerbsteilnehmer nicht zu behindern. Simon hatte am Morgen frische Brötchen, Aufschnitt, Käse und natürlich einen kleinen Eimer mit Matjesheringen eingekauft. Nach dem ausgiebigen Frühstück hatten sie gemeinsam Brötchen geschmiert und belegt, die sie im Laufe des Tages restlos verzehrten. Der Skipper war mit dem Bier zurückhaltend gewesen, aber die Berliner hatten dafür umso kräftiger dem einheimischen Gebräu zugesprochen, um die Bissen zünftig herunterzuspülen.

Eben hatte es wieder ein paar amüsante Szenen gegeben, als einige Crews merkten, dass ihnen die Gefahr drohte, Erster in ihrer Gruppe zu werden. Dass auf dem vordersten Schiff kurz vor der Ziellinie Hektik ausbrach, weil der lautstarke Befehl zum Niederholen der Segel erscholl, sah man eben nur bei der Flensburger *Rumregatta.*

Bruch hatte es keinen gegeben, soweit Simon hatte feststellen können, auch keine Kollisionen. Alle waren anscheinend wohlbehalten zurück. Nun freute man sich auf die legendäre Preisvergeudung, die um achtzehn Uhr dreißig auf dem alten Motorgüterschiff *Gesine* stattfinden würde, das im Historischen Hafen lag. Wieder würden sich davor Trauben von begeisterten Zuschauern auf dem Bohlwerk versammeln, wie der hölzerne Steg des Museumshafens genannt wurde. Und anschließend würde bis in die tiefe Nacht hinein auf dem *Gaffelmarkt* entlang der Hafenmeile gefeiert werden.

»Wann lejen wir denn morjen ab, Skipper?«, rief Friedel Papke von der Reling herüber.

»Keine Hektik«, gab Simon zurück. »Erst müssen wir noch unsere Vorräte auffüllen und Wasser bunkern. Ich denke, wir werden gegen Mittag losfahren. Dann gibt es hier auch nichts mehr zu sehen.«

»Dann geht es hinaus aufs blaue Meer!«, freute sich Helmut. »Wir kriegen hier wirklich was geboten.« Er drehte sich zu Papke hin, der ein undefinierbares Geräusch von sich gegeben hatte. »Was hast du denn, Friedel?«

»Na ja, det mit der Leiche hätt nich sein müssen«, sagte der und trank einen Schluck. Man sah ihm an, dass er das Bild, das sich ihm da in der ersten Nacht geboten hatte, immer noch nicht aus seinem Kopf bekam.

»Da hast du recht, das stimmt«, erwiderte Helmut und legte Papke mitfühlend eine Hand auf die Schulter. »Große Scheiße, was du dir da ansehen musstest. Ganz scheußlich. Musst wohl erst noch drüber wegkommen, was?«

Papke nickte nur und schwieg.

»Aber die Razzia auf dem Geisterschiff war doch 'ne Wucht, oder?« Helmuts Hochgefühl schien durch nichts zu trüben zu sein. »So was erlebt man nicht alle Tage.«

Simon grinste. Den ganzen Tag über war die nächtliche Polizeiaktion neben ihrem Liegeplatz am Ballastkai ein Thema zwischen den Berlinern gewesen, auf das sie immer wieder zu sprechen kamen. Alle waren sie Zeugen der Vorgänge geworden, denn selbstverständlich hatte Papke auch die beiden anderen geweckt, als er aus seiner Koje gestiegen war und kurz darauf seine markige Stimme oben hatte ertönen lassen. Vom Deck der *Seeschwalbe* aus hatten sie dann gemeinsam die spannenden Vorgänge auf dem Pier und der *Aija* verfolgt.

»Der *Gaffelmarkt,* die *Rumregatta,* 'ne Razzia auf einem richtigen Geisterschiff auch noch, und ab morgen dann Segeln auf dem Meer. Wenn das nichts ist!« Die Begeisterung drohte, Helmut zu überwältigen, und er nahm einen tiefen Schluck.

»Besser, du säufst heute nicht mehr so viel«, kommentierte Lutz trocken. »Sonst wirste noch seekrank, wenn wir draußen auf dem freien Wasser sind.«

Helmut gab keine Antwort, lachte verächtlich und tat noch einen kräftigen Zug aus seiner Bügelflasche.

Natürlich hatte Lutz recht. Aber Simon sparte sich jeden Kommentar. Die Männer waren alt genug. Selbst wenn sie morgen alle außer Gefecht wären, er konnte die *Seeschwalbe* auch allein segeln. Und irgendwann ging jede Seekrankheit vorbei. Vor allem, wenn sie aus einem Kater entstanden war.

Bis nach Rostock, wo die Crew von Bord gehen wollte, waren es etwa einhundert Seemeilen. Simon plante zwei Zwischenstopps, um die Landratten nicht zu überfordern. Der Wind wehte aus Nordost mit vier bis fünf Beaufort, und das sollte laut Wettervorhersage auch in den nächsten Tagen so bleiben. Ideal, der seltene Glücksfall, dass die *Seeschwalbe* nicht kreuzen musste, sondern ihre Ziele sowohl auf dem Hinweg als auch zurück meistens auf Halbwindkursen erreichen könnte. Vorausgesetzt, der Wind blies weiter so günstig, würde Simon für den Rückweg nur zwei Tage brauchen. Wenn er nicht zu müde wurde, könnte er sogar eine Nachtfahrt einlegen und in einem Rutsch durchsegeln. Auf jeden Fall musste er am nächsten Sonnabend in der Firma sein und die Termine für die folgende Woche vorbereiten.

Die Arbeit war nicht weniger geworden, obwohl *Simonsen*

Hoch- und Tiefbau nun anderen gehörte und er lediglich als Geschäftsführer angestellt war. Die Menschen bauten wie verrückt, seit man für sein Geld auf der Bank keine Zinsen mehr bekam. Neben den diversen Bauprojekten für Einfamilienhäuser und den Tiefbauarbeiten für mehrere Kommunen im Umkreis von einhundert Kilometern hatte Simon einen großen Auftrag für eine Feriensiedlung an der Schlei an Land gezogen, mit der die Firma mehr als ausgelastet war. Händeringend suchten sie nach halbwegs qualifizierten Leuten, die sie einstellen konnten, aber der Markt war leergefegt. Inzwischen hatte in der Branche sogar eine Abwerbungswelle eingesetzt. Man überbot sich mit weit übertariflichen Löhnen und Sonderzahlungen, um sich gegenseitig die Mitarbeiter abzujagen. Nicht schön, vor allem nicht für die kleineren, zum Teil uralt eingesessenen örtlichen Firmen auf dem Lande.

»Macht mal die Leinen und die Fender klar«, unterbrach Simon seine Gedanken.

»Wo lejen wir denn an?«, wollte Friedel Papke wissen.

»Wir fahren rüber zu *Niro Petersen,* wo die Charterboote liegen. Die haben bis morgen Mittag einen Platz für uns frei, hab ich vorhin telefonisch geklärt. Wir nehmen uns dann ein Taxi und holen die Lebensmittel ein, die wir noch brauchen. Und Wasser gibt's da auch auf dem Steg.«

»Müssen wir noch Diesel bunkern?«

»Nein, hab ich am Donnerstag gemacht. Der Tank ist so gut wie voll.«

Die drei Berliner leerten ihre Flaschen und gingen vor zur Ankerpiek, in der Leinen und Fender lagen. Frau Sörensen verließ sichtlich widerwillig ihren Aussichtspunkt auf dem Luk, trottete nach achtern und setzte sich hinter dem Steuerstand auf die Cockpitbank.

»Morgen geht's raus, altes Mädchen«, rief Simon ihr zu. »Richtig segeln – nicht diese Hafenrundfahrten hier.«

Die Hündin blickte ihn mit ihren dunklen Knopfaugen aufmerksam an, das Maul leicht geöffnet. Fast konnte man meinen, sie lächelte.

»Sehen wir uns noch, bevor ich morgen losfahre? Oder bist du zu … beschäftigt?« Eigentlich hatte Simon ›sauer‹ sagen wollen, sich aber noch rechtzeitig besonnen. Wo lief das alles hin mit ihnen, fragte er sich bestürzt. Wenn er sich schon in einem Minenfeld wähnte, weil er sie darum bat, sich mit ihr zu treffen …

»Klar will ich dich sehen«, sagte Helene, und er hörte ein leises Schmunzeln in ihrer Stimme. Sein tastender Tonfall schien ihr nicht entgangen zu sein – und auch nicht die kleine Pause in dem Satz. »Wann kannst du dich denn mal loseisen von deiner Crew?«

»Ach, die können gern heute Abend ohne mich ausgehen. Ist ja reichlich was los auf dem *Gaffelmarkt.* Alles, was wir für den Törn brauchen, haben wir gerade eingekauft und verstaut. Ich bin frei für dich.«

Sie lachte. »Das will ich doch hoffen, ganz grundsätzlich. Ich muss nur jetzt sofort zu einem Einsatz raus. Kann zwei, drei Stunden dauern, denke ich. »

»Einsatz? Was … äh, Dramatisches?«

»Eher nicht, glaube ich. Wir suchen jemanden. Vielleicht ist er da, wo wir ihn vermuten, mal sehen. Ich erzähl dir später ein bisschen was darüber.«

»Okay.« Simon sah auf seine Uhr. »Sagen wir: in drei Stunden, sicherheitshalber. Das wäre dann gegen neun Uhr. Äh, wo wollen wir uns denn …?«

»Simon, meine Güte, wir sind uns in einer Sache nicht einig, in einer wichtigen Sache, ja, das stimmt leider, aber du benimmst dich wie ein verschämter Grünschnabel. Komm zu mir in die Wohnung, wohin denn sonst? Da warst du schon zigmal! Wirst den Weg wohl finden. Ich nehm auf dem Nachhauseweg ein bisschen was zu essen mit, wir machen eine schöne Flasche Roten auf ... na ja, und so weiter. Ich muss dringend los, Schimmel ruft schon nach mir.«

»Pass auf dich auf. Ich liebe dich!«, rief er und hörte gerade noch, wie sie »Ich dich auch« sagte, bevor die Verbindung beendet wurde.

Lächelnd steckte er sein Handy wieder in die Tasche. ›Und so weiter‹ hörte sich gut an. Sehr gut sogar.

21

Polizeihauptmeister Asmus Mommsen legte den Hörer auf und furchte seine breite Stirn. Er konnte das alles nicht recht glauben. Klar, Gerüchte über die Gesinnung der Leute, die sich da draußen in der kleinen Werkstatt trafen, gab es seit ein paar Monaten im Dorf. Sogar zwei Beamte des Verfassungsschutzes hatten ihn schon besucht und gebeten, den Schuppen am Ortsrand im Auge zu behalten. Anscheinend hatten sie bei der Durchsuchung nichts gefunden, das ihnen ermöglicht hätte, polizeiliche Maßnahmen zu ergreifen. Die beiden hatten Mommsen aber versichert, sie besäßen verlässliche Zeugenaussagen, dass sich Rechtsradikale in dem Schuppen versammelten.

Neonazis, in seinem Ort! Davon hatte Mommsen bisher jedenfalls noch nichts bemerkt. Und die Leute redeten viel. Gerüchte gab es immer. Er hielt den Verdacht der Staatschützer schlicht für Unsinn. Dennoch war er natürlich pflichtgemäß mehrmals unerwartet dort aufgetaucht, zuletzt erst vorgestern, als er wegen einer nächtlichen Ruhestörung eh gerade in der Nähe gewesen war. Aber bisher hatte er immer nur eine Handvoll junger Männer angetroffen, die Bier tranken und an ihren ›Böcken‹ herumschraubten. Der alte Polizist mochte zwar die laute Musik nicht, die sie hörten, aber was da zu stampfenden Rhythmen gegrölt wurde, hatte ihn nicht interessiert. Etwas wirklich Verdächtiges war ihm dort bisher nicht aufgefallen.

Mommsen stand nun schon jahrzehntelang im Polizeidienst und konnte sich auf sein Bauchgefühl verlassen, dessen war er sich sicher. Allerdings hatte Hauptkommissar Schimmel soeben behauptet, die Biker gehörten zu einer Neonazigruppe, die sich *Nationaler Widerstand im Grenzland* nannte. Was für ein Name. Noch nie hatte der Dorfsheriff den gehört. Aber Schimmels Worte hatten ihn doch beunruhigt.

Alle Polizeibeamten im weiten Umkreis kannten den grantigen Kriminalisten aus Flensburg; fast jeder hatte die barsche, unduldsame Art des ›Grauen‹, wie er hinter vorgehaltener Hand von allen genannt wurde, bei irgendeinem Einsatz schon zu spüren bekommen.

Jedoch war der alte Griesgram andererseits nicht gerade für leichtfertige Urteile oder vorschnelles Handeln bekannt. Was, wenn stimmte, was er sagte, wenn die Kerle tatsächlich nicht so harmlos waren, wie Mommsen immer gedacht hatte? Wenn das richtige Radikale waren, die sich da draußen versammelten, in seinem Revier? Unfassbar!

Mommsen, im Ort nach Art der Küstenbewohner auch ›Asmus Kelle‹ genannt, weil er mit einer solchen gern die Gäste der *Fischerhütte* zur Alkoholkontrolle anhielt, betrachtete es als persönlichen Affront, wenn ungesetzliche Umtriebe dort stattfanden, wo er seit über zwanzig Jahren der Dorfsheriff war. Und vor allem war es ihm zutiefst zuwider, dass andere ihn darauf stoßen mussten, weil es ihm selbst entgangen war.

»Na wartet, ihr Bürschchen«, sagte er laut und stand auf. Entschlossen überprüfte er seine Dienstwaffe, zog die Uniformjacke an und schnallte sich das Koppel um. Im Hinausgehen nahm er seine Dienstmütze vom Haken und warf einen Blick auf die Uhr über der Tür. In zwanzig Minuten sollte er vor Ort sein, um sich mit den Flensburgern zu treffen.

Drei Motorräder standen unter dem Vordach vor der Werkstatt. Niemand war zu sehen.

Das Gebäude lag nicht weit entfernt von der vielbefahrenen B 199, der Nordstraße. Es hatte eine lange Geschichte hinter sich. Mommsen erinnerte sich noch an die Zeit, als es hier eine Schmiede gegeben hatte, später dann eine kleine Autowerkstatt. Danach hatte das Gebäude lange leer gestanden und war ziemlich heruntergekommen, was man dem eingesunkenen Dach aus rostigem Blech auch ansah, bis es vor einigen Monaten von ein paar jungen Leuten angemietet worden war, die hier ihre Motorräder reparierten und pflegten. Das Ganze war kein professioneller Betrieb, eher eine Art Hobbyshop, wie unlängst einer der Biker dem Dorfsheriff erklärt hatte.

Neben der Kreuzung, wo der einspurige asphaltierte Weg zur Werkstatt abzweigte, hatte Mommsen den Dienstwagen abgestellt. Nun stand er hinter dem dicken Stamm einer alten Buche, die ihm als Sichtschutz diente, keine fünfzig Meter entfernt, sah angestrengt hinüber zu dem Haus und der kleinen, angebauten Halle und wartete auf die Kollegen der Kripo.

Plötzlich erschien ein Mann in schwarzer Motorradkluft in der Tür. Noch bevor er ganz heraustrat, setzte er seinen wuchtigen Helm auf und ging zu einem der Motorräder.

Mommsen sah zur Straße. Die Flensburger Kollegen waren noch nirgends in Sicht.

Was sollte er tun? Schimmel hatte gesagt, sie seien auf der Suche nach einem Mordverdächtigen, der sich hier aufhalten könnte. Wenn es nun ausgerechnet der Gesuchte war, der da gerade wegfahren wollte?

Er würde ihn wenigstens so lange aufhalten, bis die Kripo eintraf, beschloss der Dorfsheriff und trat hinter dem Baum hervor, als das Motorrad gestartet wurde. Doch kaum hatte der Fahrer ihn erblickt, gab er Gas, drehte einen Halbkreis, dass der Sand aufflog, und fuhr seitlich am Haus vorbei auf einem ungeteerten Wirtschaftsweg durch die Felder davon. Der Motorlärm verklang rasch, und nach einer Minute war von der Maschine nichts mehr zu hören und zu sehen.

»Der ist weg«, murmelte Mommsen. »Verdammt noch mal!« Wahrscheinlich war also doch etwas dran an dem Verdacht des Hauptkommissars. Mit der überraschenden Flucht des Kerls hatte der Hauptmeister nicht gerechnet.

Ein dunkler Passat mit zivilem Kennzeichen kam die schmale Straße heraufgefahren und hielt. Neben Schimmel stieg auch ein junger schwarzhaariger Mann aus, den der Hauptmeister noch nie gesehen hatte, gefolgt von Kommissarin Christ, Simon Simonsens Lebensgefährtin. Die kannte er natürlich, denn sie war oft hier im Ort, wo Simons Haus stand und auch die Firma ihren Sitz hatte, deren Geschäftsführer er jetzt war. Simon kannte er von Kindesbeinen an, der war hier aufgewachsen. Oft hielt Mommsen mit ihm und seiner neuen Partnerin im Hafen einen Klönschnack, wenn die beiden auf der *Seeschwalbe* waren, die hier ihren festen Liegeplatz hatte. Und immer wieder hatte er sich die Frage gestellt, wie diese hübsche und liebenswürdige Frau mit einem so unerträglichen, alten Knasterer wie Edgar Schimmel zusammenarbeiten konnte, ohne ihn zu erschießen.

»Welche Freude, Sie hier anzutreffen, Hauptmeister Mommsen«, rief der Graue ihm zu. »Tut mir ja leid, dass wir ihre dörfliche Beschaulichkeit so brutal stören müssen.«

Mommsen konnte sich beim besten Willen nicht vorstellen, dass dieses Bedauern ehrlich gemeint war, und außerdem entging ihm nicht die kleine versteckte Gemeinheit in den Worten. Aber er dachte an den eben verschwundenen

Motorradfahrer und hielt die scharfe Entgegnung zurück, die ihm auf der Zunge lag. Stattdessen begrüßte er die Kommissarin besonders herzlich, nickte dem muskulösen Burschen, der sich mit ›Kommissaranwärter Önal‹ vorstellte, gnädig zu und startete seinen Bericht: »Den Motorrädern nach zu schließen, befinden sich nur zwei Männer im Haus.« Er stockte kurz, holte etwas Luft und fuhr fort: »Aber da stand noch ein drittes. Damit ist eben einer weggefahren, kurz bevor Sie eingetroffen sind.«

»Uns ist niemand entgegengekommen«, kam es wie aus der Pistole geschossen von dem jungen Herrn Önal.

Mommsen warf ihm einen vernichtenden Blick zu. »Na ja, er hat auch nicht die Straße benutzt.«

»Ach, ist er geflogen?«, fragte Schimmel.

Mommsen räusperte sich. »Nee, de is dörch de Wischen affhaut«, entfuhr es ihm auf Plattdeutsch.

Kommissarin Christ grinste, als sie den fragenden Gesichtsausdruck des Kommissaranwärters bemerkte. »›Der ist durch die Wiesen abgehauen‹, hat der Hauptmeister gesagt.«

»Ja, genau«, bestätigte Mommsen und erzählte, was soeben passiert war.

»Im Klartext: Einer von denen ist Ihnen durch die Lappen gegangen«, konstatierte Schimmel knapp.

»Ich konnte doch nicht wissen …«, protestierte Asmus Mommsen erregt, doch die Kommissarin kam ihm zur Hilfe: »Schon gut, Herr Mommsen. Sie waren allein hier, und Sie hatten keinen konkreten Auftrag, außer den, auf uns zu warten, nicht wahr?«

»Genau«, nahm der Dorfsheriff das Argument dankbar auf. »Und außerdem …«

»Ist schon gut, ich sag ja nichts mehr«, brummte Schimmel. »Also los, Frau Christ und ich kontrollieren jetzt die Leute, die noch in der Werkstatt sind. Sie, Herr Mommsen, kommen mit rein und sichern uns, und Sie …«, er zeigte auf

Önal, »... gehen um das Gebäude herum und passen auf, dass niemand über den Hof flieht. Alles klar? Und jetzt los!«

Zehn Minuten später wusste Mommsen, wer ihnen da gerade durchs Netz geschlüpft war.

Erst hatten die beiden Männer, die sie biertrinkend in dem Schuppen angetroffen hatten, noch gegen eine Überprüfung ihrer Personalien aufbegehrt und sogar behauptet, sie würden den Burschen, der gerade weggefahren war, nicht näher kennen. Als Kommissarin Christ dann aber etwas von ›vorläufiger Festnahme wegen des Verdachts auf Beihilfe zu einem Tötungsdelikt‹ sagte, knickten sie schnell ein.

Ja, das sei Torsten Hinrichsen gewesen, der da weggefahren war, kein Kumpel, gewiss nicht, eher ein flüchtiger Bekannter – »›Flüchtig‹ trifft es«, hatte der Graue bissig eingeworfen, und Asmus Mommsen war zusammengezuckt –, aber nein, sie würden ihn nicht besonders gut kennen. Man träfe sich hier manchmal, um an den Maschinen herumzuschrauben, das wäre schon alles. Andere Berührungspunkte gäbe es nicht. Sie wüssten natürlich auch nicht, wohin er gefahren sei. Und mit einem Verein, der sich *Nationaler Widerstand im Grenzland* nenne, hätten sie schon mal gar nichts zu tun. Zwar wüssten sie, dass Hinrichsen eine rechte politische Gesinnung habe, sie selbst aber hätten damit nichts am Hut.

Schimmel übergab Mommsen die Personalausweise zur Überprüfung. Der Hauptmeister lief damit zu seinem Dienstwagen und gab die Daten per Funktelefon durch. Nach wenigen Minuten stand fest, dass gegen die beiden Motorradfreaks nichts vorlag.

Frustriert verließen die Polizisten das Gebäude und traten auf die Straße. Schimmel fragte Mommsen: »Wo kommt man denn hin, wenn man diesen Feldweg weiterfährt, den Hinrichsen genommen hat?«

Der Dorfsheriff brauchte keine Sekunde zu überlegen: »Der stößt im Ort auf die Hauptstraße.«

»Wie weit ist das?«

»Etwa drei Kilometer.«

»Gut, dann fahren Sie dahin. Vielleicht versteckt er sich ja irgendwo im Gelände und wartet, bis die Luft rein ist. Ich kümmere mich darum, dass die Ausfallstraßen weiträumig abgesperrt werden.«

Mommsen sah, dass Schimmel sein Handy aus der Tasche holte und eine Nummer aufrief. Dann hörte er ihn sagen: »HK Schimmel hier. Okay, Kollege, genau zuhören! Sofortige Ringfahndung nach Torsten Hinrichsen.« Er nickte der Kommissarin zu, die ebenfalls ihr Smartphone hervorgezogen hatte, und fuhr dann fort: »Sie bekommen gleich sein Foto gemailt und alle Angaben zu seiner Person. Der Gesuchte steht im Verdacht, mindestens ein Tötungsdelikt begangen zu haben. Er ist mit einem Motorrad unterwegs. Zuletzt wurde er gesehen bei … Moment mal …« Er hielt eine Hand über das Gerät und schnauzte Mommsen an: »Was stehen Sie hier noch rum? Sehen Sie zu, dass Sie sich in Bewegung setzen!«

»Jawohl, Herr Hauptkommissar«, brüllte Asmus Mommsen übertrieben laut, lief zu seinem Wagen und warf sich wütend hinter das Steuer. Mit der Ruhe in seinem Ort war es wohl erst mal vorbei.

22

Helene Christ wand sich wohlig, während das Wasser auf ihren Körper prasselte und aus dem Radio Adele mit ihrer unglaublichen Stimme das Badezimmer füllte. *Hello* hieß der Song, den Helene lautstark mitsang, zumindest den Refrain.

Wenn es eine zivilisatorische Errungenschaft gab, auf die

sie niemals hätte verzichten wollen, so war es die Dusche. Wie hatten die Menschen früher bloß leben können, als man morgens an einem Waschtisch mit ein bisschen Wasser aus einem Krug den ganzen Körper reinigen musste? Sie genoss es mit geradezu lustvollem Vergnügen, mehrmals hintereinander den Temperaturregler von *Kalt* auf *Heiß* zu drehen. Herrliches Gefühl, so die Bettschwere zu vertreiben und dann erfrischt in den Tag zu starten. Es fiel ihr schwer, den Regler zuzudrehen und damit das sinnliche Morgenritual zu beenden.

Als sie zehn Minuten später aus dem Badezimmer trat und über den Flur ins Schlafzimmer ging, um sich anzukleiden, ertönte eine andere Melodie: *Cheerleader*. Ihr Handy.

Sie lief ins Wohnzimmer, wo zwischen einer leeren Flasche *Rioja Reserva* und zwei halb vollen Gläsern das Smartphone auf dem Tisch lag. Simon und sie hatten es gestern eilig gehabt, ins Schlafzimmer zu kommen, erinnerte sie sich lächelnd.

»Hinrichsen war es, sie haben seine Fingerabdrücke gefunden.«

»Dir auch einen schönen guten Morgen, Edgar!«, sagte Helene.

»Ja, ja, Moin, Moin, von mir aus. Hast du gehört, was ich gesagt habe? Damit ist er so gut wie überführt.«

»Willst du mir noch sagen, *wo* man seine Abdrücke gefunden hat?«

»In der Wohnung der Brasilianerin und – halt dich fest – in Owusus Zimmer!«

»Etwa auch auf dem Stromkabel, mit dem das Mädchen erdrosselt wurde?«

»Nein, da nicht, leider. Keine Fingerabdrücke, keine verwertbaren DNA-Spuren. Er hat bei dem Mord selbst wohl Handschuhe getragen. Aber an verschiedenen Stellen in der Wohnung. Wahrscheinlich hat er sich die Handschuhe erst später übergezogen, kurz bevor er sie umgebracht hat.«

»Wäre auch zu schön gewesen. Na gut, dass wir seine Fingerabdrücke bei Ana Vida Buarque in der Wohnung finden, erstaunt mich nicht allzu sehr, schließlich ist er ihr Exfreund gewesen. Aber auch im Zimmer des Afrikaners? Das ist allerdings bemerkenswert. Was hat er da wohl zu suchen gehabt?«

»Den Computer natürlich. Das Handy hat er ihm ja schon abgenommen, nachdem er ihn erschlagen hatte. Und dann hat er den Schlüsselbund seines Opfers mitgenommen, ist auf den Campus gefahren und hat sich den Laptop geholt.«

»Und warum soll er das getan haben, Edgar? Was könnte so wichtig sein an dem Laptop?«

»Keine Ahnung«, schnappte Schimmel unwirsch. »Das wird uns Hinrichsen selbst sagen müssen, wenn wir ihn haben. Vielleicht hat er vermutet, dass Owusu etwas darauf gespeichert hatte, was ihn hätte belasten können, Notizen oder so was. Vielleicht war es auch nur ein ganz ordinärer Diebstahl. Wissen wir schon etwas über Hinrichsens finanzielle Lage?«

»Er hat ein Konto bei der *Ostseebank.* Und noch ein zweites für seinen obskuren Verein, bei derselben Bank. Die Anfrage läuft. Unser Önal kümmert sich darum.«

Der Graue schnaufte. »Mit diesen Spuren können wir den Richter endlich davon überzeugen, dass er einer Hausdurchsuchung in Abwesenheit des Verdächtigen zustimmt, hoffe ich.«

»Das hieße, dass wir uns gewaltsam Zutritt verschaffen dürften. Damit tun sich die Richter schwer, wie du weißt.«

»Und das ist auch gut so. Ich könnte dich natürlich auch einfach bitten, mal eben die Tür einzutreten.«

»Da war Gefahr im Verzug, das weißt du genau«, protestierte Helene.

Schimmel lachte trocken auf. »War ein Scherz. Im Ernst: Wir dürfen nicht warten, bis wir den Kerl gefunden haben. In seiner Bude werden wir mit Sicherheit alles finden, um ihn zu überführen. Und vielleicht sogar einen Hinweis darauf, wo er sich gerade versteckt.«

»Mag sein.« Wieder überkam Helene das unerwünschte Gefühl, das sie schon einmal gehabt hatte, gestern, als der Vater des Opfers sie nach dem Ermittlungsstand bezüglich des Täters gefragt hatte. Eigentlich war es mehr als nur ein Gefühl.

Etwas stimmte nicht an all diesen scheinbar so klaren Erkenntnissen. Oder an den Schlussfolgerungen, die sie zogen. Oder an beidem. *Nichts* stimmte hier richtig, davon war Helene überzeugt, ohne dafür allerdings eine Begründung liefern zu können. Deshalb würde sie ihre Zweifel gegenüber Schimmel auch noch nicht äußern.

Auf einmal wurde ihr bewusst, dass sie frisch aus der Dusche kam. »Darf ich mich jetzt anziehen, Edgar? Ich bin in einer halben Stunde im Büro.«

»Heißt das, du telefonierst nackt mit mir?«, fragte der Graue. »Das darf ich mir gar nicht bildlich vorstellen, sonst komme ich noch in Wallung auf meine alten Tage.«

»Armleuchter«, knurrte sie mäßig belustigt, beendete das Gespräch und ging hinüber ins Schlafzimmer. Ihr Blick fiel auf das verwaiste, zerwühlte Bett. Simon war noch in der Nacht wieder an Bord zurückgekehrt. Er hatte Papke und seine Freunde nicht allzu lang allein lassen wollen – und schon gar nicht Frau Sörensen, die ihm, wie er erzählt hatte, höchst ungnädig hinterhergeschaut hatte, als er von Bord gegangen war.

»Als wüsste sie, dass du zu mir kommen wolltest«, hatte Helene gescherzt.

Er hatte sie erstaunt angesehen. »Das wusste sie auch. Ich hab's ihr natürlich gesagt.«

Simon und Frau Sörensen. Manchmal konnte Helene sich über die beiden nur wundern …

Während sie sich anzog, fiel ihr wieder ein, worüber sie gestern gesprochen hatten. ›Eine ganz neue Lage‹ sei eingetreten, hatte Simon gesagt und ihr erzählt, was er von Papke erfahren hatte.

»Ich fürchte, die Ära *Seeschwalbe* geht zu Ende«, hatte er bedrückt erklärt, bevor er gegangen war, und ihr von den Plänen des Berliners berichtet, das Schiff zu verkaufen. Papke hätte ihn beiseitegenommen und erzählt, was ihm auf dem Herzen lag. »Seine Frau – du weißt schon, die heiß geliebte Püppi – will ein Ferienhaus im Süden haben, an der Ägäis, wenn ich es richtig verstanden habe. Und Papke kann sich das Schiff nicht mehr leisten, wenn er ihr diesen Wunsch erfüllen will. Tut ihm richtig weh, das hab ich gemerkt. Er wirkte schon die ganze Zeit irgendwie bedrückt. Ich dachte, er würde das Bild der Leiche nicht aus dem Kopf kriegen, über die er da gestolpert ist, aber ihn hat diese Sache beschäftigt.«

»Was heißt das denn?«, hakte Helene nach, obwohl sie es ahnte.

»Na ja, dann ist es aus mit unserem Deal. Es sei denn …«

»Was? Red schon!«

»Wenn ich das Haus doch verkaufe …«, fing er an und rechnete ihr vor, dass etwa zwei Drittel des Verkehrswertes noch mit einer Hypothek belastet seien. Den Rest habe er in den letzten beiden Jahren von seiner Gewinnbeteiligung an der Firma schon zurückbezahlt. »Da ist ziemlich viel zusammengekommen durch die Projekte, die ich akquiriert habe, wie du weißt. Und wenn ich einen guten Preis erzielen könnte, hätte ich vielleicht genug zusammen, um die *Seeschwalbe* wieder von Papke zurückzukaufen. Zumindest den Löwenanteil. Den Rest könnte ich ja in Raten zahlen.«

»So, so, jetzt würde es dir also plötzlich nichts mehr ausmachen, das Haus zu verkaufen?«, fragte Helene schnippisch, bedauerte es aber auf der Stelle, als sie seinen Blick bemerkte. Verdammt, sie musste endlich lernen, vor der Inbetriebnahme des Mundwerks ihr Gehirn einzuschalten, verwünschte sie sich. Spontan nahm sie ihn in den Arm und sagte: »Blöd von mir. Kannst du mir verzeihen? Ich weiß doch genau, wie sehr du an dem Boot hängst. Du allein hast es ja wieder zum Leben erweckt, als es fast schon ein Wrack war. Und du weißt auch, wie gern ich auf der *Seeschwalbe* segele, nicht wahr? Von Frau Sörensen ganz zu schweigen.«

Ein breites Lächeln stand ihm plötzlich im Gesicht. »Das weiß ich, Helene. Ganz ehrlich: Ich war stur, wollte deine Beweggründe nicht akzeptieren. Es ist wie immer bei solchen Sachen: Wenn man nicht den Willen aufbringt, ein Problem auch aus der Sicht des anderen zu betrachten …«

»Den Schuh muss ich mir auch anziehen«, warf Helene eifrig ein. Ach ja, so eine Versöhnung hatte das erfrischende Prickeln von Champagner, fiel ihr auf, und sie genoss den Augenblick mit wohliger Genugtuung.

»Mir ist inzwischen klar geworden, dass ich dich nicht werde umstimmen können. Und deswegen wollte ich mich nach meiner Rückkehr aus Rostock darum kümmern, das Haus zu vermieten. Irgendwie wäre das nicht so … ja, nicht so endgültig gewesen wie ein Verkauf.«

»Das kann ich durchaus verstehen«, sagte Helene. »Aber jetzt …«

»… hat sich die Lage geändert. Wenn wir sowieso nie zusammen darin wohnen werden, und wenn ich nun durch den Verkauf die *Seeschwalbe* wieder …«

»Du brauchst mir das nicht zu erklären«, unterbrach sie Simon, gab ihm einen langen Kuss und sagte: »Ich verstehe dich. Alles gut. Es ist dein Haus. Und wenn du dein Schiff …«

»Noch gehört es Papke.«

»Und es ist und bleibt doch immer dein Schiff, mein Schatz. Ich weiß das, und du weißt es auch. Also, worauf wartest du noch? Kümmere dich um einen guten Makler!«

»Der kann sich dann auch gleich nach einer Wohnung für uns umsehen. Auf absehbare Zeit werde ich mir erst mal kein Haus mehr leisten können.«

»Wir haben Zeit, Simon. Und schließlich bin ich auch noch da. Vielleicht bauen wir ja irgendwann einmal zusammen etwas. Wäre doch eine Idee, oder?«

»Eine gute, finde ich.« Simon umarmte sie übermütig und hob sie in die Höhe. Dabei sah Helene sein Gesicht: kindliche Freude. Er strahlte wie ein kleiner Junge.

Als sie an ihren Schreibtisch trat, fand sie einen Zettel vor, auf dem Schimmel notiert hatte: *Bin beim Staatsanwalt.*

Helene setzte sich, zog die oberste Schublade auf und holte die Visitenkarte heraus, die sie gestern erhalten hatte. Auf der Rückseite stand die handgeschriebene Mobilfunknummer, vorne aber prangte in eleganter Schrift *Kalima Inc.*, darunter *John Adika Owusu, Chairman.* Eine Adresse in Accra, Telefonnummern, E-Mail- und Webadresse des Unternehmens fanden sich unten auf der Karte.

Womit verdiente der gut gekleidete Herr Owusu wohl sein Geld? Neugierig gab Helene die Internetadresse in den Browser ein. Schnell baute sich die Seite auf. Doch Helene war enttäuscht. Kein Diamantenhandel, keine Großwildjagd, keine Goldmine – nichts Spektakuläres.

Kalima war bloß eine Speditionsfirma. Und offensichtlich auf Transporte innerhalb Afrikas beschränkt. Es gab nicht einmal auswärtige Niederlassungen, jedenfalls waren solche auf der Website nicht angegeben. Überhaupt gab die Internetpräsenz der Firma nicht viel her. Fotos zum Beispiel suchte man ebenso vergeblich wie ein paar stolze Zahlen oder Daten zu den Geschäften, mit denen sich Unternehmen üblicherweise gern schmückten.

»Was hast du denn erwartet?«, murmelte Helene leise vor sich hin, während sie auf der Homepage nach unten scrollte.

Einen Fingerzeig, einen klitzekleinen Hinweis wenigstens, warum sie dieses Ziehen im Bauch hatte, wenn sie an das Gespräch mit John Owusu dachte, gestand sie sich sofort ein. Da war etwas Geheimnisvolles an diesem Mann, das hatte sie vom ersten Moment an gespürt, etwas, das sie nicht in Worte fassen konnte.

Gut, dass Schimmel nicht da war, sonst hätte er sie bestimmt gefragt, was sie eigentlich suchte. Und sie hätte ihm womöglich von ihrem Unbehagen erzählt, von ihrem Bauchgefühl. Über seine unvermeidliche Reaktion machte Helene sich keine Illusionen.

Sie schloss den Browser, stand auf und ging in das angrenzende Zimmer. Polizeianwärter Önal sprang sofort von seinem Stuhl auf, als sie eintrat. »Moin, Moin, Frau Kommi... Frau Christ«, begrüßte er sie. »Ich hab die Auskunft der Bank hereinbekommen. Wollte sie Ihnen gerade rüberbringen.«

»Bleiben Sie doch sitzen«, sagte Helene. »Dann zeigen Sie mal her. Gibt es was Interessantes für uns?«

»Weiß nicht. Auf jeden Fall geht es dem Kontoinhaber nicht gut. Gar nicht gut.«

Sie brauchte nicht lange, um zu erkennen, dass der Graue wieder einmal den richtigen Riecher gehabt hatte: Hinrichsens Girokonto stand mit über zweitausend Euro im Minus. Noch schlimmer sah es auf dem Konto aus, das den eher harmlosen Titel *Nationales Grenzland e.V.* trug. Nur tiefrote Zahlen.

Schnell überflog Helene die Ausdrucke und verfolgte die letzten Kontobewegungen. Seit fast zwei Monaten wurde nichts mehr überwiesen, und alle Abbuchungen hatte die Bank zurückgebucht.

Sie mussten den Kerl endlich fassen.

23

»Ich kenne ihn von der Uni«, sagte Kaspars Balodis in gutem Deutsch, wenn auch mit starkem Akzent. Er zuckte leicht zusammen. »Äh … ich meine, ich kannte ihn. Wir sind uns damals auf dem Campus über den Weg gelaufen und ins Gespräch gekommen. Haben uns gleich gut verstanden. Ich konnte ihm auch ein paar Tipps geben, also für die Uni und den Papierkram mit der Verwaltung und so. Er war ja gerade erst angekommen.«

»Wann war das?«, fragte Schimmel.

Der Lette überlegte einen Augenblick. Helene beobachtete ihn genau. Er hatte saubere Hände, die Haare waren frisch gewaschen und gekämmt, aber er sah blass aus. Seine Augen huschten zwar unstet hin und her, doch sprach er unaufgeregt, wirkte durchaus gefasst und konzentriert. Sein Flanellhemd und die Jeans hätten dringend einer Wäsche bedurft. Als sie ihn im Diakonissenkrankenhaus abgeholt hatte, erzählte ihr die Stationsschwester, man habe versucht, seine Sachen von dem Schiff holen zu lassen, aber vergeblich. Alles sei dort noch abgesperrt, und niemand dürfe an Bord. Sie habe dann wenigstens frische Unterwäsche für ihn im Lager organisiert – »Er hat ja gestunken.« Auch ein Rasierwasser hatte sie ihm wohl spendiert, das irgendein Patient in grauer Vorzeit auf der Station vergessen hatte. Jedenfalls strömte Kaspars Balodis einen intensiven Duft nach *Tabac Original* aus, den Helene schon lange nicht mehr an einem Mann gerochen hatte.

»Vor etwa eineinhalb Jahren«, sagte der Lette. »Wir haben uns dann noch ein halbes Jahr lang ziemlich oft getroffen, haben manchmal was unternommen, also abends in die Disco und so. Aber später nicht mehr so häufig. Er hat viel gelernt, war sehr fleißig. Im Gegensatz zu mir, wie ich zugeben muss. Ich hab dann ja auch mein Studium abgebrochen und bin zurück nach Hause.«

»Darf man erfahren, wieso?«, fragte Schimmel.

»Heimweh, wenn ich ehrlich sein soll. Das vor allem. Aber auch keine Lust mehr auf Theorie. Ich hab dann in

Riga eine Lehre als Bootsbauer angefangen. Mach ich heute noch. Gefällt mir besser.«

»Gut. Aber das geht mir zu schnell«, sagte Kriminalrat Schumann vom LKA. Als man ihn telefonisch informiert hatte, dass Balodis vernommen werden konnte, war er sofort aus Kiel hergekommen und saß nun mit am Tisch. Helene war nicht entgangen, dass er sich vorhin einen Nikotinkaugummi in den Mund geschoben hatte, auf dem er nun eifrig herumkaute. »Fangen wir doch in Riga an«, schlug der LKA-Beamte vor. »Mich interessiert vor allem, was auf der Fahrt passiert ist. Zu der Nacht hier in Flensburg kommen wir später.«

Der Lette erzählte, dass er in der Tageszeitung auf eine Kleinanzeige gestoßen sei. Da wurden Decksleute für die Reise eines Traditionsseglers nach Deutschland gesucht. Und weil er sowieso Urlaub hatte, habe er einfach zum Telefon gegriffen und sich gemeldet. Er verstehe etwas von Schiffen, daher sei es kein Problem gewesen, für den Törn anzuheuern.

»Haben Sie irgendetwas beobachtet, was Ihnen sonderbar vorgekommen ist?«, hakte Schumann nach. »Also noch in Riga, im Hafen? Vielleicht wurde da nachts, kurz vor dem Ablegen, etwas an Bord geschafft? Komische Leute, sonderbare Kartons, alles sehr diskret?«

Der junge Lette schüttelte den Kopf. »Verpflegung wurde gebunkert, ziemlich viel sogar. War ja auch ein langer Törn. Um die achthundert Seemeilen, hat es geheißen, soweit ich mich erinnere; aber das kann man ja auf einer Seekarte schnell nachmessen. Sonst war da nichts, was mir aufgefallen wäre.«

Er hielt sich gut, fand Helene. Seine Antworten kamen spontan und überzeugend. Immer weniger konnte sie glauben, dass Kaspars Balodis auch nur das Geringste mit dem Mord an Senyo Owusu zu tun hatte. Sie warf einen verstohlenen Blick auf Edgar Schimmel, der aber scheinbar uninteressiert in seinem Notizblock blätterte.

»Haben Sie inzwischen Ihre Erinnerung wiedergefunden, soweit es den Törn angeht?«, fragte Schumann gerade.

»Bis zu dem Tag, an dem wir, von Trelleborg kommend, aus der Kadetrinne herauskamen, auf Nordwestkurs gingen und in den Fehmarnbelt einliefen, kann ich mich sehr gut erinnern, an fast alles. Aber danach …« Er brach ab und starrte auf seine Hände, die er auf der Tischplatte vor sich gefaltet hatte.

»Da ist etwas passiert, nicht wahr?«, versuchte Helene, ihm zu helfen. »Sie haben gesagt, dass die Tage danach … Moment …«, sie blätterte in einer Mappe, die vor ihr lag, »… dass Ihnen die folgenden Tage ›weggefallen‹ wären, so haben Sie das ausgedrückt. Wie meinen Sie das denn?«

»Na ja.« Balodis wand sich unbehaglich. »Ich sehe alles … also bis ich in der Zelle aufgewacht bin, wie … durch einen Schleier, hab kaum eine Erinnerung daran. Langsam ist es besser geworden, ein bisschen was weiß ich wieder, aber das meiste bleibt im Dunkeln.«

»Können Sie denn auch sagen, ab wann diese … Amnesie eingetreten ist?«, hakte der LKA-Beamte nach.

»Genau sogar. Ich erinnere mich genau, ab wann das so ist, also ab welchem Moment alles im Nebel verschwindet.«

Die ungeteilte Aufmerksamkeit der drei Kriminalbeamten war ihm auf einmal sicher.

»Nun reden Sie schon«, forderte Schimmel ihn auf.

»Es war am Abend des Tages, an dem Fehmarn backbord voraus in Sicht kam. Der Skipper ließ uns in den Salon kommen und …«

»Wen genau?«, wollte Helene wissen.

»Nicht die Stammbesatzung, also die Leute, die bei dem Verein angestellt sind, der die *Aija* wieder flottgemacht und in Fahrt gebracht hat. Nur uns Decksmänner, die man zusätzlich für die Reise angeheuert hatte.«

»Interessant«, sagte Schumann. »Und was hatte er Ihnen zu sagen, dieser Kapitän?«

»Er hat sich bei uns bedankt, für unsere Arbeit und so. Dann hat einer von der Stammbesatzung eine Menge Flaschen herangeschafft und auch *Žaveta desa* …«

»Was?«, fragte Schimmel, ohne von seinem Block aufzublicken.

»Das ist geräucherte Wurst, sehr deftig, eine lettische Spezialität«, erklärte Balodis. »Dazu Käse, Brot und alles Mögliche, Gurken und Zwiebeln auch. Alles, was man eben braucht für ein richtiges Besäufnis mit gutem Wodka.« Verlegen fügte er hinzu: »Machen wir gern, wir Letten – viel zu gern, fürchte ich. Der lange russische Einfluss …«

»Ja, gut, und weiter?« Schumann wurde ungeduldig.

»Wie lang das Gelage ging, weiß ich nicht. Ich bin erst am Nachmittag des nächsten Tages wieder zu mir gekommen. Da lag ich in meiner Koje, und es ging mir so schlecht wie noch nie zuvor nach einem Besäufnis. Als ich an Deck kam, saßen die anderen schon wieder beim Wodka.«

»Doch nicht etwa die ganze Mannschaft?«, fragte Helene.

»Nein, nein, nur die drei, die neben mir zusätzlich angeheuert worden waren. Aber immer wieder kam einer von der Stammmannschaft mit einer neuen Flasche und schenkte ein, daran glaub ich mich zu erinnern. Ich habe mich überreden lassen, meinen Kater mit ein paar Gläsern zu bekämpfen …«

»Ihr sauft das Zeug aus Wassergläsern, soweit ich informiert bin«, stellte Schimmel lakonisch fest.

Balodis nickte. »Und so ging das weiter. Ich bin überhaupt nicht mehr nüchtern geworden und, ach …«

Er schämt sich, bemerkte Helene, als der Lette abbrach und seinen Kopf senkte. »Sie wissen inzwischen, dass man Ihnen ein Betäubungsmittel, irgendein Benzodiazepin, gegeben hat. Wahrscheinlich hat man es in den Schnaps gemischt. Der Arzt hat es Ihnen ja gesagt.«

»Und dafür gibt es nur eine Erklärung: Sie sollten etwas nicht mitbekommen, was auf dem Schiff passiert ist. Und zwar irgendwo zwischen dem Fehmarnbelt und der Flensburger Förde«, stellte Schumann fest. »Wir wissen, dass eine große Menge Rauschgift an Bord war, Crystal Meth, das in Lettland hergestellt und nach Dänemark oder Deutschland geschmuggelt wurde. Wir vermuten, dass man Sie und Ihre Kollegen, die nicht an dem Geschäft beteiligt waren, einfach schachmatt gesetzt hat, um freie Bahn zu haben.«

»Aber wofür denn? Was haben die denn gemacht?«, wollte Balodis wissen.

»Ich bin sicher, man hat die Ware irgendwo auf See auf ein kleines Boot umgeladen, vermutlich nachts, als Sie und alle, die es nicht sehen durften, im Koma lagen. Ein Schlauchboot mit starkem Außenbordmotor wahrscheinlich, ein *Zodiac* zum Beispiel. Und damit konnte das Crystal Meth dann irgendwo an einem einsamen Strand in ein unauffälliges Auto umgeladen und abtransportiert werden.« Schumann lehnte sich zurück. »So ist das gelaufen, alles spricht dafür.«

Balodis hatte es die Sprache verschlagen. Ungläubig starrte er den Kriminalrat an, dessen Kiefer heftig mahlten. Plötzlich lehnte sich der LKA-Beamte mit einer schnellen, fast aggressiven Bewegung weit nach vorn über die Tischplatte und schob sein Gesicht dicht vor das des Letten. Mit leiser Stimme, aber in schneidender Schärfe schoss er seine Worte ab: »Und Sie haben von alldem nichts mitbekommen? Das wollen Sie uns hier weismachen? Ich glaube Ihnen kein Wort!«

Balodis erschrak, zuckte zurück und sank dann auf seinem Stuhl förmlich in sich zusammen. Ein Beben fuhr durch seinen Körper, und Tränen liefen über sein blasses Gesicht. Er stammelte ein paar Wörter in seiner Muttersprache, die niemand verstand. Dann murmelte er: »Nichts, ich hab nichts gesehen. Ich hatte von alldem keine Ahnung, das schwöre ich.«

Wütend warf Helene Schumann einen vernichtenden Blick zu und wollte ihn gerade scharf anfahren, da hörte sie ihn sagen: »Ist gut, Herr Balodis, ich glaube Ihnen. Tut mir leid, das eben. Musste aber sein – ein kleiner Test.« Er stand auf. »Die Flensburger Kollegen wollen mit Ihnen sicher noch ein paar Dinge besprechen, aber ich für meinen Teil bin fertig. War ja leider nicht sehr ergiebig, aber das ist nicht Ihre Schuld. Schließlich hat man auch Ihnen übel mitgespielt.« Damit ging er zur Tür.

»Darf ich fragen, wie es nun weitergeht, also mit der *Aija*? Meine Sachen sind da noch drauf. Die brauch ich«, hielt Balodis ihn zurück.

»Das Schiff liegt an der Kette. So schnell fährt das nirgendwohin. Die Stammbesatzung ist in Untersuchungshaft, zumindest diejenigen, die noch nicht über alle Berge waren, als unser Zugriff erfolgt ist. Ich sage den Kollegen Bescheid, dass Sie Ihr Eigentum von Bord holen dürfen. Aber um nach Hause zu kommen, werden Sie sich ein anderes Transportmittel suchen müssen.«

Helene und Schimmel befragten den Letten noch eine Zeit lang, nachdem der Kriminalrat das Vernehmungszimmer verlassen hatte. Man merkte dem jungen Mann an, dass er sich redliche Mühe gab, seine nebulösen Erinnerungsfetzen nach etwas Brauchbarem zu durchforsten.

Es fiel ihm sichtlich schwer.

Dass er in Flensburg nicht allein von Bord gegangen sei, das erinnerte er. Einer von der Stammbesatzung habe ihn begleitet. »Ivars hat der geheißen, glaube ich. Wahrscheinlich, weil ich zu betrunken war oder noch angeschlagen von dem Zeug, das die Schweine mir eingeflößt haben.«

»Wohl eher, um Sie im Auge zu behalten, damit Sie nichts ausplauderten, falls Sie doch etwas von dem Drogenschmuggel mitgekriegt hätten«, vermutete der Graue.

»Irgendwo müssen Sie sich aber mit Senyo Owusu getroffen haben«, hakte Helene nochmals nach. »Was wissen Sie denn darüber?«

»Ich weiß noch, dass wir uns vor dem Schifffahrtsmuseum verabredet hatten, telefonisch. Und da muss er wohl auch gewesen sein, jedenfalls erinnere ich mich vage, wie er neben mir an einer Theke saß.«

Ob sein Bewacher da noch in der Nähe gewesen sei, könne er nicht sagen, gab Balodis zur Antwort. Und er erinnere sich auch nicht, worüber Senyo und er gesprochen hätten und wie lange sie über die Hafenmeile gezogen waren. Einzig das beleuchtete Türschild der *Löwengrube* sehe er noch vor sich. Aber sonst …

»Allererste Adresse«, kommentierte Schimmel bissig

»'ne Hafenkaschemme eben«, gab Helene gleichmütig zurück und wandte sich wieder dem Letten zu. »Also: Sie sind mit Senyo durch die Kneipen gezogen. Sie haben demnach viel Zeit gehabt, mit ihm zu sprechen. Können Sie sich an irgendetwas erinnern, das er gesagt hat?«

»Eigentlich …«, begann Balodis. »Worüber, zum Teufel, haben wir eigentlich geredet?«, murmelte er vor sich hin. »Wenn ich nur … ja, irgendwie … ach, ich weiß nicht.« Er brach ab und schüttelte den Kopf, eine verzweifelte Geste.

»Ja?«, sprang Helene ein. »Los, sagen Sie, was Sie denken. ›Irgendwie‹ – was? Jede Kleinigkeit kann wichtig sein! Was ist Ihnen gerade eingefallen?«

»Ich glaube, dass er … anders war. Anders, als ich ihn in Erinnerung hatte. Nur so ein Eindruck, mehr nicht.«

»Denken Sie nach! Was war da? Senyo war anders, sagen Sie. Versuchen Sie zu beschreiben, was Sie meinen!«

Balodis rieb sich mit den Fingern heftig die Stirn, als wolle er die Gedanken daraus hervorpressen. Dann hob er den Kopf und starrte Helene ins Gesicht. »Bloß ein Gefühl, aber wenn ich ihn jetzt durch den ganzen Nebel vor mir sehe, dann … ja, das war's: Angst. Ich glaube, er hatte furchtbare Angst.«

»Warum glauben Sie das?«, schaltete sich Schimmel in scharfem Ton ein.

»Ich weiß es doch auch nicht«, stammelte der Lette erschrocken. »Irgendwas war da …« Plötzlich zuckte er zusammen, als hätte ihn jemand geschlagen. »Genau, da war jemand. Ein Mann. Das fällt mir jetzt ein.«

»Ein Mann? Was für ein Mann? Was hat der gemacht?«, schoss Schimmel seine Fragen ab.

Wieder zuckte Balodis zurück, und Helene bedachte den Grauen mit einem wütenden Blick. »Ganz ruhig«, wandte sie sich begütigend an den Letten. »Lassen Sie sich Zeit. Warum war der Mann wichtig? Da waren sicher massenhaft Männer um Sie beide herum. Es muss ja eine Bedeutung haben, dass Sie genau diesen einen jetzt wieder aus dem Nebel hervorholen können.«

»Ich weiß nicht mehr, wie er aussah. Aber er hat mit Senyo gesprochen, ziemlich lange sogar, das erinnere ich noch.«

»Einen Augenblick mal«, sagte Helene. Ihr war eine Idee gekommen. Sie zog ihr Smartphone hervor, rief das darauf gespeicherte Foto von Torsten Hinrichsen auf und hielt es Balodis unter die Nase. »War es dieser Mann? Erkennen Sie das Gesicht?«

Lange betrachtete der Lette das Bild. Dann zuckte er die Schultern. »Ich möchte gern sagen, dass er es war – oder auch nicht. Aber …« Er schüttelte zerknirscht den Kopf. »Ich erkenne den Mann hier jedenfalls nicht wieder, tut mir leid.«

»Ein mysteriöser Mann also, der in der Kneipe saß, und mit dem Senyo gesprochen hat, verstehe ich Sie richtig?«, knurrte der Graue.

»Nein, nein. Der saß nicht da, jedenfalls nicht an der Theke. Er ist plötzlich aufgetaucht … Ja, und Senyo ist aufgestanden und …« Er schüttelte den Kopf. »Wenn ich bloß …«

»Lassen Sie sich Zeit, bleiben Sie ganz ruhig«, sagte Helene sanft. »Ihr Freund ist also aufgestanden, als der Mann zu ihm getreten ist, ja?«

Balodis nickte. »Ich glaube, sie haben sich ein Stück abseits von der Theke unterhalten. Ja, genau, das hab ich gesehen. Gehört hab ich nichts von dem Gespräch, viel Lärm in der Kneipe.«

»Und dann, was war dann?«, fragte Schimmel.

»Der Mann war plötzlich weg. Und Senyo ...« Der junge Lette kaute auf seiner Unterlippe herum und schwieg.

»Sie sagten ›und Senyo‹ – was war mit ihm?«, fragte Helene eindringlich.

»Er hatte Angst. Ganz schlimm war das. Hat sich immer umgedreht. Und dann wollte er schnell nach Hause. Und ...« Balodis hämmerte frustriert mit den Fingerknöcheln auf seine Stirn. »Verdammt, da ist einfach nichts mehr, nur Watte ...«

»Sie machen das ganz großartig«, lobte Helene ihn. »Machen wir Schluss für heute. Vielleicht fällt Ihnen im Laufe der Zeit noch mehr ein, dann rufen Sie uns bitte unbedingt an, ja?«

»Gezittert hat er«, brach es plötzlich aus dem Letten hervor. »Genau, ich sehe es wieder ganz deutlich: Senyo hat so gezittert, dass er sein Glas umgeworfen hat.«

»Nach dem Gespräch mit diesem Mann?«

»Ich ... ich weiß es nicht. Ich glaube, ja, aber ...«

»War der geheimnisvolle Mann groß oder klein, dick oder dünn, weiß oder schwarz – irgendeine Erinnerung?«, wollte Schimmel wissen.

Balodis schloss die Augen. Dann sagte er leise: »Ich krieg es nicht auf die Reihe.«

»Ist schon gut«, tröstete Helene ihn. »Haben Sie denn noch einmal über das Ende dieser Nacht nachgedacht, wie ich Sie gebeten hatte? Ist Ihnen vielleicht noch etwas dazu eingefallen, wie Sie mit Senyo hinter den Toilettenwagen gekommen sind? Irgendein Detail, ein Erinnerungsstückchen im Zusammenhang mit dem Mord?«

»Ich habe gestern nichts anderes getan, als mir darüber den Kopf zu zerbrechen, das kann ich Ihnen versichern,

Frau Kommissarin«, sagte der Lette traurig. »Aber da ist nichts. Ich sehe gar nichts. Nur Dunkelheit.« Er hob die Hände und ließ sie kraftlos zurück auf den Tisch fallen. »Es tut mir so leid.«

24

Am Sonntagmittag hatte die *Seeschwalbe* abgelegt und Flensburg hinter sich gelassen. Der Wind hielt sich an die Vorhersage und kam aus Nordost, sodass Simon die Innenförde unter Motor hochgefahren war. Erst als sie um die Holnisspitze herum waren, setzte er die Segel, wobei ihm die drei Berliner zur Hand gingen, die sich recht ordentlich mit den Fallen, Schoten und Winschen anstellten. Besonders Papke, der das Schiff ja gut kannte, war ein zuverlässiger Decksmann, der auch keinerlei Scheu hatte, sich bei Seegang auf dem Vorschiff zu bewegen.

Den Leuchtturm von Kalkgrund, der am Ausgang der Außenförde mitten im Wasser stand, hatten sie längst hinter sich gelassen. Als die Ansteuerungstonne des Kiel-Flensburg-Wegs in Sicht kam, hatte Simon auf Kurs hundertvierzig Grad gedreht.

Nun machte die *Seeschwalbe* bei halbem Wind zwischen vier und fünf Beaufort etwa sieben Knoten Fahrt, und sie rauschten unter vollen Segeln über die See. Steuerbord voraus kam der markante schwarz-weiß gestreifte Leuchtturm von Schleimünde in Sicht. In ein paar Stunden würde es dunkel werden. Sie hatten sich darauf verständigt, die Nacht in Laboe zu verbringen, weil dieser Hafen gleich am Eingang zur Kieler Förde lag und sie so morgen früh schnell wieder draußen auf dem Meer sein würden und auf ihren Kurs Richtung Fehmarnsundbrücke gehen könnten.

Papke stand jetzt am Ruder und genoss es, sein Schiff bei

diesen herrlichen Bedingungen steuern zu können. Seine beiden Freunde lagen vorn auf den warmen Teakholzplanken und sonnten sich. Die Karabinerhaken ihrer Lifebelts hatten sie, Simons Anweisung folgend, an Deck eingepickt, um bei einer unerwarteten Schiffsbewegung nicht über Bord zu gehen, auch wenn sie schliefen. Frau Sörensen lag schnarchend neben Simon, der sich hinter dem Rudergänger auf die Cockpitbank gesetzt hatte, um Papke zur Seite stehen zu können, falls der Hilfe brauchte. Mit seinen Gedanken aber war Simon beim gestrigen Abend mit Helene.

Schöne Gedanken. Wieder einmal stellte er fest, dass er so glücklich war wie noch nie zuvor in seinem sechsunddreißigjährigen Leben. »Friedel, wenn Schleimünde steuerbord querab liegt, gehst du auf hundertachtzig Grad. Dann laufen wir direkt auf Laboe zu.«

»Müssen wa dann nich wat an den Sejeln ändern?«, fragte Papke über die Schulter.

Simon nickte anerkennend. »Richtig, aber nicht viel. Der Wind kommt dann mehr von achtern als auf diesem Kurs. Was machen wir also?«

»Auffieren, die Sejel, oda?«

»Genau, wir fieren die Schoten und gut. Du machst dich, mein Lieber.«

Papke knurrte unwillig. »Ick lern det noch, bevor ich den Kahn vakoofen muss. Nützt ma denn bloß nüscht mehr. Wat für 'ne Scheiße.«

Simon schwieg. Das war das erste Mal, dass der Schrotthändler wieder auf dieses Thema zurückkam, seit er ihm gestern von der Klemme erzählt hatte, in die er durch die Wünsche seiner Püppi geraten war. Wieder und wieder hatte Simon sich alles durchgerechnet. Es könnte klappen …

Heute Vormittag hatte er Holger angerufen, einen Immobilienmakler aus seinem Freundeskreis, den er seit Jahrzehnten kannte und der sich einen guten Ruf in der Gegend erworben hatte. Der Preis, den Holger ihm genannt hatte, der das Haus natürlich kannte, hatte Simon fast umgehauen. »Du baust doch Häuser«, hatte Holger gesagt. »Also solltest du am besten wissen, wie die Preise in den letzten Jahren gestiegen sind. Alle Welt investiert in Immobilien, Geld kostet kaum noch was, und Zinsen gibt's keine mehr. Und dann noch die herrliche Lage direkt an der Küste. Aber das weißt du doch alles.«

Natürlich war das nichts Neues für Simon. Aber beim eigenen Haus hatte er es irgendwie nicht auf der Rechnung gehabt. »Das wären ja bald fünfzigtausend mehr, als ich erwartet habe.«

»Na gut, zehntausend kannst du noch als Verhandlungsspielraum abziehen, aber sonst – ja, ich denke, den Preis, den ich dir genannt habe, wirst du erzielen. Natürlich geht da noch meine Provision ab«, hatte Holger lachend hinzugefügt. Und er habe auch schon zwei Interessenten im Auge, von denen er sich vorstellen könne, dass Simons Haus genau das Richtige für sie wäre, hatte der Makler gemeint. »Soll ich es ihnen zeigen?«

»Sina, meine Assistentin, hat einen Hausschlüssel. Hol ihn dir ab und mach die Fotos für dein Exposé.«

»Du hast es aber auf einmal eilig. Gab es nicht die Idee, dass Helene dort …?«

»Kein Kommentar«, hatte Simon seinem Freund das Wort abgeschnitten. »Pläne ändern sich. Mach du deinen Job. Und wehe, du kommst nicht auf den Preis, mit dem du mir jetzt das Maul wässrig gemacht hast!«

»Ist ja gut. Ich mach das. Brauchst dich nicht zu kümmern.«

»Ach, noch was: Es wäre nicht übel, wenn du eine Wohnung für uns finden könntest, bevor du mir die Hütte unter dem Arsch wegverkaufst. Drei Zimmer, Balkon oder Terrasse, ruhig ein bisschen was Hübsches. Am liebsten bei uns im Ort. In Flensburg oder irgendwo dazwischen ginge aber auch.«

Das hatte Holger versprochen und war zuversichtlich gewesen, rasch etwas Passendes zu finden.

Makler sind immer zuversichtlich, fiel Simon jetzt ein, zumindest ihren Kunden gegenüber. Er stand auf, stellte sich neben Papke an den Steuerstand und schaute nach vorn. Die beiden Berliner lagen außerhalb der Hörweite und dösten friedlich in der Nachmittagssonne. »Hör mal, Friedel, wie ernst ist es dir denn mit dem Verkauf des Bootes?«, tastete er sich behutsam vor.

Papke streifte ihn mit einem misstrauischen Blick. »Wieso? Wat willste denn jetzt rumbohren in dem Mist, an so 'nem schönen Tag?«

»Entschuldige, du musst nicht darüber sprechen. Ich dachte nur ... Du hast es mir schließlich erzählt, oder?«

»Ja, ick weeß ja. Ausjerechnet heute Morjen hat Püppi anjerufen und mir 'n Foto von so 'ne Ferienhaussiedlung anne jriechische Küste ufft Handy jeschickt.« Er sah Simon ernst ins Gesicht. »Ick komm da nich mehr raus aus die Numma, Simon. Püppi meent, det Boot kostet uns zu viel Jeld, vor allem, wo se doch nich mal wat davon hat. Dabei isse selbst schuld. Aba det nützt ma nüscht: Die Frau is 'ne Jranate, det sach ick dir. Und ick kann ma det nu mal nich ooch noch leisten, wenn ...«

Simon klopfte ihm auf den Rücken. »Keine Chance, sie umzustimmen?«

Papke schüttelte den Kopf. »Nee, det is jejessen. Sonst jeht se mir von der Fahne. Ick kenne ihr. Bloß det nich – ick bin ja nich mehr der Jüngste.« Bedrückt ließ er seinen Blick hoch in die windgeblähten Segel schweifen. »Ick werde det hier vamissen, und wie. Und für dich tut et mir ooch leid, det musste mir jlooben.«

Simon ließ ein paar Minuten verstreichen, in denen Papke seinen trüben Gedanken nachhing, bevor er die Bombe zündete. »Was willst du denn haben?«

»'n Bier wäre nich schlecht. Oder besser 'n Schnaps. Könnt ick jetzt jebrauchen.«

»Nee, ich meinte eigentlich: Was soll die *Seeschwalbe* denn kosten?«, fragte Simon lachend.

Papke musterte Simon mit einem langen Blick, starrte ihn wortlos an, ohne etwas zu sagen.

»Friedel, guck, wohin du fährst! Du kommst vom Kurs ab!«

Rasch drehte der Schrotthändler am Ruderrad, und die *Seeschwalbe* lag wieder auf Kurs. »Wieso willste det denn wissen? Willst du sie etwa kaufen?« Vor Überraschung gelang ihm der letzte Satz auf Hochdeutsch.

»Kommt auf den Preis an«, sagte Simon beiläufig. »Und vorläufig geht es allenfalls um eine Absichtserklärung.« Er erläuterte Papke, dass alles vom lukrativen Verkauf seines Hauses abhing. »Aber grundsätzlich ...«

Mit dieser Floskel eröffnete Simon ein knallhartes Feilschen, eine Kunst, in der es der Schrotthändler aus Pankow zu wahrer Meisterschaft gebracht hatte, das erst mit einem Handschlag endete, als die großen Fähren in Sicht kamen, die den Kiel-Langeland-Weg befuhren.

Zwei Stunden später liefen sie in der hereinbrechenden Dunkelheit in den Hafen von Laboe ein.

25

Die bunten Lichter waren erloschen. Im Schein von ein paar Lampen fingen die Budenbetreiber, die nicht bis zum nächsten Morgen warten wollten, damit an, ihre Stände abzubauen. Inzwischen ragten auch viel weniger Masten in den dämmrigen Abendhimmel, stellte Helene fest. Die meisten Schiffe hatten sich schon tagsüber auf den Heimweg gemacht.

Die *Rumregatta* war vorbei. Im *Schleswig-Holstein-Magazin* auf NDR 3 hatte es geheißen, es habe einen neuen Besucherrekord gegeben. Und noch nie seien so viele Traditionssegler nach Flensburg gekommen wie in diesem Jahr. Die Organisatoren zeigten sich ebenso zufrieden wie die Standbetreiber. Rundum ein tolles Fest für die Küste: perfektes Segelwetter, eine *Rumregatta* ohne Bruch, begeisterte Zuschauermassen.

Und zwei Morde.

Natürlich hatten sich die Medien darauf gestürzt, aber die Festbesucher hatten sich nicht sonderlich dafür interessiert. Schimmels Befürchtung, das ganze Ereignis wäre vielleicht gefährdet, hatte sich in Luft aufgelöst. Niemand hatte sich den Spaß verderben lassen, selbst wenn er von den Gewalttaten gehört hatte.

»Was hast du auch erwartet?«, hatte Helene den Grauen vorhin gefragt, als er etwas von der Gleichgültigkeit der Menschen gemurmelt hatte. »Die Leute erwarten, dass die Polizei ihre Arbeit tut und den oder die Täter fängt. Währenddessen gehen sie unbeschwert ihrem Vergnügen nach. Und das ist auch gut so.«

Schimmel hatte mit den Achseln gezuckt. »Wenn du meinst.« Zu weiteren Ausführungen hatte er sich nicht durchgerungen.

Helene hatte ihn nicht wieder auf das angesprochen, was er angeblich so Bedeutsames bei der Befragung von Owusus Zimmernachbarn gehört hatte. Wenn ihm dazu inzwischen etwas eingefallen wäre, hätte er es ihr gesagt. Sie sah dem Grauen an, dass er sich nach wie vor den Kopf zerbrach. Diese Sache ließ ihm erkennbar keine Ruhe.

Jetzt saß er schon über eine Stunde lang mit dem Chef und dem Leitenden Oberstaatsanwalt zusammen. Sie bereiteten die Pressekonferenz vor, die für Montagmorgen angesetzt war. Helene beneidete Edgar Schimmel nicht, der ihr diesen verhassten Job fast immer abnahm. Was wollten sie der Öffentlichkeit morgen wohl erzählen?

Helene seufzte und warf noch einen Blick von dem winzigen Balkon hinüber zum Kai, wo der *Gaffelmarkt* abgebaut wurde. Dann trat sie zurück in das Zimmer.

Ihr ging das Gespräch mit Kaspars Balodis nicht aus dem Kopf. Sie hatten es aufgezeichnet, und inzwischen hatte sie die Stellen ein halbes Dutzend Mal abgespielt, an denen der Lette sich zu erinnern glaubte und von Owusus Angst sprach.

Dieser Mann, der da angeblich aufgetaucht war – wer konnte das gewesen sein? Und überhaupt: Konnte man dem Letten das alles glauben? Helene vertraute ihm durchaus, da verließ sie sich mal wieder auf ihr Bauchgefühl, aber sein Erinnerungsvermögen war ja leider mehr als brüchig.

Nach der Vernehmung hatte sie dafür gesorgt, dass Balodis in ein preiswertes Hotel gebracht wurde. Inzwischen hatte ein Kollege den Seesack des Letten von der *Aija* geholt und hergebracht. Das Vorhängeschloss an den stabilen Metallösen hatten sie mit einem Bolzenschneider knacken müssen, da Balodis seinen Schlüssel verloren hatte, vermutlich in jener fürchterlichen Nacht.

Im Sack fand sich ein Lederbeutel mit etwa einhundert Euro. Mehr Geld hatte Kaspars Balodis nicht. Und auf die versprochene Heuer als Decksmann auf der *Aija* würde er wohl lange warten können, jetzt, wo der Skipper mit Mann und Maus im Knast saß. Er wolle mit seinem Bruder in Riga telefonieren, hatte der Lette erklärt, der werde ihm Geld schicken. Bis dahin wolle er nur noch schlafen, nichts anderes.

Armer Kerl, dachte Helene. Dem war weiß Gott übel mitgespielt worden. Sie hatte ihm das Versprechen abgenommen, noch einmal in die Polizeidirektion zu kommen, bevor er abreisen würde. Sie hoffte, dass sich in zwei, drei Tagen doch wieder ein paar Mosaiksteine seiner Erinnerung gefunden hätten. Vor allem, soweit es den unbekannten Mann betraf, der Owusu anscheinend derart in Angst versetzt hatte.

»Hinrichsen wird das gewesen sein, egal, ob Balodis ihn erkannt hat oder nicht«, hatte Schimmel gesagt. »Der hat

Owusu da in der Kneipe sitzen sehen, hat ihm gedroht, er mache ihn kalt, wenn er die Hände nicht von Ana ließe – und den Rest kennen wir ja.«

»Ein Königreich für deine Gewissheit!«

»Ach Quatsch, das ist nichts weiter als eine Theorie.«

»Aber mit Überzeugung vorgetragen, das muss man dir lassen«, hatte Helene säuerlich bemerkt.

Der alte Fuchs hatte fies gegrinst und sich auf den Weg zum Büro des Chefs gemacht.

Vielleicht hatte er ja recht mit seiner Theorie. Es sprach manches dafür, aber …

Mit einem lauten Knall flog die Tür auf und krachte an die Wand. »Wir haben ihn!«, rief Schimmel und stürzte ins Zimmer. »Sie bringen ihn in die Zelle. Wir nehmen ihn uns noch heute Nacht vor, aber zuerst will ich mir seine Wohnung ansehen. Die Spurensicherung ist schon hingefahren. Kommst du mit oder machst du Feierabend?«

»Um Himmels willen, denk an deinen Blutdruck«, entfuhr es Helene. »Wo haben sie ihn denn erwischt?«

»Das glaubst du nicht! Er ist eben hinter dem Haus verhaftet worden, in dem seine Wohnung liegt. Hat sein Motorrad im Hof untergestellt und wollte durch die Kellertür rein, der Idiot.«

»Fühlt er sich so sicher oder ist er nur dämlich?«

»Mir wurscht. Hauptsache, wir haben ihn. Kommst du mit?«

Helene konnte sich angesichts der Aufregung des alten Zausels ein süffisantes Lächeln nicht verkneifen. »Ach, wenn ich's mir recht überlege, hatte ich sowieso nichts vor heute Abend.«

Der Graue warf ihr einen schiefen Blick zu und stürmte aus dem Zimmer. »Dann los, komm schon!«

»Ein Handy haben wir, aber das ist offensichtlich ein altes von Hinrichsen selbst. Und ein Notebook gibt's auch. Aber das gehört ebenfalls ihm. Hab ich das richtig verstanden?«, fragte Helene den Beamten von der Spurensicherung.

»Ja, das ist wohl so. Keiner der Gegenstände, die wir bisher gefunden haben, scheint von einem der Mordopfer zu stammen.«

»Das heißt nichts«, schnappte Schimmel, der danebenstand. »Er wird das geklaute Zeug schon verscherbelt haben. Pleite genug ist er ja.« Der alte Hauptkommissar drehte sich zu dem Mann im weißen Schutzanzug um. »Sehen Sie sich auch nach Pappe um«, bellte er den Kollegen an. »Nach einem Umzugskarton oder nach Pappresten. Sie wissen ja, wie das Schild aussieht, das man bei der Leiche gefunden hat. Und suchen Sie auch nach der Tatwaffe – ein Metallrohr oder so was. Drehen Sie alles um in dieser Bude, schauen Sie genau hin. Und außerdem müssen Sie …«

»Edgar, komm mal bitte«, sagte Helene und zog den Grauen am Ärmel beiseite.

»Was ist denn?«, fragte er unwirsch und schüttelte ihre Hand ab. »Ich will …«

»Komm mal mit, bitte«, wiederholte sie, drehte sich um und ging die paar Schritte in die Küche. Als Schimmel erkennbar widerwillig hinter ihr hereingestapft war, schloss sie die Tür und meinte: »Darf ich dir etwas sagen?«

Er starrte sie sekundenlang an, dann ließ er sich plötzlich auf einen der beiden Küchenstühle sinken, der unter einem Plakat mit der flammenden Parole *Deutschland den Deutschen. Gegen Asylmissbrauch* an der Wand stand, und sagte: »Brauchst du nicht. Ich weiß selbst, dass ich mich wie ein Trottel benehme. Die Spezialisten sind jetzt schon über eine Stunde in dieser Wohnung und haben rein gar nichts gefunden, was Hinrichsen belasten würde.«

Er sah sehr grau aus in diesem Moment, fand Helene. Außergewöhnlich grau. Ungesund.

»Abgesehen von den ganzen Nazimagazinen und -büchern

und den widerlichen Bildern und Sprüchen an den Wänden natürlich«, fuhr er resigniert fort. »Aber deswegen haben wir ihn ja nicht verhaftet.«

Helene setzte sich auf den anderen Stuhl und sagte: »Wir haben immerhin seine Fingerabdrücke in Owusus Zimmer gefunden, und auch in Anas Wohnung. Und er hat für beide Morde ein handfestes Motiv. Außerdem ist er geflüchtet. Und …«

»Helene!« Sie schrak zusammen, so laut hatte er das gesagt. »Du brauchst mich nicht zu trösten, ich bin schon groß. Glaubst du im Ernst, ich wüsste nicht, dass du ihn nicht wirklich für den Täter hältst?«

»Und du, Edgar? Was ist mit dir?«

Der Graue gab zunächst keine Antwort, schien zu grübeln. Dann sagte er: »Weißt du, da gibt es eine alte Regel unter Kriminalisten: Halte dich an den, den du hast, wenn du nichts anderes findest.«

»Diese Regel hast du gerade erfunden, alter Mann! Du kannst mir nicht erzählen, dass dich das befriedigen würde. Dich nicht!«

Er lachte trocken auf. »Wer fragt nach meiner ›Befriedigung‹, wie du das zu nennen beliebst? Niemand. Ich übrigens auch nicht. Wäre viel besser, ich könnte mich um meinen *Frieden* kümmern. Wird nämlich Zeit. Den Chef und die Staatsanwaltschaft und die Presse interessieren aber nur Ergebnisse. So ist das seit über dreißig Jahren, jeden Tag.« Er sah ihr voll ins Gesicht. »Ich werde müde, Miss Marple«, fügte er leise hinzu. »Ich kann es nicht leugnen.«

Lange sprachen sie kein Wort. Helene war sich bewusst, dass sie gerade etwas ganz Unerhörtes erlebt hatte. Es gab nichts dazu zu sagen.

Schließlich stand sie langsam auf, lächelte ihm zu und sagte leise: »Wir müssen ihn noch vernehmen, Edgar. Oder willst du schon Feierabend machen?«

26

»Wie oft wollen wir den Scheiß noch durchkauen? Klar sind meine Fingerabdrücke in seinem Zimmer. Ich hab's euch nun schon dreimal erklärt«, rief Torsten Hinrichsen aus. »Ich bin dem Nigger auf die Bude gerückt, hab ihm die Hölle heiß gemacht, weil er meine Freundin angebaggert hat und …«

»Verstehe ich Sie richtig? Sie sprechen von Senyo Owusu?«, fragte Helene mühsam beherrscht.

Schimmel legte offenbar nicht so viel Wert auf Etikette. Man sah ihm an, dass er der Meinung war, sie hätten nun schon viel zu viel Zeit mit diesem widerwärtigen Burschen verbracht – ohne jedes greifbare Ergebnis. Er drückte sich von der Wand ab und machte zwei schnelle Schritte auf Hinrichsen zu, der überrascht in seinem Stuhl zurückfuhr.

Der Graue fixierte den jungen Mann aus schmalen Augen und zischte: »Wenn du noch ein einziges Mal dieses Wort gebrauchst, wirst du dir wünschen, mir nie begegnet zu sein, hast du mich verstanden, du Ratte?«

Helene wunderte sich, dass Hinrichsen seinen Blick senkte. Er wirkte tatsächlich eingeschüchtert.

Schimmel machte gnadenlos weiter: »Wir wissen, dass das dein Vokabular ist. Stand ja auch auf dem Schild, das du neben dein Opfer gelegt hast – *Drecksnigger* hast du da draufgeschrieben.«

»Neben mein Opfer?«, fuhr der junge Mann auf. »Was denn für ein Schild? Was wollt ihr mir da anhängen, ihr …?«

»Vorsichtig!«, donnerte Schimmel. »Ganz vorsichtig, Bürschchen!«

Und wieder schluckte Hinrichsen trocken, registrierte Helene.

»Ich hab den Kerl nicht umgebracht. Wie oft soll ich das

noch sagen?«, rief der Neonazi aufgebracht. »Wenn ihr es genau wissen wollt: Es ist nicht schade um so einen, und es tut mir kein bisschen leid, dass einer von denen ins Gras gebissen hat. Aber mir könnt ihr das nicht anhängen!«

»Selbstverständlich hast du das getan. Erschlagen hast du ihn. Wir haben einen Zeugen dafür.«

Helene hüstelte dezent.

Schimmel richtete sich auf. »Und damit nicht genug: Auch deine ehemalige Freundin hast du getötet. Die verdammten Lügen werden dir nichts nützen. Wir wissen es – und du weißt es sowieso. Also kannst du es auch gleich zugeben.«

Fassungslos starrte Hinrichsen den Grauen an.

Helene beobachtete ihn genau. Wie passte denn dieses Verhalten auf den vorbestraften Anführer einer rechtsradikalen Truppe? Die Arroganz, die er bisher an den Tag gelegt hatte, schien allzu rasch zu bröckeln. War dieser Kerl am Ende gar nicht der knallharte Faschist, für den sie ihn gehalten hatten? Doch welche Rolle auch immer er spielen mochte, sie ahnte, dass diese Vernehmung sie nicht weiterbringen würde.

Gefeixt hatte er, als man ihn in das Vernehmungszimmer brachte. Ihm schien zunächst überhaupt nicht bewusst zu sein, in welcher Lage er sich befand.

Hinrichsen war Ende zwanzig, ziemlich groß, aber nichts an ihm war wirklich auffällig, fand Helene, als er hereingeführt wurde. Kräftig, aber nicht dick, saubere Kleidung, alles billige Massenware, aber gepflegt. Helle Turnschuhe – keine Springerstiefel mit weißen Schnürsenkeln, keine Bomberjacke. Nur der fast kahl rasierte Schädel passte in das Neonaziklischee.

Und doch, da war etwas, das der Kommissarin Rätsel aufgab: sein Gesichtsausdruck. Er wirkte auf den ersten Blick überheblich, ja geradezu unbeteiligt. Entweder er war ein guter

Schauspieler oder er war … gefühlsarm, vielleicht gar gefühllos, hatte Helene kombiniert, bevor sie ihm länger in die Augen geblickt hatte. Was sie darin sah – oder besser: nicht sah –, ließ einen Gedanken bei ihr aufkeimen: Was, wenn der Mann einfach dumm war? Ein Radikaler, ein Gewalttäter, ja, aber ein ganz und gar dumpfer, einfältiger? Das machte ihn natürlich nicht weniger verdächtig, sprach aber kaum dafür, dass er tatsächlich der charismatische Kopf einer gefährlichen, womöglich straff organisierten Neonazitruppe war. Auch die beiden Motorradfreaks, die sie in ihrem Schuppen vernommen hatten, waren nicht die hellsten Leuchten gewesen, erinnerte Helene sich. Vielleicht war Torsten Hinrichsen in Wirklichkeit nur ein Gernegroß, der sich völlig überschätzte?

Alles bloß Spekulation, warnte die Kommissarin sich selbst. Möglicherweise war er ja auch … Äußerst ungern dachte sie das Wort, aber es drängte sich mit Macht auf: unschuldig.

Kaum hatte Hinrichsen sich vorhin auf den Stuhl gesetzt, hatte Helene das sichere Gefühl gehabt, dass er nicht ahnte, was ihn hier erwartete. Und er schien sich keine ernsten Sorgen zu machen. Als man ihm vorhielt, seine Fingerabdrücke bei Ana Vida Buarque und in Senyo Owusus Zimmer gesichert zu haben, lachte er sogar verächtlich.

»Ich war fast ein Jahr lang mit ihr zusammen«, sagte er selbstsicher. »Meine Fingerabdrücke sind bestimmt überall in ihrer Bude. Sollte mich nicht wundern, wenn sogar noch eine Zahnbürste von mir da rumliegt.«

Schimmel forderte lauernd: »Erklären Sie uns doch mal, wieso ein Neonazi wie Sie mit einer dunkelhäutigen Frau liiert sein darf. Owusu war für Sie ein ›Drecksnigger‹, aber mit Frau Vida Buarque waren Sie sogar intim. Wie passt denn das in euren bescheuerten Rassenwahn?«

Hinrichsen fuhr auf. »Erstens sind wir keine Nazis, sondern gute deutsche Patrioten. Und …«

»Ersparen Sie uns Ihre hohlen Phrasen!«, herrschte Schimmel ihn an. »Faschistisches Gesindel seid ihr alle, egal, wie ihr euch selbst bezeichnet. Kommen Sie zum Punkt: Was haben Ihre Nazifreunde denn dazu gesagt, dass ihr Chef ein Verhältnis mit einer Dunkelhäutigen hatte?«

Hinrichsen wand sich unbehaglich. »Sie war doch gar keine Negerin!«, brach es dann aus ihm heraus, und Helene sah augenblicklich ihren Verdacht hinsichtlich seiner geistigen Gaben bestätigt. »Ana war Brasilianerin. Sie hatte keine Negerlippen, und ihre Haut war nur hellbraun. Und außerdem geht Sie das gar nichts an!« Trotzig haute er mit der Faust auf den Tisch.

»Sie sagten ›war‹. Woher wissen Sie denn, dass sie ermordet wurde?«, fragte Helene ihn.

»Ich hör Radio und guck Fernsehen.«

»Scheint Sie aber nicht weiter zu berühren, habe ich den Eindruck.«

»Ich schei… ich pfeife darauf, was Sie denken. Wenn ich das Schwein erwische, das ihr das angetan hat …«

Er sei doch gar nicht geflohen, behauptete er. Er habe nur den Dorfsheriff vor der Werkstatt gesehen und keine Lust gehabt, mit ihm zusammenzutreffen. Schließlich habe der ja schon öfter bei ihnen herumgeschnüffelt in letzter Zeit. Und nein, das sei kein Versammlungsraum, schon gar kein politischer, sondern nur ein Motorradhobbyshop. Seine politische Überzeugung sei seine Privatsache, damit hätte dieser Ort rein gar nichts zu tun. »Für wie blöd hält mich die Polizei eigentlich?«, fragte er aufsässig. Natürlich wäre er nicht zu seiner Wohnung gefahren, wenn er sich etwas hätte zuschulden kommen lassen. Dann wäre er abgehauen und hätte sich irgendwo versteckt. »Ich hatte ja keine Ahnung, dass nach mir gefahndet wurde. Wie sollte ich auch?«

»Wo waren Sie denn in der Nacht von Donnerstag auf Freitag, etwa um drei Uhr morgens?«, wollte Helene von ihm wissen. »Und am Freitagnachmittag?«

Den ganzen Freitag sei er bei seiner Mutter in Husum gewesen. Die besuche er regelmäßig, behauptete Hinrichsen.

Sofort ließ sich Helene die Telefonnummer geben, ging in das Nebenzimmer und rief in Husum an. Doch niemand meldete sich.

»Wir klären das natürlich«, sagte Schimmel. »Auch wenn ein Alibi von Ihrer Mutter nicht viel wert ist, aber gut. Dann sagen Sie uns jetzt erst mal, wo Sie waren, als Senyo Owusu getötet wurde.«

»Wann soll das denn gewesen sein? Kann ich doch nicht wissen.« Hinrichsen grinste aufreizend.

Er mochte keine Intelligenzbestie sein, dachte sich Helene, aber ganz dumm war er dann wohl doch nicht, der Kerl. »Wie gesagt, Freitagmorgen etwa gegen drei Uhr«, wiederholte sie ruhig.

Hinrichsen überlegte kurz. »Da ... da war ich mit den Kumpels zusammen, draußen in der alten Werkstatt, ja, genau.«

»So lange? Die ganze Nacht?«, hakte Schimmel nach.

»Wir haben ein bisschen gefeiert und so.«

»Gefeiert? Was haben Sie denn gefeiert?«, ätzte Schimmel. »Den baldigen Endsieg der Neonazi-Idioten? Das wäre deutlich verfrüht!«

Helene räusperte sich vernehmlich, und Hinrichsen warf dem Grauen einen hasserfüllten Blick zu. »Sie können mich mal am ...«

»Vorsicht«, warnte die Kommissarin. »Der buchtet Sie wegen Beleidigung eines Amtsträgers ein. Da kennt er nichts!«

Irritiert sah Hinrichsen sie an. »Amtsträger? Was soll das denn ...? Also, das dürft ihr alles gar nicht, was ihr hier mit mir macht! Ich kenne meine ...«

»Rechte? Wollten Sie das sagen?«, unterbrach ihn Schimmel und lachte laut. »Kein Wunder, wenn ich mir Ihre Akte so ansehe. Aber lassen wir das. Wir wollen jetzt genau wissen, was Sie in der fraglichen Nacht gemacht haben, los, reden Sie!«

»Ich hab mich irgendwann hingehauen. Bin Freitag erst gegen Mittag aufgestanden und mit dem Bock direkt nach Husum zu meiner Mutter gefahren. Mehr war nicht.«

»Und ihre ›Kumpels‹ können das bezeugen? Etwa die, die wir kennengelernt haben? Die behaupten übrigens, Sie gar nicht näher zu kennen.«

Hinrichsen rutschte auf dem Stuhl herum. »Was weiß ich, was die Idioten euch erzählt haben? Jedenfalls waren die an dem Abend auch da. Und noch zwei, drei andere.«

»Das lässt sich ja leicht nachprüfen«, sagte Helene und zog ihren Block heran. »Wie heißen diese Leute denn?«

»Einen Moment mal«, sagte der Graue, der Hinrichsen nicht aus den Augen ließ. Lauernd fragte er: »Sind Sie wirklich ganz sicher, dass die bis um drei Uhr morgens mit Ihnen zusammen waren? Überlegen Sie genau, was Sie sagen, das rate ich Ihnen!«

Hinrichsen wurde noch unruhiger. »Also ... Na gut, ich war ganz schön voll. Kann sein, dass die früher weg sind. Ich hab mich dann auf die Pritsche gehauen. Was weiß ich, wie lange die da waren?«

»Also kein Alibi, stelle ich fest.« Schimmel nickte befriedigt. »Mal sehen, was Ihre Mutter sagt – obwohl die viel sagen kann. Und für die Tatzeit des Mordes an Owusu haben Sie schon mal gar nichts vorzuweisen, was uns überzeugt, so viel steht fest. Sieht nicht gut aus für Sie, gar nicht gut.«

Fast zwei Stunden lang war es so weitergegangen. Immer wieder von vorne. Ohne jeden greifbaren Erfolg. Aus keinem Verdacht wurde ein Beweis. Außer dass Hinrichsen kein Alibi für den Zeitpunkt des Mordes an Owusu vorweisen konnte, hatten sie nichts in der Hand. Nichts jedenfalls, was den Staatsanwalt dazu veranlassen würde, einen Haftbefehl gegen den Neonazi auszustellen.

Kein Zweifel, dass Schimmel das ebenfalls wusste. Und so

ritt er nun seine finale Attacke. »Torsten Hinrichsen«, blies er ins Horn. »Sie hatten für beide Morde ein Motiv, die Gelegenheit und die Mittel. Wir haben ausreichend Indizien für eine Anklage gesammelt. Wenn Sie kein Alibi vorweisen können, und zwar für beide Morde, dann fahren Sie noch heute ein, in den Knast. Haben Sie das endlich verstanden?«

»Verdammt, was hängt ihr mir hier an? Ihr habt keine Beweise. Ihr wollt mich kaltstellen, weil ich für die nationale Sache kämpfe. Ich war das nicht, ihr verfluchten …«

»Passen Sie auf, was Sie sagen«, unterbrach die Kommissarin ihn scharf.

Hinrichsen wollte zu einer Entgegnung ansetzen, riss aber plötzlich die Augen auf und schlug sich klatschend mit der flachen Hand auf die Stirn. »Der Dorfsheriff, ja, genau! Warum ist mir das nicht früher eingefallen? Der weiß, dass ich um die Zeit im Schuppen war.«

»Wie bitte?«, fragte Helene konsterniert nach.

»Ja, dieser dicke Penner da draußen, Asmus Sowieso – der war in der Nacht da. Hat mich geweckt, der Idiot. Jetzt fällt es mir wieder ein. Wie gesagt, ich hatte ein bisschen was getankt. Fragt den mal, aber zügig, wenn ich bitten darf. Und dann lasst mich endlich raus hier aus dem Stall!«

»Werd bloß nicht frech, Freundchen«, knurrte Schimmel und warf Helene einen Blick zu.

Sie verließ noch einmal den Raum, um zu telefonieren.

»Das stimmt schon, Frau Christ«, bestätigte Polizeihauptmeister Asmus Mommsen.

»Können Sie es zeitlich genauer eingrenzen?«

»Klar, steht alles im Protokoll. Moment bitte, ich hab den Computer an. Ich ruf es gerade mal auf.«

Helene wartete ungeduldig.

»Hier hab ich's: in der Nacht von Donnerstag auf Freitag, zwei Uhr fünfundfünfzig.«

»Zu dieser nachtschlafenden Zeit sind Sie extra da rausgefahren?«

»Nee, das nun auch wieder nicht. Aber es gab eine Anzeige wegen nächtlicher Ruhestörung in der Siedlung am Ortsrand. Die liegt ja nur ein paar Hundert Meter von der alten Werkstatt entfernt. Ich bin hingefahren und hab die betrunkenen Jugendlichen verjagt. Die üblichen Rowdies hier aus dem Dorf, Sie wissen schon. Die machen mir ständig Probleme. Sind nicht ausgelastet, die Burschen, und …«

»Schon gut, Herr Mommsen, ich weiß ja«, unterbrach ihn Helene. »Wie ging es dann weiter?«

»Ich hab auf dem Rückweg Licht in dem Schuppen gesehen. Und da hab ich mir gedacht, es kann ja nicht schaden, auch mal zu später Stunde nach dem Rechten zu schauen. Hatte ja sowieso den Auftrag, ein Auge auf die Leute da zu haben.«

»Okay. Und?«

»Da war nur einer. Und der war voll wie eine Haubitze.«

Überall habe das Licht gebrannt und massenhaft Flaschen hätten herumgestanden. Er habe den Mann dann geweckt und gefragt, was er dort zu suchen habe, berichtete Mommsen bedächtig weiter. Der Kerl sei wütend geworden, weil man ihn nicht schlafen ließ. Aber da sonst niemand im Gebäude war, und Mommsen nichts Verdächtiges feststellen konnte, sei er wieder gefahren.

»Und – Mensch, Herr Mommsen, nun sagen Sie schon: Dieser Betrunkene, den Sie geweckt haben, war das Torsten Hinrichsen, also der, den wir die ganze Zeit suchen?« Helene merkte, dass sie ungeduldig wurde.

»Woher soll ich das denn wissen, Frau Christ?«, fragte Asmus Mommsen entrüstet. »Den Namen hab ich zum ersten Mal gestern von Hauptkommissar Schimmel gehört, als er mit Ihnen hier war. Das soll doch der sein, der vorher auf seinem Motorrad über die Felder abgehauen ist, nicht wahr? Der hatte den Helm schon auf, als er aus dem Schuppen kam.«

Helene atmete tief durch und zwang sich zur Ruhe. »Sie haben sich also seinen Ausweis in der Nacht nicht zeigen lassen, nachdem Sie ihn aufgeweckt hatten?«

»Wozu? Der schien mir ganz harmlos. Und außerdem war der viel zu voll.«

»Ja gut, verstehe ich, Herr Mommsen. Aber er kann sich immerhin erinnern, angeblich jedenfalls, dass Sie ihn geweckt haben. Wenn das stimmt, müssten Sie doch jetzt sagen können, dass er es war, der da auf der Liege …«

»Aber ich habe doch keine Ahnung, wie der Kerl aussieht!«, rief der Dorfsheriff verzweifelt.

Helene verschlug es die Sprache. Plötzlich wurde ihr klar, welchen idiotischen Fehler sie gemacht hatten. Keiner von ihnen hatte daran gedacht, Hauptmeister Mommsen ein Foto des Gesuchten zu zeigen. Wenn es tatsächlich Hinrichsen war, den er in der Mordnacht in der Werkstatt angetroffen hatte, war zu dem Zeitpunkt noch gar nicht nach ihm gefahndet worden. Aber natürlich hätte Mommsen sich sofort daran erinnert, ihn schon einmal gesehen zu haben, wenn man ihm gestern ein Bild gezeigt hätte. »Aber wir haben doch sein Foto herumgeschickt, als die Fahndung nach ihm ausgelöst wurde«, hielt sie dem alten Beamten vor. »Spätestens da müssen Sie ihn doch wiedererkannt haben!«

Der Dorfsheriff antwortete nicht.

»Herr Mommsen, haben Sie nicht gehört, was ich gesagt habe?«

»Doch, Frau Christ, hab ich, aber … Ich war doch dabei, als der Grau… äh, Hauptkommissar Schimmel die Ringfahndung angeordnet hat. Und dann hat er mich sofort losgeschickt, damit ich an der Einmündung des Feldwegs in die Dorfstraße Posten beziehe.« Stundenlang habe er da draußen in seinem Dienstwagen sitzen müssen, bevor er endlich abgelöst wurde, beschwerte sich Asmus Kelle. »Wozu sollte ich mir dann auch noch den Schriftkram zur Ringfahndung ansehen, als ich endlich wieder auf meine Dienststelle zurückkonnte? Ich hatte meinen Auftrag doch schon ausgeführt.«

Eine Panne, dachte Helene verbittert, ein kleines Versäumnis, lächerlich geradezu. Wäre das nicht passiert, hätten sie sich eine Menge Zeit und Arbeit sparen können.

»Frau Christ? Sind Sie noch dran?«

Helene zog ihr Handy hervor. »Sagen Sie mir rasch Ihre E-Mail-Adresse, ich bin gerade nicht in meinem Büro. In ein paar Sekunden haben Sie ein Foto von Hinrichsen. Und dann sagen Sie mir, ob er das war in der fraglichen Nacht. Ich brauche eine eindeutige Identifizierung, Herr Mommsen – oder ein klares Nein.«

Sie hatte keinen Zweifel, was sie bekommen würde: ein Alibi erster Klasse für den Mann, der nebenan im Verhörzimmer saß. Alles, was dann überhaupt noch von dieser Spur übrig blieb, war die vage Möglichkeit, dass Hinrichsen die Tat nicht selbst begangen hatte, sondern die Drecksarbeit durch seine Leute hatte erledigen lassen, während er selbst sich indessen seelenruhig vollaufen ließ. Aber würden die jungen Männer im Auftrag dieses ›Anführers‹ wirklich bis zu einem Mord gehen? Unwirsch schüttelte sie den Kopf. Nein, das konnte sie einfach nicht glauben. Der Kerl war ein übler Zeitgenosse, zweifellos, aber niemand, dem man hörig wurde.

»Klar, das war der Bursche, den ich in der Werkstatt aufgescheucht habe«, kam Hauptmeister Mommsens Stimme zurück. Doch die Hinrichsen-Spur war für die Kommissarin schon kalt gewesen, bevor sie das hörte. Sie öffnete die Tür zum Vernehmungsraum, bat Schimmel auf den Flur und berichtete ihm von Mommsens Zeugenaussage. »Was machen wir jetzt mit dem Kerl?«

Der Graue starrte eine Weile abwesend vor sich hin. Dann sagte er: »Wir bestellen noch die anderen *Autonomen Nationalisten* ein. Önal und die Kollegin Nielsen sollen sie vernehmen. Ich kann mir zwar nicht vorstellen, dass etwas dabei herauskommt, aber wir müssen wenigstens sicher ausschließen können, dass diese Grenzlandnazis etwas mit dem Mord an Owusu zu tun haben.«

Helene nickte. »Wird veranlasst, Edgar. Aber noch mal: Was ist nun mit Hinrichsen? Er könnte ja durchaus noch für den Mord an seiner Exfreundin infrage kommen, oder?«

»Könnte er. Wir werden die Mutter wegen seines Alibis befragen, sobald sie wieder erreichbar ist. Aber das wird wohl auch ...« Er vollendete den Satz nicht.

»Hierbehalten können wir Hinrichsen jedenfalls nicht, denke ich«, sagte Helene. »Aussichtslos, dass die Staatsanwaltschaft einen Haftbefehl gegen ihn beantragen wird. Dafür haben wir zu wenig in der Hand oder was meinst du?«

Schimmel sah wieder sehr grau aus. »Ich schick ihn nach Hause, unter der Auflage, die Stadt nicht zu verlassen und sich zu unserer Verfügung zu halten.«

Und so stand Torsten Hinrichsen eine Stunde später vor dem Gebäude der Polizeidirektion und atmete erleichtert die frische Nachtluft ein.

27

Eben hatte Kommissaranwärter Nuri Önal den Raum verlassen, nachdem er das bestätigt hatte, was sie sowieso schon geahnt hatten: Keines der drei bisher befragten Mitglieder von Hinrichsens *Autonomen Nationalisten im Grenzland* kam als Mörder von Senyo Owusu infrage. Ihre Alibis waren unwiderlegbar.

»Die Überprüfung ging schnell, nur drei Telefonate«, hatte Önal gesagt. »Die Kollegin Nielsen stellt gerade die Kontaktdaten der weiteren Mitglieder dieses Vereins zusammen. Aber ich glaube eigentlich nicht, dass wir die alle noch auf ihr Alibi überprüfen müssen.«

»Lassen Sie uns auch wissen, welche Überlegungen dieser bemerkenswerten Annahme zugrunde liegen, junger Herr?«, hatte der Graue den Kommissaranwärter ungnädig gefragt.

Nach einem Hilfe suchenden Blick zu Helene, von der aber nichts gekommen war, hatte Önal tapfer geantwortet: »Alle drei bisher Befragten scheinen nicht allzu viel von ihrem Anführer zu halten. Jedenfalls haben sie ausgesagt – und zwar unabhängig voneinander –, dass sie sich von diesem Hinrichsen wenig sagen ließen.« Önal holte tief Luft. »Deshalb gehe ich davon aus, dass niemand einen Mordauftrag von ihm ernst nehmen würde.«

»Danke für Ihre Einschätzung, Herr Önal«, hatte der Hauptkommissar erstaunlich freundlich gesagt, während dem jungen Kollegen sichtlich ein Stein vom Herzen gefallen war. »Frau Christ und ich sind zu derselben Ansicht gekommen. Frau Nielsen soll ruhig noch die Kontaktdaten aller Vereinsmitglieder sammeln, aber Sie können die Befragungen erst einmal einstellen, danke.«

Kaum hatte der junge Kollege die Tür hinter sich geschlossen, bemerkte Helene die schlagartige Veränderung auf Schimmels Gesicht. Selten hatte sie den alten Kriminaler derart niedergeschlagen erlebt.

»Ich fasse zusammen«, stieß der Graue aus, und Helene meinte, seine Zähne knirschen zu hören. »Erst lösen wir eine Ringfahndung nach Hinrichsen aus, machen unsere letzten Kräfte mobil, um ihn zu fassen, verhören ihn stundenlang – und dann das: Ausgerechnet ein Polizeibeamter gibt ihm für die Tatzeit ein absolut stichhaltiges Alibi.

»Mommsen ärgert sich doch selbst, Edgar«, warf Helene ein.

»Der arme Kerl kann nichts dafür«, erwiderte Schimmel. »Es ist nicht seine Schuld. Im Gegenteil: Ich hab's verbockt, ich allein! Hab es zu eilig gehabt, ihn auf seinen Posten zu schicken. Hätte er noch in seiner Amtsstube gesessen, als die Ringfahndung an alle Dienststellen rausgeschickt wurde, dann hätte er auch das Foto gesehen und Hinrichsen wiedererkannt. Aber er stand ja neben mir, als ich die Fahndung angeordnet habe. Nein, wir hätten ihm eben nicht nur den Namen nennen, sondern auch das Foto zeigen müssen, das auf deinem Handy gespeichert ist. Dann …«

»… hätten wir Hinrichsen als Tatverdächtigen sofort ausschließen können.«

»Und uns und den Kollegen eine Menge Aufwand und Frust erspart.« Schimmel starrte freudlos auf den kläglichen Rest in der Gummibärchendose vor sich. Plötzlich lachte er hämisch auf. »Ach, was soll's, dann wären wir eben etwas früher da gelandet, wo wir jetzt stehen: am Anfang. Mit nichts in der Hand. Denn auch die These von einem Auftragsmord durch Hinrichsens versoffene Motorradfreaks können wir getrost vergessen. Deren sogenannter Anführer ist ein dumpfer Westentaschendemagoge, ein hohler Popanz, dem seine eigenen Leute offenbar nicht allzu viel zutrauen, wie wir jetzt wissen.«

»Wir haben das nur zu spät erkannt«, seufzte die Kommissarin. »Trotzdem: Ich wünschte, alle rechten Organisationen wären so belanglos wie diese.«

»Was leider keineswegs der Fall ist.« Schimmel hob die geplünderte Dose hoch, schwenkte sie hin und her und fragte: »Willst du die Weißen und die Grünen noch essen?«

»Nein, herzlichen Dank.« Helene sah auf die Uhr. »Lass uns Schluss machen, Edgar. Für heute reicht's mir. Ich hol mir was Warmes auf dem Nachhauseweg.«

Er nickte ergeben. »Und morgen früh heißt es dann: alles auf null. Wir fangen noch mal ganz von vorne an. Du weißt, was das heißt: Jede Spur noch einmal analysieren, prüfen, ob etwas übersehen wurde, jede Notiz, jeden Zettel, alle Protokolle, alle Tatortfotos, einfach alles erneut durchgehen. Die Motivlage erneut hinterfragen, unsere Köpfe frei machen von allem, was wir bisher gedacht haben. Na ja, so in der Art …«

»Komm jetzt, du brauchst auch mal ein bisschen Schlaf.«

Der Graue sah seine Kollegin an, als hätte sie etwas höchst Unpassendes gesagt. »Kannst du jetzt tatsächlich schlafen, Helene?« Er stand auf, trat an das Fenster und schaute hinaus. Mit dem Rücken zu ihr sagte er nach einer Weile: »Vor drei Tagen wurde ein junger Mann erschlagen, einen Tag darauf eine junge Frau erdrosselt, das alles quasi vor unserer Tür. Und wir wissen immer noch nichts. Alles, was wir in der Hand zu haben glaubten, hat sich in Luft aufgelöst.«

»Ich weiß, Edgar, und ich bin genauso deprimiert wie du. Wir müssen komplett von vorn anfangen, da hast du ganz recht. Aber morgen ist auch noch ein Tag.« Damit stand Helene auf, nahm ihre Jacke vom Haken, hängte sich die Tasche über die Schulter und ging zur Tür. »Ich muss hier raus.« Plötzlich kam ihr eine Idee. »Weißt du was: Um die Ecke hat ein neuer Vietnamese aufgemacht. Soll ganz toll sein, hab ich gehört. Du magst doch asiatische Küche. Lass uns zusammen hingehen und etwas essen, vielleicht ein Bier trinken. Da können wir weiterreden. Und dann ab nach Hause.«

Er drehte sich um und sah sie unschlüssig an.

»Komm, alter Mann. Du magst ja wenig Schlaf brauchen, aber irgendwann ist auch dein Akku leer. Und ich hab keinen Bock darauf, den Scheiß hier allein auszubaden.«

»Eine Ausdrucksweise hast du …« Schimmel griff sich das Jackett von der Stuhllehne und zog es an. »Also gut, überredet. Machen wir es so, Miss Marple. Ich war vor ein paar Wochen in Kiel in einem vietnamesischen Restaurant, das war klasse. Mal sehen, ob die hier mithalten können.«

Trotz der späten Stunde war das Lokal gut besucht. Im hinteren Teil fanden sie einen freien Tisch in einer Nische. Kaum hatten sie Platz genommen, stand schon ein junger Vietnamese vor ihnen und fragte höflich nach ihren Wünschen.

Und da geschah es.

Schimmel starrte den jungen Mann an, als hätte er eine Erscheinung. Zweimal fragte der Kellner nach, was der Herr für Wünsche habe, aber der Graue gab keine Antwort, sah ihn nur mit offenem Mund an und nickte, als wäre er soeben erleuchtet worden.

»Ich kenne Sie«, stellte er unvermittelt fest. »Sie sind doch Student, nicht wahr? Wir haben uns unlängst auf dem Campus unterhalten.«

»Ach ja«, sagte der junge Mann sichtlich verlegen. »Sie sind der Herr von der Kriminalpolizei, der mit uns über Senyo gesprochen hat.«

Schimmel nickte, ließ den kleinen Mann nicht aus den Augen und sagte: »Und Sie haben mir etwas zu Owusu gesagt, was ich aber anschließend vergessen hatte. Schien mir damals wohl nicht wichtig. Jetzt ist es mir wieder eingefallen, in dem Moment, als ich Sie gesehen habe.« Schimmel schien jetzt erst die wachsende Verlegenheit des jungen Mannes aufzufallen. »Entschuldigen Sie mein sonderbares Verhalten. Das hier«, er zeigte auf Helene, »ist übrigens Kommissarin Christ, meine Kollegin.«

Der Vietnamese nickte Helene scheu zu. »Wie kann ich Ihnen denn helfen?«

»Die ganze Zeit habe ich mir den Kopf darüber zerbrochen, was ich von einem seiner Mitbewohner über Owusu erfahren hatte. Endlich weiß ich es wieder: Sie haben mir erzählt, er hätte einen Nebenjob gehabt, richtig?«

Verwirrt sah der Student den Grauen an und rieb sich seine feuchten Handflächen an der untadelig gebügelten schwarzen Hose trocken. »Ja, das hab ich Ihnen gesagt. Er war in irgendeinem Büro angestellt, als Aushilfe.« Ein scheues Lächeln flog über sein Gesicht. »Die meisten von uns jobben nebenbei. Es ist nicht billig, in Deutschland zu leben. Ich bin froh, dass ich hier im Lokal einen Nebenjob gefunden habe.« Fast entschuldigend fügte er hinzu: »Sind Landsleute von mir.«

»Ja, schön, prima, ganz wunderbar, freut mich für Sie«, sagte Schimmel zerstreut. »Aber sagen Sie: Was wissen Sie über die Firma, in der Ihr Kommilitone gearbeitet hat? Ich hätte das schon fragen sollen, als Sie mir zum ersten Mal davon erzählt haben, aber …«

»Kennen Sie den Namen des Unternehmens?«, schaltete sich Helene ein.

Der Vietnamese schüttelte den Kopf. »Senyo hat ihn nicht erwähnt, glaube ich. Oder ich kann mich nicht erinnern.«

»Überlegen Sie bitte noch einmal. Das könnte sehr wichtig sein. Wir wissen immer noch viel zu wenig über Herrn Owusu. Wir brauchen mehr Informationen, unbedingt.«

»Tut mir leid, dass ich Ihnen nicht helfen kann. Senyo hat kaum über diese Dinge geredet. Ein Bürojob, und auch im Lager würde er dort manchmal arbeiten, hat er gesagt, wenn ich mich recht erinnere. Meistens hat er wohl Abrechnungen erstellt und Bestellungen bearbeitet und so. Irgendwas mit Logistik, glaube ich, *shipping* oder so – wie heißt das auf Deutsch?«

»*Shipping?*«, fragte Schimmel und legte seine Stirn in Falten.

»Eine Spedition«, sagte Helene, und im selben Moment fiel ihr etwas ein.

»Aha.« Schimmel nickte und fuhr überrascht zusammen, als Helene in die Hände klatschte. »Was?«

»Sein Vater hat ein Speditionsunternehmen in Ghana. Ich hab die Visitenkarte im Büro«, erklärte Helene.

»Und du meinst, es könnte einen Zusammenhang geben?«

»Na hör mal, du sagst doch immer, es gäbe keine Zufälle bei Ermittlungen, oder?«

Schimmel zuckte mit den Schultern. »Ich weiß nicht. Dass ich heute diesem jungen Herrn hier wieder begegnet bin …«, er wies auf den Kellner, der verlegen vor dem Tisch stand und von einem Fuß auf den anderen trat, »… das könnte einen schon an Zufälle glauben lassen.«

»Möchten Sie denn nun etwas bestellen? Die Küche schließt gleich«, wagte der Vietnamese zu fragen.

»Aber sicher«, rief Helene und fuhr mit dem Finger auf der Speisekarte herum. »Ich habe Hunger. Also: Ich nehme die Sieben als Vorspeise und danach die Sechsundfünfzig.«

Schimmel hatte auch nach der Karte gegriffen und ergänzte: »Und für mich die Elf und die Zweiundvierzig.«

Der Kellner bedankte sich und wandte sich um.

»Ach ja«, rief der Graue ihm aufgeräumt hinterher. »Eine kleine Programmänderung: Alles zum Mitnehmen bitte, packen Sie's gut ein. Und bringen Sie uns zwei Bier, während wir warten.«

»Was zum Teufel …?«, fuhr Helene auf.

»Wir sollten uns gleich auf den Weg zu Owusus Zimmer machen. Noch ist es versiegelt. Da finden wir bestimmt etwas zu der Firma, in der er gearbeitet hat. Lohnabrechnungen oder Dienstpläne oder so was. Solche Unterlagen sind todsicher dort, nur hat sich bisher niemand dafür interessiert. Deshalb sind sie auch noch nicht in seiner Akte. Was hältst du davon?«

»Was ich von dir halte, das möchtest du ganz bestimmt nicht wissen«, sagte Helene, aber es gelang ihr nicht, den wütenden Gesichtsausdruck beizubehalten. Mit einem müden Lächeln schüttelte sie den Kopf. »Du lernst es nicht mehr, was, alter Mann? Einmal Jagdhund, immer Jagdhund. Ewig die Nase auf der Fährte halten.«

»Wir haben wieder eine, Helene, endlich haben wir wieder eine! Keine Ahnung, wohin sie uns führt, aber alles ist besser als das schwarze Loch, in dem wir vor einer Stunde noch gesteckt haben.« Er rieb sich angriffslustig die Hände. »Sieh mal, da kommt unser Bier!«

»Glaubst du wirklich, es bringt uns weiter, dass wir hier mitten in der Nacht in seinem Zimmer herumwühlen?«, fragte die Kommissarin, als sie die Treppe zu Owusus Zimmer hochstiegen. Sie sehnte sich nach ihrem Bett.

Als der Graue keine Antwort gab, sondern nur vor der Tür Aufstellung nahm und ungeduldig auf das Schloss zeigte, griff sie ohne ein weiteres Wort in ihre Tasche und holte den Zimmerschlüssel hervor, den sie aus dem Büro mitgenommen hatte. Nur ein paar Minuten hatten sie dort Zwischenstation gemacht, um an ihren Schreibtischen das Essen herunterzuschlingen. Schimmel hatte dabei noch einmal die Papiere und Dokumente aus dem Zimmer des Opfers durchgesehen, die bei den Akten lagen. Wie der Graue schon prophezeit hatte, war über Owusus Nebenjob nichts zu finden gewesen.

Helene schloss die Tür auf, sie betraten das Zimmer und machten das Licht an.

»Jetzt, wo wir wissen, wonach wir suchen, werden wir auch etwas finden«, sagte Schimmel und öffnete die Schreibtischschubladen.

»Ich frage mich immer noch, was seine Ermordung mit dem Nebenjob als Büro- und Lagerhelfer zu tun haben soll«, wandte Helene ein. »Irgendwie kommt mir das sehr weit hergeholt vor.«

»Warte es ab«, sagte Schimmel unbeeindruckt und durchwühlte den Inhalt der Schubladen. »Ich hab auch keine Ahnung, wohin uns das führt, aber es muss einen triftigen Grund dafür geben, dass man den armen Kerl erschlagen hat. Mit seinem Studium hat das nichts zu tun, so viel ist inzwischen klar. Und ebenfalls nicht mit seiner früheren Freundschaft mit dem Letten. Mord aus Eifersucht war es auch nicht, zumindest nicht durch den gehörnten Exfreund seiner Geliebten. Was also hat Owusu getan, dass jemand keine andere Wahl hatte, als ihn zu töten – oder was hat er gewusst? Wir müssen mehr über ihn erfahren; wir waren zu schnell mit unseren Mutmaßungen.«

»Dann mal los«, sagte Helene und öffnete die Schubladen der Kommode neben dem Bett.

Die Suche dauerte nicht lange. Kurze Zeit später hielt Helene einen dünnen Hefter in der Hand, den sie unter ein paar Büchern hervorgezogen hatte. *Lohn- und Gehaltsabrechnung* stand auf den eingehefteten Blättern – und Senyo Owusus Name.

»*WARIHA Transport GmbH & Co. KG* heißt der Laden«, sagte sie. »Die Adresse liegt im Gewerbegebiet in Harrislee.«

»Ich glaube, von denen hab ich schon mal gehört. Oder einen Lkw gesehen, mit dem komischen Namen drauf. Egal, wir werden der *WARIHA* einen Besuch abstatten.«

»Ganz sicher werden wir das, Edgar. Aber erst morgen um zehn Uhr, und keine Sekunde früher!«

28

Marschfahrt. Leise, oben auf der Flybridge kaum hörbar, grummelten die beiden Dieselmotoren tief unten im Rumpf vor sich hin. Jeder von ihnen hatte neunhundert PS, und zusammen brachten sie die große Motoryacht auf eine Geschwindigkeit von über dreißig Knoten.

Hier in Küstennähe ließ er es lieber ruhiger angehen. Dennoch machte das Schiff gute Fahrt. Zwanzig Knoten zeigte das Log auf dem eindrucksvollen Instrumentenpanel, während an Backbord in der Ferne die Hochhäuser von Damp auftauchten.

Der Mann korrigierte den Kurs mit dem Joystick, schaltete die automatische Steuerung ein und streckte sich genüsslich in dem luxuriösen Drehsessel. Ganz langsam, jedes Detail in sich aufsaugend, ließ er seinen Blick über das Vordeck unter sich gleiten. Der Bootsmann stand rauchend ganz vorn an der Reling und blickte auf das Wasser hinaus.

Was für ein Schiff! Endlich hatte er sich seinen Traum erfüllt. Über zwanzig Meter lang, hochmoderner IPS-Antrieb statt einer Wellenanlage, Toptechnik und edles Material, wohin man schaute. Alles vom Feinsten – purer Luxus.

Zweieinhalb Millionen Euro.

Gestern Abend hatte er sich nach Kiel fahren lassen und die *Saskia III* übernommen. Sie war von einer Werftcrew aus Bremen überführt worden und hatte am Tiessenkai in Holtenau festgemacht, nachdem sie aus der Schleuse des Nord-Ostsee-Kanals herausgekommen war.

Welch ein Anblick, die nagelneue Yacht da am Kai! Schimmernd der Rumpf in seiner hellbeigen Lackierung mit dem feinen roten Streifen, die schneeweißen Aufbauten in der Sonne strahlend – noch immer stand das Bild vor seinen Augen.

Sven, sein angestellter Bootsmann, hatte ihn begeistert begrüßt. Er war bereits vor ein paar Tagen nach Bremen zur Werft gefahren und hatte die gesamte Reise hierher mitgemacht, um mit dem hypermodernen Schiff vertraut zu werden. Schließlich war er, wie schon vorher auf der *Saskia II*, dafür verantwortlich, das Schiff jederzeit auslaufbereit zu halten. Sven hatte das Patent als Seesteuermann auf Großer Fahrt und außerdem eine Ausbildung als Schiffsmaschinist. Der zähe, verschlossene Bursche war vertrauenswürdig und hatte sich bewährt, seit drei Jahren schon.

Nach einer gründlichen Einweisung und einer zweistündigen Probefahrt hatte er dann stolz die Schlüssel übernommen und war heute in aller Frühe losgefahren. Nun hatte das stolze Schiff endlich Ostseewasser unter dem Kiel und war unterwegs zu seinem Liegeplatz im Hafen der dänischen Stadt Sonderburg im Norden der Flensburger Außenförde.

Fast hätte er den lang ersehnten Termin zur Übernahme verpasst. Und nicht nur das: Alles, wirklich alles hatte plötzlich auf dem Spiel gestanden. Erst im allerletzten Augenblick war er dem verfluchten Hund auf die Schliche gekommen.

Der Mann fröstelte. Der Fahrtwind schien ihn auszukühlen. Rasch griff er nach seiner Windjacke und zog sie sich über. In der Tasche fand er die Zigaretten und zündete sich eine an.

Zuckten seine Finger? Ärgerlich betrachtete er die Hand sekundenlang. Nein, alles in Ordnung, höchstens ein ganz minimales Zittern. Die Kälte, nichts anderes kam infrage.

Er hatte handeln müssen. Kaltblütig, rücksichtslos – und vor allem sofort. So wie er es immer tat, auch wenn nicht derart viel auf dem Spiel stand wie in diesem Falle. So hatte er sein Imperium aufgebaut, hatte aus einer kleinen Klitsche ein blühendes Unternehmen geschaffen. Zwanzig Jahre hatte er dazu gebraucht. Und nicht weniger als genau dieser Erfolg von zwanzig Jahren war es, der auf einen Schlag vernichtet worden wäre, wenn er nicht getan hätte, was notwendig gewesen war.

Die Landspitze der Geltinger Birk zog an backbord vorbei, und die *Saskia III* passierte den Leuchtturm von Kalkgrund, als sie in die Flensburger Förde einlief. Gleich würde er in Sonderburg festmachen. Von dort war es mit dem Auto nur eine gute halbe Stunde bis zu seinem Büro.

Hatte er an alles gedacht, wirklich keine Fehler gemacht? Es hatte so schnell gehen müssen, viel Zeit zum Überlegen war ihm nicht geblieben. Improvisationsfähigkeit war gefordert gewesen. Dabei konnte einem schon mal eine gefährliche Nachlässigkeit unterlaufen.

Erneut ging er im Geiste minutiös durch, was er unternommen hatte, um zu verhindern, dass er überhaupt in Verdacht geriete.

Er hatte das alles nicht gern getan, ganz sicher nicht, aber es war unumgänglich gewesen. Also legte er dabei die gnadenlose Konsequenz an den Tag, die schon immer sein Markenzeichen gewesen war. Mit Gefühlsduselei konnte er sich nicht aufhalten, das galt auch für sein Geschäft. Schon früh hatte er es mehrfach abgeschottet gegen neugierige Blicke. Es gab keine Löcher in seinem Tarnnetz, keine Lücken in seiner Legende, nichts, was ihn hätte verraten können. Nicht einmal die Kommission des Umweltbundesamtes hatte auch nur den kleinsten Hinweis auf Unregelmäßigkeiten gefunden. Und den lästigen Journalisten, der ihn tagelang genervt hatte, war er schließlich ebenfalls elegant losgeworden.

Zärtlich streichelte er das weiche weiße Leder, mit dem das Instrumentenpanel überzogen war.

Er machte eben keine Fehler.

29

John Adika Owusu betrachtete sich im Spiegel. Er hatte seinen Maßanzug gegen eine sportliche Hose und einen Rollkragenpulli getauscht, darüber trug er ein legeres Sakko. Mit einem breitkrempigen Hut in der Hand trat er aus der Tür seiner Suite im Hotel *Alter Meierhof* auf den weichen Teppich des Flures.

Wenig später fuhr er vom Hotelparkplatz auf die Uferstraße in Richtung Glücksburg, die durch ein Waldgebiet führte. Kurz vor der Ortsgrenze bog er links auf einen Waldparkplatz ab und stellte den Leihwagen unter den Bäumen vor dichtem Gebüsch ab. Nur ein einziges anderes Auto stand hier – mit Hamburger Kennzeichen.

Owusu sah sich um. Weit und breit war kein Mensch zu sehen. Er griff in die Plastiktasche auf dem Beifahrersitz und setzte eine übergroße Sonnenbrille mit Spiegelgläsern auf. Dann zog er die Lagen im Rollkragen seines Pullis so weit auseinander und nach oben, dass ihm der Kragenrand bis zur Nasenspitze reichte. Im Innenspiegel überprüfte er seine

Vermummung, griff sich den breitkrempigen Schlapphut vom Sitz und stieg aus. Den Hut setzte er auf, zog die Krempe tief ins Gesicht und stieg aus. Im nächsten Augenblick war er im Gebüsch verschwunden.

Der Forstweg führte etwa fünfhundert Meter durch den Mischwald und endete direkt an der Abbruchkante der Steilküste, unter der, an dieser Stelle kaum drei Meter tiefer, der breite Strand lag.

Er brauchte nur wenige Minuten, dann lichtete sich das dichte Gehölz, und er sah die Ostsee durch die spärlicher werdenden Stämme tiefblau in der Sonne leuchten. Ein herrlicher Ausblick, für den er jedoch keine Augen hatte.

Ein paar Meter vor dem Ende des Weges sah er einen Stapel Baumstämme, der von den Forstarbeitern hier zum Abtransport aufgeschichtet worden war. Sein Ziel.

Owusu schaute sich um und stellte befriedigt fest, dass niemand in der Nähe war. Dann holte er sein Handy hervor und wählte eine Nummer. Nach wenigen Sekunden klingelte es zwanzig Meter von ihm entfernt, und eine Stimme kam hinter dem Holzstoß hervor: »*We are here.*«

»Gut, dann lassen Sie uns reden«, antwortete Owusu ebenfalls auf Englisch.

Zwei Männer traten hinter dem Holzstapel hervor, beide etwa Ende dreißig und mit Jeans, farbigen Hemden und leichten Jacken bekleidet. Sie gingen auf den Ghanaer zu, von dessen Gesicht nichts zu erkennen war. Einer von ihnen trug ein professionell aussehendes Aufnahmegerät an einem Riemen über der Schulter.

»Ich bin Hasso Lobecker, wir haben telefoniert. Das hier«, er wies auf den Mann mit der Umhängetasche, »ist mein Kollege Kessmann. Er ist Tontechniker und wird unser Gespräch aufzeichnen, wenn Sie nichts dagegen haben, Mr. … Johnson.«

Das leichte Zögern war Owusu nicht entgangen, und er leistete sich ein mildes Lächeln, das allerdings niemand sah.

»Ich habe nichts dagegen, wenn es für Sie leichter ist, als alles aufzuschreiben. Aber jetzt machen Sie das Ding erst mal wieder aus!«

Lobecker nickte dem Techniker zu, und der Schalter klickte hörbar, als das Aufnahmegerät auf *Off* gestellt wurde.

»Ich sage Ihnen, wann Sie wieder einschalten können«, erklärte Owusu. »Noch sind wir im Vorgespräch. Sie müssen mir zusagen, niemals und nirgends meine Originalstimme zu senden. Alles, was ich Ihnen sage, darf nur zitiert oder mit nachgesprochener Stimme verwendet werden.« Er setzte sich auf einen dicken Buchenstamm am Wegesrand und zeigte neben sich.

»Sie haben absoluten Quellenschutz, das garantiere ich Ihnen«, erwiderte Lobecker und nahm neben dem Afrikaner Platz. »Ich habe bei meinen Recherchen zu diesem Thema ständig mit Leuten zu tun, die ich schützen muss, sonst würde ich nie etwas erfahren. Sie können mir vertrauen.«

»Das setze ich voraus. Ich habe Erkundigungen über Sie eingezogen, und man hat Sie mir wärmstens empfohlen. Daraufhin habe ich mir Ihre Reportagen im Internet angesehen, und auch, wen Sie befragt haben. Erstaunlich, wie tief Sie in die Materie vorgedrungen sind und was Sie bereits aufgespürt haben. Wirklich erstaunlich.«

»Danke. Aber ich renne nach wie vor ständig gegen Wände, vor allem bei den Offiziellen, den Verbänden und den Regierungsorganisationen.«

Owusu zog sich die Krempe des Hutes noch ein Stück tiefer in die Stirn. »Okay, dann werde ich Sie jetzt mal richtig desillusionieren: Ich gehöre zu den Bösen, zu den ganz Bösen, um genau zu sein. Ich heiße nicht Johnson, was Sie selbstverständlich sowieso keine Sekunde lang geglaubt haben, und habe auch nicht vor, Ihnen zu sagen, wer ich wirklich bin und was ich mache. So viel dazu.«

Hasso Lobecker steckte das ohne erkennbare Gemütsregung weg. »Sie machen mich neugierig, *Mr. Whosoever.* In Afrika habe ich bisher kaum jemanden getroffen, der mir etwas sagen wollte. Und nun ruft mich ein Afrikaner an und will sich mit mir treffen, während er in Europa ist – geradezu konspirativ.« Der Journalist holte eine Schachtel Zigaretten aus der Brusttasche seines Hemdes und bot sie seinem Nachbarn an. Als der den Kopf schüttelte, steckte Lobecker sich eine Zigarette an und sagte wie beiläufig: »Das haben Sie doch bestimmt nicht getan, um mir mitzuteilen, was Sie mir alles *nicht* sagen wollen, oder?«

»Gut, lassen wir das Herumgerede. Ich brauche Sie. Sie müssen mir einen Dienst erweisen.«

»Muss ich das? Ich glaube nicht, dass ...«

»Hören Sie zu!«, unterbrach ihn Owusu scharf. »Sie bekommen von mir ein paar brisante Informationen, an die Sie sonst niemals herankommen würden. Ich serviere Ihnen eine veritable Sensation auf dem Silbertablett. Und die Hauptperson der ganzen Geschichte ist jemand hier in Deutschland, der in genau die Geschäfte verwickelt ist, denen Sie seit Jahren auf der Spur sind ...«

»... und die Sie selbst auch betreiben, wenn ich Sie richtig verstanden habe.«

»In der Tat. Aber das, was Sie erfahren werden, reicht nach deutschem und europäischem Recht vollständig für seine Verhaftung und Verurteilung aus, ohne dass ich oder meine Firma in die Sache hineingezogen werden. Ich selbst kann es der Polizei nicht sagen, ohne dass es für mich unangenehme Folgen hätte. Also sollen Sie die Behörden informieren. Ihnen wird man außerdem sofort glauben. Sie sind ja der profundeste Kenner der Materie unter den investigativen Journalisten.«

»Danke verbindlichst«, gab Lobecker zurück. »Ich werde Ihre Angaben trotzdem zunächst überprüfen müssen, bevor ich damit an die Öffentlichkeit gehe, das ist Ihnen doch klar?«

Der Ghanaer nickte. »Sie bekommen gleich eine Menge Daten und Fakten. Für eine erste Überprüfung der wichtigsten werden Sie keine zwei Stunden benötigen, das kann ich Ihnen versprechen. Und um die Details können Sie sich später kümmern. Machen Sie aus den Informationen eine tolle Story oder bringen Sie die Sache von mir aus im Fernsehen – was immer Sie wollen. Sie haben freie Hand, so lange Sie mich nur raushalten. Hauptsache, der Mann, um den es hier geht, wird so schnell wie möglich verhaftet.« Er holte einmal tief Luft. »Okay, können wir loslegen?«

»Einen Augenblick noch«, antwortete der Journalist. »Bevor wir anfangen: Warum das alles?«

»Was meinen Sie?«, hakte Owusu nach.

»Nun ja, es hört sich nicht so an, als wollten Sie Geld für Ihre Informationen.«

»Geld?« Owusu spuckte das Wort förmlich aus. »Nein, Geld will ich sicher nicht dafür.«

»Warum wollen Sie dann jemanden ans Messer liefern, den Sie offenbar gut kennen und mit dem Sie – ich zähle eins und eins zusammen und spekuliere jetzt mal – wahrscheinlich gemeinsame Sache gemacht haben?«

Der Afrikaner sagte kühl: »Ich habe meine Gründe, sehr gute Gründe. Aber die gehen Sie nichts an.«

30

Helene Christ öffnete die Tür zum Büro um neun Uhr fünfundfünfzig. Wie nicht anders zu erwarten, saß Edgar Schimmel bereits vor seinem Computer.

»Moin, Moin«, sagte Helene. »Darf ich fragen, seit wann du schon hier bist?«

»Das wird dich wundern: auch erst eine Stunde«, gab der Graue aufgeräumt zurück. »Bin spät aufgewacht heute Morgen. Den Schlaf hab ich wohl wirklich mal gebraucht.« Er lehnte sich in seinem Sessel zurück und wies mit dem Finger auf den Monitor vor sich. »Hab schon mal die Website von der *WARIHA* studiert, dieser Speditionsfirma, in der Owusu gearbeitet hat.«

»Und?«

»Nichts Besonderes. Der Laden wurde nach dem Krieg von einem Walter Richter gegründet. Deshalb auch der Firmenname. *WARIHA* steht für ›Walter Richter Harrislee‹. Geschäftsführer ist jetzt ein Georg Clausen-Richter, vermutlich ein Verwandter des Gründers.«

Helene trat neben den Grauen und warf einen Blick auf den Monitor. »Und was soll Senyo Owusus Nebenjob in diesem Familienbetrieb nun mit seiner Ermordung zu tun haben, Edgar? Und mit der von Ana Vida Buarque? Mir will das nicht in den Kopf.«

Schimmel stand auf. »Ich weiß es nicht. Vielleicht finden wir gar nichts, kann sein. Aber du weißt genau, dass alle bisherigen Spuren ins Leere gelaufen sind. Wir fahren da einfach mal hin oder hast du eine bessere Idee?«

Die hatte Helene nicht, und daher standen sie zwanzig Minuten später auf dem Hof der Spedition im Gewerbegebiet von Harrislee, einem Vorort, der im Nordwesten direkt an Flensburg grenzte. Am Tor hatten sie dem Pförtner ihre Ausweise zeigen müssen, bevor er den Schlagbaum öffnete. Das Gelände war rundum eingezäunt und wurde von einer hohen Halle beherrscht, die Helene auf fast zweihundert Meter Länge schätzte. Zehn durchnummerierte Tore, drei davon geöffnet, waren nebeneinander in die Front eingelassen, vor der eine breite Verladerampe entlanglief. Darauf kurvten Gabelstapler herum und beluden Lkws. Ein mächtiger Sattelzug rangierte gerade rückwärts an eines der Ladetore heran.

Eine zweite, deutlich ältere Lagerhalle stand gegenüber

auf der anderen Seite des Grundstücks. Davor waren Lkws, Anhänger und Sattelzüge jeder Größe abgestellt, darunter auch ein hochmoderner Gigaliner. Die meisten Fahrzeuge waren weiß lackiert und trugen den blau-roten Namenszug *WARIHA*.

Zwischen den beiden Hallen streckte sich ein Flachbau mit vielen Fenstern, auf dessen Dach in großen Lettern das Firmenschild prangte.

Helene steuerte den Dienstpassat auf den Parkplatz vor dem flachen Gebäude und stellte ihn zwischen den übrigen Pkws ab. Schimmel zeigte auf eine beleuchtete Säule mit der Aufschrift *Verwaltung* vor dem Eingang. »Nun wollen wir doch mal sehen, ob wir hier etwas über Owusu erfahren, das uns weiterbringt.«

Ohne darauf zu antworten, stieg Helene aus dem Wagen, folgte dem Grauen aber nicht, sondern beobachtete einen Gabelstapler, der gerade am Parkplatz vorbeifuhr und eine hoch beladene Europalette transportierte. »Warte mal einen Moment, Edgar«, rief sie ihm zu, als sie sah, dass der Staplerfahrer sein Gefährt nur hundert Meter entfernt an einen Lkw heranmanövrierte, auf dem in riesigen Buchstaben der Name eines bekannten Flensburger Umzugsunternehmens prangte. »Das schau ich mir kurz näher an«, ergänzte sie über ihre Schulter, während sie bereits hinüberlief.

Die Last wurde gerade auf die Ladefläche des Lkws gehoben, als die Kommissarin herantrat. Durch die offenen Hecktüren erkannte sie, dass schon drei oder vier Paletten mit gleicher Fracht in dem Wagen standen. Der Fahrer entdeckte Helene und sah sie fragend an.

»Die Pappe, die Sie da aufladen«, schrie sie hoch, um den Motorenlärm zu übertönen. »Sind das Umzugskartons?«

»Noch nicht.« Der Fahrer lachte und musterte mit erkennbarem Vergnügen die blonde junge Frau, die da so plötzlich neben ihm aufgetaucht war. »Zum Falten zugeschnitten sind die schon, aber jetzt holt sie die Umzugsfirma ab und bringt sie in die Druckerei. Da kommen ja immer verschiedene Firmennamen drauf, Sie wissen schon, je nach Umzugsfirma.«

Nach einer Minute hatte Helene erfahren, dass die *WARIHA* die Rohlinge für Kartons in allen Normgrößen in riesigen Mengen günstig ein- und an Umzugsfirmen wieder verkaufte, die sie dann zur eigenen Verwendung nach ihren Wünschen bedrucken ließen.

Sie ging in Gedanken versunken zurück zu Schimmel, der auf dem Treppenabsatz stand und ihr ungeduldig entgegensah. »Wir haben keine Zeit zu verplempern, Helene! Endlich gibt's eine vielversprechende neue Spur, und du … Was hast du denn da drüben gewollt?«

»Sag ich dir nachher, Edgar. Lass uns erst mal reingehen.« Damit folgte sie ihm die Treppenstufen hinauf. So sehr auch sie auf einen Durchbruch bei den Ermittlungen hoffte – noch war sie nicht bereit, den Optimismus des Grauen vorbehaltlos zu teilen, mit dem er sich an diese neue Spur klammerte wie ein Ertrinkender an einen Stängel Sumpfgras. Dafür saß die Enttäuschung über die Fehlschläge, die sie in den letzten Tagen hatten hinnehmen müssen, zu tief.

»Er hat Büroarbeiten gemacht, vor allem am Computer, Belege geordnet, Fahrtenschreiber und Abrechnungen ausgewertet und alles in die EDV übertragen; so was in der Art«, sagte der Prokurist namens Hullner, der die beiden Kriminalbeamten, offenbar vom Pförtner über den Besuch informiert, schon am Eingang in Empfang genommen hatte. »Und das an drei Tagen in der Woche, jeweils vier Stunden lang.«

»Seit wann war er hier beschäftigt?«, fragte Helene.

»Etwa seit einem halben Jahr.«

»Und an welchen Wochentagen hat er gearbeitet?«

»Da müsste ich … Warten Sie bitte, ich lasse seine Akte

kommen, da steht alles drin.« Er gab über eine Gegensprechanlage Bescheid und bat seine Besucher, sich zu setzen. »Wir sind alle schockiert«, versicherte er. »So ein liebenswürdiger junger Mann – es ist einfach fürchterlich.«

»Wer war denn sein Vorgesetzter?«, wollte Schimmel wissen. »Ich meine: Wer hat Owusu die Anweisungen gegeben, seine Arbeit kontrolliert und so?«

»Die Damen und Herren in der Verwaltung«, antwortete Hullner. »Die sitzen im Großraumbüro gleich nebenan. Da war auch sein Arbeitsplatz. Ich bringe Sie gern hin.«

»Danke, vielleicht nachher«, gab Schimmel zurück.

Eine Angestellte brachte eine dünne rosafarbene Mappe herein und gab sie dem Prokuristen.

»Darf ich gleich mal hineinsehen?«, bat Helene und streckte ihre Hand aus. Hullner reichte ihr die Mappe herüber, und sie schlug den Deckel auf und blätterte den Inhalt durch.

»Sagen Sie, haben Sie eigentlich noch mehr Studenten hier beschäftigt?«, setzte Schimmel seine Befragung fort.

»Nein, Senyo war der einzige. Wir suchen händeringend nach Fachkräften, bilden natürlich auch Speditionskaufleute aus, aber leider viel zu wenige. Mit Studenten können wir in diesem Geschäft nicht so viel anfangen. Es ist zu speziell.« Er machte eine kleine Pause, dann fügte er hinzu: »Bei Senyo war es allerdings etwas anders.«

»Wieso denn das? Können Sie das näher erklären?«

»Nun, Englisch ist in Ghana die offizielle Amts- und Landessprache. Und Senyo war außerdem klug und gebildet. Man kann sagen, Englisch war seine Muttersprache, er sprach ein besseres Oxfordenglisch als die meisten Briten. Natürlich können fast alle Speditionskaufleute Englisch, aber bei wichtigen Details war Senyo uns sehr nützlich. Zum Beispiel wenn es um schwierige Formulierungen ging und solche Dinge.«

Aufmerksam hatte Helene ihm zugehört, während sie die Personalakte überflog. »Also hat er keineswegs nur Fahrtenschreiber kontrolliert und irgendwelche Notizen in die EDV eingegeben, richtig?«

Hullner nickte. »Da haben Sie schon recht. Er wurde im Laufe der Zeit so etwas wie unser Mann für schwierige Fälle. Senyo war sehr hilfsbereit, und es kann schon sein, dass einige Kollegen ihm allzu bereitwillig die komplizierteren Formulierungen überließen.«

Helene blätterte demonstrativ in der Mappe herum und sagte: »Hier sind zwar die Lohnabrechnungen abgeheftet, aber die haben wir auch schon bei ihm zu Hause gefunden. Ich sehe nichts über Uhrzeiten, also von wann bis wann er jeweils hier gearbeitet hat. Die brauchen wir aber, um uns ein Bild davon machen zu können, was genau Herr Owusu in den Tagen vor seiner Ermordung getan hat.«

»Da müssen wir sein Arbeitskonto in unserer EDV aufrufen. Kein Problem, einen Augenblick.« Der Prokurist tippte auf der Tatstatur ein paar Daten ein, dann drehte er den Monitor zu Helene hin. »Sehen Sie, das ist sein Zeitkonto. Jeder Mitarbeiter meldet sich mit seinem Passwort an, wenn er kommt, und natürlich auch wieder ab, wenn er geht.«

»Das ist seltsam«, sagte Schimmel nach einer Weile und tippte mit dem Finger auf die Spalte mit den Uhrzeiten. »Wochenlang ist er immer am Nachmittag hier gewesen, nur ein paar Mal vormittags, aber dann – sehen Sie mal!«

Hullner beugte sich zum Monitor hinüber. »Was denn?«

»In den letzten zwei Wochen ändern sich seine Arbeitszeiten plötzlich, da kommt er viel später und geht gegen Mitternacht. Arbeiten die Leute hier denn auch nachts?«

»Manchmal«, erwiderte der Prokurist nachdenklich. »Aber das ist die Ausnahme. Wir führen Transporte weltweit durch, da müssen wir für eventuelle Nachfragen bei unseren Vertragspartnern die Zeitverschiebung beachten, zum Beispiel wenn wir Waren nach Übersee versenden. Aber ...«

»Ja?«, hakte Schimmel nach. »Etwas stört Sie doch, nicht wahr?«

»Ich kann mir im Moment nicht vorstellen, was Senyo damit zu tun gehabt haben könnte«, sagte Hullner. »Vor allem nicht so häufig.« Er überflog die Zeitspalte noch einmal. »Sonderbar. In den letzten zwei Wochen war er an fünf Tagen zu Zeiten hier, in denen eigentlich nur die Operationsabteilung mit einem Dispatcher besetzt ist.«

Die Operationsabteilung, erklärte er, als Schimmel sich über den militärischen Begriff wunderte, sei das Herz der Firma. Dort liefen alle Kommunikationsstränge zusammen. Ständig seien Container im Auftrag von *WARIHA* auf diversen Schiffen in der ganzen Welt unterwegs, pro Nacht gäbe es mindestens drei oder vier Transportflüge, die allesamt über das Drehkreuz Frankfurt liefen, ganz abgesehen von den vielen Landtransporten.

»Da ist es unabdingbar, dass jederzeit einer unserer Mitarbeiter als Ansprechpartner zur Verfügung steht«, erklärte der Prokurist, und man hörte seiner Stimme den Stolz darüber an, eine führende Position in einer solchen weltweit tätigen Im- und Exportfirma zu bekleiden. »Immer kann etwas schiefgehen, Verspätungen können eintreten, Transporte müssen umgeleitet, Empfänger benachrichtigt werden – und im schlimmsten Fall gerät auch mal ein Schiff in einen schweren Sturm und verliert Container von Deck. Alles schon passiert. Deshalb bilden wir spezielle Mitarbeiter als Dispatcher aus, die diese Aufgaben übernehmen.«

Nur: Was Senyo Owusu in der Operationsabteilung gemacht habe, das könne er sich beim besten Willen nicht vorstellen, wiederholte Hullner.

»Und dann auch so plötzlich«, ergänzte Helene. »Immer hat er tagsüber gearbeitet, und auf einmal kreuzt er hier nur noch zu später Stunde auf. Das muss doch einen Grund gehabt haben.«

»Ja, sicher. Und den werden wir auch herausfinden. Ich weiß zwar nicht, wie Ihnen das bei Ihren Ermittlungen helfen könnte, soweit es Senyos Tod, also seine Ermordung …«

Hullner wurde durch ein Anklopfen unterbrochen, nach dem sich die Tür öffnete und ein Mann in den Raum trat. »Die Polizei ist bei uns im Haus, höre ich gerade?« Der Fremde streifte den Prokuristen mit einem raschen Blick, dann wandte er sich den beiden Besuchern zu und sagte: »Was führt Sie denn zu uns, vielleicht kann ich Ihnen helfen?« Mit einer leichten Verbeugung setzte er hinzu: »Mein Name ist Georg Clausen-Richter.«

Schimmel stellte sich und Helene vor und erklärte, dass es um Ermittlungen im Mordfall Senyo Owusu gehe. »Sie sind der Firmeninhaber?«

Clausen-Richter lächelte. »Wir sind eine Kommanditgesellschaft, daher wäre die korrekte Bezeichnung für mich Gesellschafter-Geschäftsführer. Aber egal, grundsätzlich haben Sie schon recht.«

»Ich hab auf der Website der *WARIHA* gelesen, dass die Firma von einem Walter Richter gegründet wurde«, sagte Schimmel. »Das war dann Ihr …?«

»… mein Schwiegervater. Es war sein Wunsch, dass ich den Namen Richter bei meiner Hochzeit mit seiner Tochter zusätzlich annehme. Schon damals plante der Alte, mir die Firma eines Tages zu übergeben, was vor zwanzig Jahren dann auch geschehen ist. Da war Walter Richter schon fast achtzig. Leider ist er kurz darauf gestorben.«

Helene hatte noch kein Wort gesagt, sondern den Mann aufmerksam beobachtet. Eine fast atemberaubende Präsenz ging von ihm aus, war in der ersten Sekunde seines Eintretens bereits spürbar gewesen. Sie schätzte Clausen-Richter auf Mitte fünfzig. Er war überdurchschnittlich groß und schlank und schien sich guter körperlicher Fitness zu erfreuen. Sein dunkelblauer Anzug war zweifellos nicht von der Stange, aber er trug sportliche Schuhe dazu und keine Krawatte. Der Kragen seines hellblauen Hemdes stand offen. Ein überaus attraktiver Mann, ohne Frage.

»Wir haben uns mit Ihrem Prokuristen zusammen gerade den Kopf darüber zerbrochen, wieso Herr Owusu seinen Nebenjob monatelang nur tagsüber verrichtet hat, seit etwa vierzehn Tagen aber plötzlich immer spätabends hier war – lange nach dem normalen Dienstschluss also«, berichtete Schimmel.

»Meinen Sie denn, das könnte etwas mit seiner Ermordung zu tun haben?«, fragte Clausen-Richter überrascht, zog einen Stuhl heran und setzte sich. »Das müssen Sie mir aber erklären!«

»Nö, müssen wir nicht«, schaltete sich Helene kühl ein und erkannte die leichte Falte des Unwillens, die sich umgehend auf Clausen-Richters Stirn bildete. »Sagen Sie uns doch bitte einfach, ob Sie eine Erklärung für dieses Verhalten Herrn Owusus haben.«

»Das ist ganz einfach«, gab der Firmenchef ungerührt zurück. »Ich habe ihn darum gebeten, mich bei der Vorbereitung von zwei neuen Verträgen mit China zu unterstützen, die unser Haus schließen will. Es handelt sich um Aufträge von einer Größenordnung, die selbst für uns ungewöhnlich ist.«

»Und für so etwas brauchten Sie die Hilfe eines jungen Studenten, der hier lediglich nebenbei gejobbt hat?«, hakte Helene ungläubig nach.

»Natürlich nicht für die Verträge selbst, Frau … Wie war noch mal Ihr Name?«

»Christ, Helene Christ«, antwortete die Kommissarin mit einem süffisanten Lächeln.

»Entschuldigung«, gab Clausen-Richter zurück. »Es handelt sich um die größten Geschäfte, die wir jemals mit Fernost getätigt haben. Da sitzen natürlich mehrere Anwälte drüber. Aber es gab im Vorfeld immer noch Details zu besprechen und auszuhandeln. Wenn wir hier auf Sommerzeit umgestellt haben, ist es in China sieben Stunden später, das bedeutet, wir müssen bis ein Uhr morgens warten, wenn wir mit jemandem dort reden wollen, der um acht Uhr ins Büro kommt.«

»Das ist äußerst aufschlussreich«, sagte Schimmel, aber es klang eher desinteressiert.

»Senyo Owusu hat ausgezeichnet Englisch gesprochen und …«

»Das hatte ich den Herrschaften bereits erzählt«, schaltete sich Hullner ein.

»Okay, dann wissen Sie das ja schon. Was aber viel nützlicher war: Senyo war in der Lage, Leute zu verstehen, die ein absolut unmögliches Englisch sprechen. Wahrscheinlich, weil es in seinem Heimatland eine große Anzahl davon gibt – und glauben Sie mir, das trifft auch für das Reich der Mitte zu.«

»Sie brauchten ihn also vor allem als Dolmetscher, richtig?«, fragte Schimmel nach.

Clausen-Richter nickte. »Genau. Damit erklären sich hoffentlich auch seine nächtlichen Einsätze bei uns.«

Schimmel sagte: »Ja, danke, das macht Sinn.«

Helene schwieg und zog die Visitenkarte aus ihrer Tasche, die John Adika Owusu ihr gegeben hatte. Ohne wirklich zu wissen, warum sie diesen Ballon steigen ließ, warf sie einen kurzen Blick darauf und sah den Firmenchef leutselig an. »Eines noch: Sagt Ihnen die Firma *Kalima Incorporated* etwas, ein ghanaisches Im- und Exportunternehmen?«

Was auch immer sie erwartet hatte – der gut aussehende Mann reagierte anders. Er lachte laut auf und gab zur Antwort: »Wie sollte mir die nichts sagen? Das ist unser wichtigster Geschäftspartner in Westafrika. Und der Firmeninhaber ist der Vater des jungen Mannes, um den es hier geht. Auf seine Bitte habe ich Senyo überhaupt nur eingestellt, damit er sich ein paar Euro nebenbei verdienen konnte. Aber sagen Sie …«, er lehnte sich zu Helene hinüber, um einen Blick auf die Visitenkarte werfen zu können, »… wie sind Sie denn an diese Karte gekommen? Woher kennen Sie die Firma?«

»Mr. John Adika Owusu hat sie mir selbst gegeben.«

»John ist … Er ist hier? In Flensburg?«

»Wundert Sie das so sehr? Sein Sohn wurde ermordet, und er will ihn nach Hause holen«, gab Helene zurück.

Clausen-Richter überspielte hastig seine erkennbare Überraschung. »Völlig klar, natürlich. Ich wundere mich bloß, dass er … nun, er hätte mir doch Bescheid geben können, damit ich ihn … Na ja, ich hätte ihn schließlich unterstützen, also … mich um ihn kümmern können … und überhaupt.«

»In der Tat, das ist verwunderlich, wo Sie sich doch offenbar so gut kennen. Und überhaupt …«, sagte Helene, die den fahrigen Satzbrocken aufmerksam gelauscht hatte. Auch der schnelle, scharfe Blick des Firmenchefs entging ihr jetzt nicht.

Clausen-Richter zuckte mit den Schultern. »Nun, wahrscheinlich hat er andere Dinge im Kopf. Die Trauer und so …«

»Das wird es wohl sein«, stimmte Schimmel ihm zu. »Danke für Ihre Hilfe – Ihnen beiden.« Er bedachte Hullner mit einem freundlichen Nicken. »Hast du noch Fragen an die Herren, Helene?«

»Danke, im Augenblick nicht.« Damit standen beide auf, verabschiedeten sich und gingen. Georg Clausen-Richter begleitete sie zum Ausgang.

31

»Sag was, Miss Marple!«

»Was willst du hören?«

»Am besten genau das, was dir in diesem Augenblick durch den Kopf geht.«

Sie lachte. »Dann müsste ich über ein Gefühl sprechen, und das hast du doch nicht so gern.«

Sie gingen zum Wagen und setzten sich hinein.

»Trau dich!«, forderte Schimmel grinsend, steckte den Zündschlüssel ins Schloss, ließ den Motor aber nicht an.

»Nee, machen wir's doch mal andersherum: Sag du, was dir aufgefallen ist, dann brauchen wir uns nicht mit Gefühlen herumzuschlagen.«

»Dieser Clausen-Richter ist unglaublich selbstsicher – und aalglatt.«

»Mehr nicht?«

»Okay, was haben wir erfahren? Erstens: Senyo Owusu hat eng mit dem Chef zusammengearbeitet, zumindest in den letzten zwei Wochen. Zweitens: Clausen-Richter unterhält eine enge Geschäftsbeziehung zum Vater des Opfers. Drittens: Trotzdem schien er ehrlich überrascht zu sein, dass Owusu senior hier in Flensburg ist. Und …«

»Du glaubst ihm?«

»Dass er das nicht wusste? Ja, den Eindruck hatte ich durchaus. Spielt das denn eine Rolle?«

»Keine Ahnung«, sagte Helene. »Sonst noch etwas Konkretes?«

»Fällt mir nicht ein. Und jetzt du!«

»Er verheimlicht uns etwas, Edgar. Mag alles stimmen, was er gesagt hat, aber da gibt es noch etwas anderes, etwas viel Bedeutsameres – und das hat er uns nicht gesagt. Das ist mein Eindruck.«

Schimmel nickte. »Kann schon sein. Sag mal, ist der Lette, dieser …«

»Balodis.«

»Genau. Ist der noch hier? Wenn ja, sollten wir ihm ein Foto von Clausen-Richter zeigen.«

»Du meinst …?«

»Kann doch sein, dass sein Gedächtnis sich inzwischen ein

wenig erholt hat. Nur so eine Idee. Wenn er ihn als den Mann erkennen würde, den Owusu in dieser Kneipe getroffen hat …«

»Wie kommst du denn darauf?«

»Nur so ein Gedanke. Er ist einer der wenigen Menschen, von denen wir wissen, dass sie Senyo Owusu näher kannten, und zwar aus seinem Leben außerhalb der Uni und des Studiums. Fragen kostet nichts.«

»Balodis wartet sicher noch auf das Geld, das sein Bruder ihm für die Rückfahrt schicken wollte. Ich kümmere mich gleich darum.«

»Und zu deinem Eindruck, Clausen-Richter habe uns etwas verheimlicht: Das sehe ich genauso. Kann es auch nicht begründen, aber er hat uns nicht das gesagt, was wirklich wichtig wäre. Und außerdem …«

»Schau mal unauffällig hin, Edgar«, unterbrach ihn Helene. »Da hinten, rechts neben der alten Halle, da stehen zwei Männer außen am Zaun. Der eine hat, glaube ich, eine Kamera auf der Schulter – siehst du die beiden?«

Schimmel tat so, als hantiere er an der Sonnenblende herum, und warf einen Blick in die angegebene Richtung. »Tatsächlich. Der filmt hier ins Gelände herein, durch die Maschen des Zauns.«

»Und der andere steht daneben und spricht in ein Mikrofon, sehe ich gerade«, setzte Helene hinzu. »Eigenartig. Die sollten wir uns einmal etwas näher ansehen, was meinst du?«

Der Graue drehte den Zündschlüssel herum. »Sind bereits so gut wie da.«

Schon zwei Stunden saßen Hasso Lobecker und sein Kollege nun mit Schimmel und Helene Christ in deren Büro in der Polizeidirektion.

Helene war mit ihren Gedanken längst nicht mehr bei ihrem aktuellen Fall, sondern hing gebannt an Lobeckers Lippen. Noch vor Ort am Zaun der Spedition hatte sie den Journalisten erkannt, sogar bevor er seinen Ausweis zeigte. Lobeckers Gesicht kannte jeder, der sich für brisante Dokumentationen im Fernsehen interessierte. Seit Jahren waren seine Beiträge eine feste Größe im seriösen Fernsehjournalismus, und er hatte eine stolze Anzahl wichtiger Auszeichnungen für seine Arbeit vorzuweisen.

Fasziniert hörte die Kommissarin ihm zu, und von Minute zu Minute wuchs ihre Fassungslosigkeit. Natürlich hatte sie schon etwas vom illegalen Handel mit Elektroschrott gehört, mit dem weltweit ungeheuer viel Geld verdient wurde, sich jedoch nie weiter damit beschäftigt. Nun aber bekam sie Details zu diesem schmutzigen Geschäft, und zwar aus erster Hand. Sie erfuhr, dass mehr als die Hälfte aller ausgesonderten Elektrogeräte keineswegs vorschriftsmäßig entsorgt, sondern illegal nach Afrika exportiert wurden, allein aus Deutschland etwa einhundertfünfzigtausend Tonnen im Jahr.

»Was für Geräte sind das denn?«, fragte Helene nach.

»Alles, was einen Stecker hat«, erwiderte Lobecker. »Von ausgedienten Kaffeemaschinen über Kühlschranke, Gefriertruhen und Waschmaschinen bis hin zu Fernsehgeräten, Computern und Monitoren.«

»Und die Sachen sind alle kaputt?«, schaltete sich Schimmel ein.

»Ja, nach unseren Maßstäben schon«, antwortete der Journalist. »Wenn sich jemand zum Beispiel einen modernen Flachbildfernseher zulegt, dann kriegt er für seinen alten Apparat, vielleicht sogar noch ein Röhrengerät, hier bei uns keinen Pfennig mehr, im Gegenteil: Für die Entsorgung werden ihm etwa fünf Euro berechnet. Aber in Afrika hat allein das Material einen Wert von fünf Euro. Und wenn man das Teil noch reparieren kann, sogar bis zu fünfzehn Euro.« Da in einen einzigen Container fast tausend Fernsehgeräte hineinpassten, sei es also ein verlockendes Geschäft, die Apparate einfach kostenlos abzuholen und nach Afrika weiterzuverkaufen. Alle an diesem Geschäft Beteiligten verdienten gutes Geld, die Zwischenhändler, die Spediteure, die Reeder und schließlich die afrikanischen Händler.

»Gehen die Geräte denn ausschließlich nach Afrika?«, fragte Helene.

Der Journalist leerte seine Kaffeetasse. »Zumindest der Löwenanteil, vor allem nach Westafrika, nach Ghana, Benin und Nigeria. Elektroschrott aus der ganzen Welt landet dort, aus Europa, den USA und Australien, aber inzwischen auch massenweise aus China. Und wirksame Kontrollen, um den illegalen Export einzudämmen, finden nicht statt, auch nicht hier in Deutschland.«

»Es ist gesetzlich verboten, dass kaputte Elektrogeräte das Land verlassen, oder?«, fragte Schimmel. »Wieso kümmert sich der Zoll nicht um diese Sauerei?«

Lobecker lachte freudlos auf. »Die versuchen es, das kann ich wirklich bestätigen. Auch Ihre Kollegen von der Bundes- und der Wasserschutzpolizei tun, was sie können, aber sie kämpfen gegen Windmühlen. Es gibt einfach viel zu wenig Personal für die Unmenge an Containern, die täglich nach Afrika gehen. Selbst die ausgedienten Autos, die dorthin exportiert werden, müssten eigentlich alle einzeln kontrolliert werden, denn fast immer ist Elektroschrott darin versteckt.«

Helene drehte ihre Tasse gedankenverloren in den Händen. »Ich hab im Fernsehen vor längerer Zeit mal einen Beitrag über eine Elektromülldeponie in Afrika gesehen«, brach sie das Schweigen, das sich im Raum ausgebreitet hatte. »Aber danach ist mir dieses Thema bisher nicht wieder begegnet.«

»Das war wohl meine Reportage über *Toxic City*«, sagte Lobecker, der bereits bei seinem dritten Kaffee angelangt war. Mit knappen Worten schilderte er die unfassbaren Zustände auf dieser Mülldeponie in Accra. »Ich war mehrmals da. Dort leben die Ärmsten der Armen davon, unter unvorstellbaren Bedingungen aus dem Wohlstandsschrott der reichen Industrieländer ihren Lebensunterhalt ›herauszuschmelzen‹«, sagte der Journalist. »Sehen Sie sich diese Reportage im Internet einfach noch mal an, und auch die anderen Filme, die ich dort gedreht habe. Darin werden Sie erfahren, was ich meine. Und so sehr Sie sich dabei auch ekeln mögen, denken Sie immer daran, dass Ihnen das Allerschlimmste entgeht: der giftige Gestank, in dem die Leute leben.« Er nahm einen Schluck Kaffee. »Und sterben, sehr früh in aller Regel.«

»Gibt es denn niemanden, der diesem unmenschlichen Wahnsinn ein Ende setzt?«, fragte Schimmel aufgebracht, und der Journalist erwähnte die Basler Konvention, ein internationales Abkommen aus dem Jahr 1989 zur Abschaffung illegaler grenzüberschreitender Mülltransporte und zur Regelung eines umweltgerechten Abfallmanagements.

»Nur ist alles, was da vereinbart wurde, reine Makulatur, solange die Staaten sich nicht konsequent um die Einhaltung kümmern«, sagte Lobecker. »Da ist ungeheuer viel Geld im Spiel, eine rücksichtslose Lobby, und es gibt nur wenige Leute, die sich ernsthaft für diese Schweinerei interessieren. Es gäbe wichtigere Themen, das höre ich oft, wenn ich bei Regierungen und Behörden nachfrage.«

Schimmel schüttelte den Kopf, schwieg und drehte seinen leeren Kaffeebecher in den Händen. Nach einer Weile sagte er: »Dann mal zurück zu uns. Was hat nun die *WARIHA* mit alldem zu tun? Sie haben ja sicher einen triftigen Grund dafür, dass Sie mit einem Kameramann bei denen am Zaun auftauchen.«

»Sagen wir, ich habe einen Tipp erhalten und …« Lobecker hob die Hand, als er sah, dass Schimmel ihn unterbrechen wollte. »Fragen Sie bitte gar nicht erst, wer mir den gegeben hat. Quellenschutz, so läuft das in meinem Metier.

Jedenfalls habe ich konkrete Hinweise darauf, dass der Laden heftig im kriminellen Elektroschrotthandel mitmischt.«

»Haben Sie denn schon Kontakt aufgenommen, ich meine, zum Beispiel um ein Interview nachgesucht?«, wollte Helene wissen.

»Nein, und das werde ich zunächst auch tunlichst unterlassen.« Der Journalist und sein stiller Kollege lächelten milde. »Das scheucht die nur auf. Erst mal muss man die Abläufe beobachten, also: Wohin gehen die Container, was steht drauf, wann und wie werden sie transportiert, so was eben.«

»Und das können Sie alles in Erfahrung bringen, ohne die Firma zu betreten?«, fragte Helene erstaunt.

»Wir haben so unsere Methoden, wie wir an interne Informationen kommen. Das wollen Sie gar nicht wirklich wissen, glauben Sie mir.« Hasso Lobecker lehnte sich zurück, sah die beiden Kriminalbeamten an und sagte wie beiläufig: »Ach, apropos Informationen – was haben Sie denn eigentlich dort gewollt? Sie sind doch von der Mordkommission, oder?«

Christ und Schimmel sahen sich schweigend an. Nach kurzem Überlegen öffnete Helene gerade ihren Mund, als es zaghaft an der Tür klopfte. Kommissaranwärter Nuri Önal steckte seinen Kopf herein und murmelte verlegen: »Entschuldigung, aber Sie haben mir aufgetragen, ich solle sofort Bescheid sagen, wenn …«

»Alles okay, was hat der Lette gesagt?«, fragte Helene.

»Er ist sich nicht ganz sicher, leider. Beschwören könnte er es nicht, aber …«

»Aber was? Sagen Sie schon!«, rief Schimmel.

»Na ja, er glaubt, den Mann zu erkennen. Meint, er könnte es gewesen sein, der Owusu in der Kneipe angesprochen hat.«

»Danke, Herr Önal, gute Arbeit!« Helene nickte dem jungen Mann anerkennend zu, und der verschwand wieder.

Die Kommissarin sah Schimmel triumphierend an und hob ihren Daumen in die Höhe. »Das ist doch mal was, oder?«

Lobecker schaute ihr ins Gesicht und sagte sanft: »Es geht mich ja nichts an, aber welchen Namen hat er da gerade genannt?«

»Ich wüsste nicht, dass das ein Geheimnis wäre«, gab Helene zurück. »Schließlich stand es in allen Zeitungen, zumindest hier bei uns. Wir ermitteln in zwei Mordfällen, Herr Lobecker. Und eines der Opfer hieß Owusu, Senyo Owusu.«

Der Journalist wechselte einen Blick mit seinem Kollegen. Dann fragte er leise: »Der stammte wahrscheinlich aus Ghana, richtig?«

»Wie, zum Teufel, ...?«, fuhr Schimmel auf. »Stand das auch irgendwo in der Zeitung, Helene?«

Bevor sie antworten konnte, sagte Lobecker: »Dafür brauche ich keine Zeitung. Wir kennen den Namen, nicht wahr, Achim?«

Der Kameramann nickte. »Die Firma *Kalima* in Accra.«

»Über die wissen wir eine Menge. Alles nicht zu beweisen, leider. Aber nun wird mir manches klar ...« Lobecker stockte und strich sich eine Haarsträhne aus der Stirn.

Helene hatte die Tragweite dessen, was der Journalist sagte, sofort erfasst – oder besser dessen, was er nicht gesagt hatte. Atemlos hakte sie nach: »Clausen-Richter und *Kalima Incorporated* machen gemeinsame Geschäfte im illegalen Handel mit Elektroschrott. Das ist es, was Sie nicht sagen. Aber es stimmt, oder?«

»Bis vor einer Minute habe ich das nur geahnt«, antwortete Lobecker. »Beide Firmennamen tauchen offiziell ausschließlich bei völlig untadeligen Transaktionen auf. Sie handeln seit Jahren miteinander im Im- und Export, aber alle illegalen Geschäfte, und Sie dürfen sicher sein, dass die der eigentliche Grund für diese Partnerschaft sind, werden über

Subunternehmer abgewickelt. Deren Namen kennen wir, zumindest viele davon. Jetzt müssen wir noch die Verbindungen beweisen, dann …«

»Und nun wissen wir auch, wer das war, der uns auf die *WARIHA* angesetzt hat, oder, Hasso?«, richtete sich der Kameramann an Lobecker.

Der Journalist hob nur die Hand, schüttelte unwillig den Kopf und schwieg.

Helene Christ stand auf, ging zum Fenster und öffnete es, um frische Luft in den Raum zu lassen. Langsam drehte sie sich um, fixierte Lobecker mit einem festen Blick und sagte: »Sie sind ein toller Journalist, ich bin ein Fan von Ihnen. Aber die Polizei ist auch nicht völlig verblödet. Ich sag Ihnen was: Ihre Informationen stammen von John Adika Owusu, dem Inhaber von *Kalima Incorporated* in Accra – und außerdem Vater des Jungen, der hier in Flensburg ermordet wurde.«

Ein leises Lächeln huschte über Lobeckers Gesicht. »Sie werden es mir nicht glauben, aber das kann ich nur vermuten. Fotos gibt es keine von ihm, jedenfalls keine halbwegs aktuellen. Und unser Informant hatte sich ziemlich fantasievoll vermummt. Er könnte es gewesen sein, aber beschwören würde ich das nicht.«

»Gut, dann war's das, jedenfalls soweit es Sie betrifft, meine Herren«, stellte der Graue entschlossen klar. »Wir haben leider viel zu tun. Danke für Ihre Informationen.«

»Lassen Sie mich raten: Sie fahren jetzt zur *WARIHA*, denke ich.«

»Wenn überhaupt, dann gewiss ohne Sie«, schnappte Schimmel.

Lobecker winkte seinem Kollegen, und die beiden Männer standen auf. »Wir sehen uns. Hat mich gefreut.« Er ging zur Tür, hielt inne, wandte sich Helene zu und sagte ernst: »Nehmen Sie sich bald mal die Zeit, in den Mediatheken zu stöbern. Vorher können Sie sich einfach keinen Begriff vom

Ausmaß des Elends machen, über das wir hier sprechen.« Dann flog ein flüchtiges Lächeln über sein jungenhaftes Gesicht und er fügte hinzu: »Und danke für den Kaffee. Gut war er!«

»Hast du das alles gewusst?«, fragte Helene. Noch immer war sie angefasst von Lobeckers Schilderung dieser *Toxic City* in Afrika.

»Nein, ich hatte keine Ahnung von der Dimension dieses Elektroschrottschmuggels«, gestand Schimmel ein.

»Hast du bemerkt, dass er nicht abgestritten hat, seine Informationen über Clausen-Richter von John Owusu erhalten zu haben?«

»Nicht abgestritten und nicht bestätigt. Wie es die Medienleute machen, und die Politiker.«

»Warum, glaubst du, hat Owusu seinen Geschäftspartner wohl verraten – wenn er es denn war? Doch bestimmt nicht, um ihm die Polizei auf den Hals zu hetzen. Dass wir ins Spiel gekommen sind, war ja reiner Zufall. Wenn wir Lobecker und seinen Kameramann da nicht am Zaun entdeckt hätten …«

Der Graue rieb sich das Kinn. »Ich könnte mir denken, dass er etwas über Clausen-Richter weiß, was wir nicht wissen oder bisher nur ahnen. Etwas sehr Schlimmes. Etwas, das sein vermeintlicher Geschäftsfreund ihm angetan hat – oder jemandem aus seiner Familie.«

Helene starrte ihren Kollegen lauernd an. »Du meinst …? Du willst mir sagen, dass der Chef dieses altehrwürdigen Speditionsunternehmens etwas mit dem Mord an dem jungen Owusu zu tun hat?«

»Und wenn es so wäre?« Schimmels Stimme klang gelassen. Mit einer entschlossenen Bewegung griff er zum Telefonhörer. »Dann sollten wir es herausfinden, oder?«

»Was hast du vor?«, fragte Helene. »Ich dachte, wir statten dem Herrn jetzt sofort einen zweiten Besuch ab.«

»Hältst du das für eine gute Idee? Wir könnten ein wenig Druck aufbauen, indem wir ihn hierherbestellen.«

»Du willst ihn vorladen? Wir haben doch gar nichts gegen ihn in der Hand.«

»Nicht vorladen, nur freundlich herbitten. Es gibt neue Erkenntnisse, und dazu wollen wir ihn befragen.«

»Dass Balodis ihn – vielleicht! – erkannt hat, meinst du das mit ›neue Erkenntnisse‹?«

»Du sagst es. Wir müssen heftig auf den Busch klopfen, Helene. Gerade haben wir auch über das mögliche Motiv des alten Owusu spekuliert, seinen Geschäftspartner einem Enthüllungsjournalisten auszuliefern …«

»… und das direkt nach der Ermordung seines Sohnes!«

»Eben. Findest du nicht auch, dass Clausen-Richter mehr und mehr ins Fadenkreuz gerät? Du hast doch selbst die Pappe auf dem Gabelstapler gesehen, ein weiteres Indiz, nicht wahr?«

Total überrumpelt starrte sie den Grauen an. Sie hatte bisher noch keine Gelegenheit gehabt, ihm von ihrer Entdeckung auf dem Betriebshof zu erzählen.

Mit einem spöttischen Lächeln auf den Lippen sagte er: »Du hast dir ja sogar die Mühe gemacht, dich mit dem Arbeiter darüber zu unterhalten. Das wäre gar nicht nötig gewesen. Ich habe auch gesehen, was da über den Hof gekarrt wurde: Umzugskartons, ungefaltet – und vor allem unbedruckt.«

»Genau das Material …«

»… das wir unter der Leiche gefunden haben.« Mit angewiderter Miene fügte er hinzu: »Da allerdings beschriftet.«

Helene schnaubte auf. »Da denkt man, man könnte dich mal beeindrucken …«

»Tust du doch, tust du fortwährend.« Schimmel wurde wieder ernst. »Also: Meinst du nicht, wir haben genug in der Hand, um ihn mal nachdrücklich zu uns zu bitten?«

Die Kommissarin nickte. »Doch, schon. Auch wenn wir

ihn besser nicht gleich mit allem konfrontieren sollten, was wir zu wissen glauben.« Sie sah, dass Schimmel den Hörer hochnahm. »Sag mir noch schnell: Was für eine Rolle spielt Clausen-Richter deiner Meinung nach in unseren Mordfällen? Wie tief steckt er da drin?«

Edgar Schimmel sah sie mit einem aufreizend langen, bedeutsamen Blick an. »Das will ich lieber nicht sagen, sonst fällst du gleich noch auf die Knie und betest mich an.«

Am schwersten war er zu ertragen, wenn er einen Anfall von guter Laune hatte, fand Helene.

32

Ein eisiger Ring schien sich um sein Herz gelegt zu haben, der sich langsam, aber stetig zusammenzog. Die Kälte strahlte in seinen ganzen Körper aus, selbst die Finger fühlten sich frostig an. Dafür schien sein Gesicht zu glühen. Immer wieder nahm er eine Hand vom Lenkrad und berührte damit seine heiße Stirn, zuckte jedes Mal zusammen vom Temperaturunterschied. Doch weder wurden dadurch die Finger wärmer, noch wurde die Stirn kühler.

Angst. So also reagierte sein Körper darauf.

Bedenken, Befürchtungen, Sorgen gar, die hatte er oft gehabt bei seinen gefährlichen Unternehmungen. Furcht aber hatte er nie gekannt. Sie wäre auch der schlechteste Ratgeber gewesen, den er hätte haben können.

Er rieb die Finger angewidert gegeneinander. Kalt und feucht, schwitzig. Nach der Angst kam die Panik, der totale Kontrollverlust, das ahnte er. Nichts anderes verachtete er so sehr.

Was geschah mit seiner Welt? Brach sie gerade in sich zusammen? Hatte er zu viel gewagt?

Wieder und wieder hatte er in den letzten Stunden rekapituliert, was ihm geschehen konnte. Die Bedrohung war da, ohne Zweifel, körperlich spürbar – ein gefährliches Tier, das nur darauf wartete, ihn anzufallen. Und doch: Eigentlich gab es keinen Grund für seine Angst. Er fand nichts Konkretes, das er zu fürchten hatte, wie er es auch drehte und wendete.

Alles unter Kontrolle, versicherte er sich. Niemand konnte ihm etwas nachweisen. Erst würde er diese dumme Sache überstehen, danach musste er sich um einen neuen Partner in Afrika kümmern. Und den alten zur Hölle schicken.

Er hatte doch alles im Griff. Der eisige Ring aber wollte nicht weichen.

Er trat heftig aufs Gaspedal und überholte einen lästigen Schleicher. Kurz vor der herannahenden Motorhaube eines Tanklasters scherte er wieder ein und lachte trotzig auf.

Na gut, die Polizei war nun also auf ihn verfallen, nachdem sie offenbar tagelang im Dunkeln herumgetappt war. Was war schon dabei? Damit hatte er doch gerechnet! Nichts würden sie ihm beweisen können, gar nichts. Er hatte keine Spuren hinterlassen, da war er sich sicher. Und wenn sie wirklich etwas in der Hand hätten, wäre er nicht bloß freundlich in die Polizeidirektion gebeten worden, um ›ein paar Unklarheiten zu beseitigen‹.

Eine lästige Sache, das Ganze, nicht ungefährlich sogar, aber nichts, was sein Leben zerstören oder auch nur beeinträchtigen würde.

Das Telefon klingelte. Er warf einen raschen Blick auf das Display. Die Nummer wurde nicht angezeigt. Nach kurzem Zögern drückte er auf eine Taste am Lenkrad und meldete sich über die Freisprechanlage.

»John Owusu on the line«, kam es aus dem Lautsprecher.

Clausen-Richter erstarrte. Dann sammelte er sich und antwortete: »Hallo, John, was verschafft mir die Ehre?«

»Ich dachte, ich rufe Sie mal an. Vielleicht haben Sie mir etwas mitzuteilen.«

»Gibt es ein Problem mit der aktuellen Lieferung?«, fragte Clausen-Richter kühl.

Am anderen Ende ertönte ein kurzes, verächtliches Geräusch. »Sie sind ein eiskalter Hund, was?«

Nun denn, dann eben anders. »Sie haben mir die Polizei auf den Hals gehetzt, Sie Idiot. Glauben Sie, das wüsste ich nicht?«

»Sie haben meinen Sohn umgebracht. Das weiß *ich.*«

»Du lieber Himmel, Sie müssen den Verstand verloren haben«, zischte Clausen-Richter. »Wie kommen Sie ...? Warum sollte ich so was Irrsinniges denn tun?«

»Weil er Ihnen ...« Owusu brach ab, dann setzte er neu an: »Weil er uns auf die Schliche gekommen ist.«

»Welch ein Unsinn! Wie sollte er denn ...?«

»Ich lese Ihnen etwas vor, *George*, hören Sie gut zu!«

»Sie sind tatsächlich komplett verrückt geworden, wahrscheinlich hat Sie Senyos Tod aus der Bahn geworfen. Sie haben ...«

»Halten Sie den Mund!«, schnitt ihm Owusu das Wort ab. »Es ist eine Mail von Senyo, die ich vor einer Woche erhalten habe.«

Der Eisring zog sich mit einem Ruck zusammen, und Clausen-Richter konnte nur knapp ein Aufstöhnen vermeiden. Mit wachsendem Entsetzen lauschte er der monotonen Stimme des Ghanaers, die in ihn eindrang wie ein Messer.

»... sind mir Papiere aufgefallen, die ich zunächst nicht verstand. Offenbar hat der Chef sie übersehen oder vergessen. Ich habe dann ein paar Tage lang im Dispatch nachgeforscht, wenn mich niemand beobachtet hat. Die Leute da scheinen gar nicht zu ahnen, was sich wirklich in einigen Containern befindet, die nach Ghana verschifft werden. Alles läuft über Subunternehmen. Die offiziellen Lieferdokumente weisen in einem Fall fabrikneue Kühlschränke aus. Empfänger: Kalima Inc. in Accra, Containeridentifizierung: WASU 606 008 9. Ich bin mir si-

cher, dass der Container Elektroschrott enthalten hat, der illegal verschifft wurde. Und ebenfalls, dass dies keineswegs ein Einzelfall ist. Bestimmt liegt auch dir daran, das aufzuklären. Ich muss dir außerdem leider mitteilen, dass Herr Clausen-Richter wohl Verdacht geschöpft hat. Er ahnt, dass ich zu viel weiß. Ich werde daher lieber nicht mehr für ihn arbeiten … Und so weiter. Nun, das kann Senyo jetzt ja auch nicht mehr. Dafür haben Sie höchstpersönlich gesorgt, nicht wahr, Sie Mörder?«

Clausen-Richter versuchte, langsam und tief durchzuatmen. »Das stimmt nicht, John. Ich habe Ihren Sohn nicht …«

»Oh doch. Ich weiß es. Und Sie wissen, wie gut ich Sie kenne.«

»Wenn Sie meinen. Ich kann es nicht ändern, dass Sie offenbar durchgedreht haben. Aber ist Ihnen denn nicht klar, dass Sie Ihre eigene Existenz vernichten werden, wenn Sie mich zur Strecke bringen wollen?«

»Sehen Sie, so erkenne ich Sie wieder. Jetzt zeigen Sie Ihr wahres Gesicht.«

»Sie verfluchter Idiot, Sie sind erledigt, wenn das alles herauskommt! Sie stecken tief drin in diesem Geschäft, seit Jahren schon. Ich bin doch nicht der Einzige, mit dem Sie diesen Handel treiben.«

Das Lachen des Afrikaners hatte den hörbaren Anklang von Wahnsinn, ließ Clausen-Richter zusammenfahren wie ein Schlag in die Magengrube. »Ach, wissen Sie, ich habe meine Vorkehrungen getroffen, da seien Sie ganz unbesorgt, Georg. Und Ghana ist weit weg von euren Gerichten.« Nach einer Pause, die sich scheinbar unendlich in die Länge zog, fügte Owusu so leise hinzu, dass seine Stimme im Fahrgeräusch des Wagens kaum noch hörbar war: »Außerdem ist mir das alles völlig egal. Senyo ist tot. Dafür vernichte ich dich, du Hund, und zwar mit Haut und Haar.« Die Verbindung brach ab.

In diesem Augenblick wurde Georg Clausen-Richter klar, dass er in der Falle saß. John Adika Owusu wollte seinen Kopf. Und den würde er auch bekommen. Es war zu spät, den Rachefeldzug dieses Irren zu stoppen. Ihre Geschäfte waren zu sensibel, als dass einer der daran Beteiligten zum Verräter werden konnte, ohne den anderen in den Abgrund zu ziehen. Wenn der Afrikaner jetzt Amok lief, stürzte er seinen deutschen Komplizen ins Verderben. Ein einflussreicher Mann in Ghana hatte genügend Möglichkeiten, unliebsame Untersuchungen der Behörden zu unterlaufen. Hier in Deutschland hatte Clausen-Richter keine Chance, seinen Untergang zu verhindern, wenn sich erst einmal die Experten im Auftrage der Staatsanwaltschaft in all seine Transaktionen verbeißen würden.

Es gab nur noch einen Ausweg. Verwundert nahm Clausen-Richter zur Kenntnis, dass er auf einmal ganz ruhig wurde. Die eisige Spannung in ihm löste sich.

Er wusste, was er zu tun hatte.

33

»Wo bleibt er denn?«, fragte Helene und sah zum dritten Mal auf die Uhr.

Schimmel zuckte mit den Schultern. »Fast eine Stunde über die Zeit. Ich denke, wir sollten mal höflich nachfragen.« Er griff zum Telefon.

Zehn Minuten und drei Telefonate später war klar: Georg Clausen-Richter war nicht aufzufinden, nicht in seiner Firma, nicht bei sich zu Hause, und auch unter seiner Mobilfunknummer meldete sich nur die Mailbox.

»Das darf nicht wahr sein«, schnappte Schimmel. »Der Kerl ist abgehauen.«

»Das kann ich nicht glauben«, wandte Helene ein. »Wegen

einer harmlosen Befragung? Nein, da ist etwas anderes passiert.«

»Und was, bitte?«

»Keine Ahnung. Wir werden ihn fragen müssen, sobald wir ihn finden.«

Schimmel sprang auf und zog sein Sakko an. »Dann fahren wir jetzt erst mal in seine Firma und schauen uns da um.«

»Wie wär's denn mit einem Durchsuchungsbeschluss?«, wagte Helene sich vor.

»Dauert zu lang. Ich hab ja dich dabei – von wegen ›Gefahr im Verzug‹ und so …«

Zwei Minuten später waren sie unterwegs, begleitet von einem Streifenwagen mit drei Polizeibeamten, der hinter ihnen herfuhr.

Der Prokurist Hullner war außer sich. Verzweifelt rang er die Hände und rief: »Um Himmels willen, das können Sie doch nicht machen! Außerdem ist sicher abgeschlossen. Der Chef verschließt immer die Tür, wenn er …«

»Tief durchatmen, Herr Hullner, ganz ruhig. Wir werden uns Zutritt verschaffen, wenn es notwendig ist.« Helene legte dem Mann eine Hand auf den Arm. »Herr Clausen-Richter hatte einen Termin bei uns. Er ist nicht erschienen und nirgends erreichbar. Wir müssen uns in seinem Büro umsehen. Oder haben Sie irgendeine Idee, was ihm dazwischengekommen sein könnte – und wo er sich jetzt aufhält?«

Der Prokurist schüttelte stumm den Kopf. Dann fiel ihm etwas ein: »Haben Sie es bei ihm zu Hause probiert? Vielleicht musste er dringend zu seiner Frau?«

»Die haben wir angerufen. Sie hat ihn angeblich nicht mehr gesehen, seit er heute Morgen das Haus verlassen hat.«

Was Helene nicht sagte, war, dass sie den untrüglichen Eindruck gewonnen hatte, der Ehefrau sei es herzlich gleichgültig, wo sich ihr Mann befinden mochte. Und dass es sich so angehört hatte, als hätte sie um diese nachmittägliche Stunde bereits kräftig geistigen Getränken zugesprochen.

»Und an sein Handy geht er auch nicht«, ergänzte Schimmel. »Passiert das öfter, dass er plötzlich verschwindet und nicht erreichbar ist?«

»Nein, natürlich nicht«, antwortete Hullner betreten. »Ich kann mich nicht daran erinnern, dass er jemals ... Da muss etwas ... Ja, genau: Wahrscheinlich hat er einen Unfall gehabt!«

»Auf der Strecke von hier zur Polizeidirektion jedenfalls nicht«, sagte Schimmel trocken. »Das hätten wir auf der Herfahrt bemerkt.« Er sah sich um. »Wo ist denn nun das Chefbüro?«

»Kommen Sie, ich führe Sie hin«, sagte Hullner und ging den Gang hinunter. Am Ende blieb er stehen und machte eine müde Handbewegung zur letzten Tür.

Schimmel drückte die Klinke nach unten. Abgeschlossen. Er betrachtete aufmerksam das massive Sicherheitsschloss. »Haben Sie einen Schlüssel?«

»Nein, nur Herr Clausen-Richter. Da ist er eigen.«

»Wird da drin denn nie sauber gemacht?«, fragte Helene. »Oder wollen Sie uns erzählen, Herr Clausen-Richter saugt selbst durch?«

»Nein, natürlich nicht. Aber die Reinigungskräfte dürfen nur rein, wenn der Chef da ist.«

»Und das finden Sie völlig normal, ich meine, für eine Speditionsfirma?«, wollte Schimmel wissen.

Der Prokurist antwortete nicht, rang nur heftig die Hände.

»Gut, dann hören Sie zu«, sagte Schimmel. »Der Raum wird jetzt polizeilich versiegelt. Besorgen Sie bitte einen Stuhl, auf den sich der Beamte setzen kann, der so lange hier Wache halten wird, bis wir einen richterlichen Durchsuchungsbeschluss haben. Den beantrage ich sofort, wird nicht lange dauern.«

»Wie steht's mit den Fenstern in diesem Zimmer?«, fragte Helene »Das ist ja alles ebenerdig hier.«

»Das Chefbüro hat zwei Fenster, die sind vergittert«, antwortete Hullner, von den Geschehnissen der letzten Minuten offensichtlich tief erschüttert.

»Ich schau mir das beim Hinausgehen noch mal an. Aber wenn Sie es sagen, wird es schon stimmen«, versuchte Helene, den fassungslosen Mann zu besänftigen.

Nachdem sie für einen Posten vor der Tür gesorgt hatten und ein polizeiliches Siegel zwischen Tür und Rahmen klebte, verließen sie das Gebäude.

»Wir fahren jetzt zu ihm nach Hause. Ich will mit der Frau sprechen«, erklärte Schimmel und stieg auf der Beifahrerseite in den Passat. »Auf dem Weg beantrage ich die Durchsuchung. Und wenn die Dame uns nichts zu sagen hat, womit wir etwas anfangen können, geben wir die Fahndung nach ihm raus. Ist das so für dich okay?«

Helene startete den Motor und fuhr los. »Genauso machen wir's, einverstanden.« Sie lächelte leise vor sich hin.

»Was gibt's denn zu grinsen?«, fragte der Graue misstrauisch.

»Ach, nichts. Mir fiel nur gerade ein, dass es lange gedauert hat, bis du meine Zustimmung zu deinen Maßnahmen erfragt hast.«

Eine feine Röte überzog flüchtig Schimmels Gesicht, während er etwas Unverständliches grummelte. Dann hob er den Hörer des Funktelefons ab.

Ließ man einmal alle höflichen Ausdrucksformen beiseite, fiel Helene nur ein passender Begriff ein: Frau Richter war sturzbetrunken.

Sie schwankte gefährlich, als sie den beiden Kriminalbeamten die Tür des eindrucksvollen Hauses in Wassersleben im Norden vor den Toren Flensburgs öffnete.

Nein, sie wisse nicht, wo ihr Mann sei, erklärte sie in verwaschener Sprache, als sie sich schließlich sichtlich erleichtert in einen der Designersessel im Wohnzimmer fallen ließ. Es sei auch nicht üblich, dass ihr Gatte sie darüber in Kenntnis setze, wohin er gehe und was er vorhabe, fügte sie hinzu.

»Wann haben Sie ihn denn zum letzten Mal gesehen?«, fragte Helene und ließ ihren Blick durch die bodentiefen Fenster über den nahen Ostseestrand hinaus auf die See gehen.

»Wollnsewasssutrinken?«

»Wie bitte?«, fragte Schimmel.

»Obichihnwasanbietenkann.«

»Danke, für uns ist es noch etwas zu früh, gnädige Frau«, erwiderte der Graue mit stoischer Miene. Helene hatte Mühe, nicht loszuprusten.

»Ich trink jetzt mal 'n Gläschen«, erklärte die Dame des Hauses plötzlich in erstaunlich klarer Diktion, stemmte sich mühsam aus dem Sitzmöbel und wankte hinüber zu einer eindrucksvollen Hausbar mit vier Hockern vor dem Tresen, deren beleuchtetes Regal bis zur Decke mit Flaschen bestückt war. Sie goss sich drei Daumen breit von einer bernsteinfarbenen Flüssigkeit in ein mächtiges Glas, stürzte noch an der Theke die Hälfte davon in sich hinein und torkelte mit dem Rest im Glas zurück zu ihrem Sessel.

»Darf ich die Frage wiederholen«, erkundigte sich der Graue höflich. »Wann haben Sie Ihren Mann zuletzt gesehen?«

»Wasweissich?« Die Ausdrucksfähigkeit war wieder auf gutturales Niveau gesunken. Sie angelte sich mühsam eine Zigarette aus der Packung, die vor ihr auf dem Glastisch lag, schob sie zwischen die Lippen, griff nach dem Feuerzeug und führte die Flamme mit einer unsicheren Bewegung an die Zigarette. Dort blieb sie jedoch nicht lange genug, um den Tabak in Brand zu setzen.

»Sie müssen einfach heftig an der Fluppe ziehen, sobald die Flamme mal wieder vorbeikommt«, empfahl Schimmel mit ernsthaftem Nicken, und Helene konnte kaum noch an sich halten.

Schließlich stieg doch noch Qualm auf, und der Graue startete einen neuen Versuch: »Ihr Mann ist verschwunden. Er hatte einen Termin mit uns, ist aber nicht erschienen. Und in der Firma weiß niemand, wo er ist. Jetzt reißen Sie sich bitte mal einen Augenblick zusammen! Ihm könnte ja auch etwas passiert sein …«

»Dem passiert nichts. Nie«, kam es, erneut in überraschend klaren Worten, aus dem Sessel.

»Na gut, also: War er noch einmal hier, ich meine, nachdem er heute Morgen ins Geschäft gefahren ist? Versuchen Sie bitte, sich zu erinnern.«

Die Frau, die Helene auf Ende vierzig schätzte, obwohl sie älter wirkte, weil ihr Gesicht deutliche Spuren der Verwüstung aufwies, griff nach dem Glas und trank den Rest aus.

Danach starrte sie völlig unbeweglich vor sich hin und schwieg. Die Kommissarin wollte schon den Mund aufmachen, da riss Frau Richter den Kopf hoch, sah zur Flurtür hinüber und sagte völlig klar: »Vor etwa zwei Stunden ist er hier gewesen und gleich hoch in sein Arbeitszimmer gegangen. Nach einer Viertelstunde ist er wieder aus dem Haus gestürzt. Einen Koffer hatte er dabei.«

»Hat er irgendetwas gesagt?«, hakte Helene nach.

»Er müsste dringend verreisen, hat er gesagt, wenn ich mich richtig erinnere. Und dass ich mir keine Sorgen machen soll oder so was. Wahrscheinlich isseraufseinscheiß…« Sie riss sich zusammen und setzte nochmals an, sprach langsam und gekünstelt artikuliert: »Er hat ein neues Schiff. Da wird er wohl sein.«

»Wo liegt das Schiff – und wie heißt es?«

»In Sonderburg, glaub ich. War nie da. Das will er nicht. Da dürfen nur seine Nutten drauf.«

»Kennen Sie den Namen des Schiffes?«

»Nennt alle seine Yachten immer ›Saskia‹. Nach unserer toten Tochter. *Saskia II* oder *III* oder *IV* heißt das neue Schiff … weisssesdochauchnich …«

»Dürfen wir uns mal in seinem Arbeitszimmer umsehen?«, erkundigte sich Schimmel.

»Von mir aus.« Sie betrachtete verwundert ihr leeres Glas. »Treppe hoch und gleich rechts.«

Fünf Minuten später, sie standen noch vor der offenen Tür des leergeräumten Wandsafes, löste Schimmel über sein Handy die Fahndung nach Georg Clausen-Richter aus und ordnete an, dass man die dänischen Behörden zu dem Schiff namens *Saskia Nummer Irgendwas* befragte, das seinen Liegeplatz in Sonderburg haben könnte.

»Ist er geflohen, weil seine illegalen Geschäfte aufgeflogen sind, oder ist er unser Mörder?«, fragte Helene den Grauen, als sie die imposante geschwungene Treppe hinabstiegen.

»Und wenn beides zutrifft, Helene?«

Sie nickte schweigend.

Im Wohnzimmer fanden sie Frau Richter wieder an der Hausbar vor. Sie saß mit schwankendem Oberkörper auf einem der Hocker, ein halbvolles Glas vor sich.

»Wir finden allein raus, auf Wiedersehen«, sagte Helene leise.

Frau Richter drehte den Kopf zu der Kommissarin um und versuchte angestrengt, ihre Augen zu fixieren. »'nscheißkerlisser«, lallte sie, und ihr Kopf sank langsam auf ihre Brust.

Helene floh zur Tür und atmete tief durch, als sie wieder draußen war. »Welch ein Elend«, flüsterte sie.

Der Graue berührte scheu ihren Arm, drückte ihn sacht und sagte: »Komm, mien Deern, wir müssen einen Mörder finden.«

34

»Sven, mach das Schiff fertig, wir müssen sofort los! Ich bin schon unterwegs.«

Wenn ihn dieser Befehl überraschte, so ließ sich der Bootsmann das jedenfalls nicht anmerken. »Schiff ist vollgetankt, Wasser ist gebunkert, Proviant ist da, allerdings nur Tiefkühlkost. Wenn Sie was Frisches wollen, Skipper, muss ich noch zum Einkaufen fahren.«

»Vergiss es, Sven. Wir haben's eilig. Ich habe Probleme, und wir müssen uns für eine Weile verpissen. Weit weg. Hast du ein Problem damit?«

»Nö, hab ich nicht, Skipper, solange Sie zahlen. Wir können sofort ablegen. Und festmachen müssen wir erst wieder nach dreitausend Seemeilen, so lange reicht der Sprit.«

Fast hätte Clausen-Richter gegrinst, trotz der gefährlichen Lage, in der er sich befand. Mit diesem Bootsmann hatte er einen Glücksgriff getan! »Ganz so weit wohl auch nicht, wir werden sehen. Also, mach alles klar, ich muss noch kurz in Sonderburg zur Bank, aber in einer Stunde bin ich da.«

»Aye, aye, Skipper.« Svens Stimme klang, als hätte er gerade erfahren, dass sie einen Tagesausflug nach Ærø vorhätten.

In langsamem Tempo näherte er sich der Grenze bei Pattburg und hielt aufmerksam Ausschau nach Polizeifahrzeugen. Erst hatte er sich überlegt, einen Umweg zu fahren, um über einen der kleineren, weniger stark frequentierten Grenzübergänge im Westen nach Dänemark einzureisen. Doch ein Blick auf die Uhr hatte ihm gezeigt, dass erst eine Stunde vergangen war, seit sie ihn in der Polizeidirektion erwarteten. So schnell waren sie nicht, da war er sich sicher.

Bestimmt würde es eine Zeit lang dauern, bis sie erkannten, dass er geflüchtet war.

Nun war er also eingetreten, der *worst case*, der schlimmste denkbare Fall. Nie hätte das passieren dürfen. Und es wäre ja auch nicht passiert, hätte dieser idiotische John Owusu nicht den Verstand verloren.

Verdammt, damit hatte er nicht rechnen können. Alles war doch perfekt gelaufen, dafür dass Senyo ihm nun einmal keine Wahl mehr gelassen hatte.

Was für ein sturer Bursche! Clausen-Richter hatte ihn in jener Nacht beobachtet, als er mit seinem völlig betrunkenen lettischen Kumpan durch die Kneipen zog, hatte ihn in der Hafenkaschemme beiseitegenommen und ihm erklärt, dass sein Verdacht ein einziger großer Irrtum wäre, ein Missverständnis, hatte ihm geschmeichelt, ihm eine saftige Gratifikation angeboten, ihm am Ende sogar massiv gedroht – alles vergebens.

Was er denn mit seinen Informationen eigentlich anfangen wolle, hatte er ihn am Ende gefragt, aber Senyo hatte nur geantwortet, er müsse sich das noch überlegen. Jedenfalls könne er darüber nicht schweigen. Schon aus ›moralischen Gründen‹, hatte er großspurig getönt, weil es um sein Heimatland ginge und um seine ›Brüder und Schwestern zu Hause‹.

Das musste man sich einmal vorstellen: Ein verwöhntes, privilegiertes Bürschchen aus stinkreichem Stall spuckte solche Töne! Clausen-Richter hatte zum allerletzten Mittel gegriffen und ihm klargemacht, dass die Firma seines Vaters seit langer Zeit mitmischte in diesem Spiel um viel Geld. Dass seine moralische Entrüstung lächerlich sei angesichts der Tatsache, dass das Geld für sein Studium hier im Ausland nirgendwo anders herstammte als aus dem Elektroschrotthandel, den er angeblich so sehr verabscheute.

Fassungslos schien der Junge da gewesen zu sein – oder er war ein grandioser Schauspieler. Wie hätte Clausen-Richter ahnen können, dass Senyo da schon längst diese elende Mail an seinen Vater geschickt hatte?

Nun, es war ihm nichts anderes übrig geblieben, als den lästigen Mitwisser zu liquidieren. Nach diesem Gespräch hatte es keine Alternative mehr gegeben.

Also hatte er rasch ein Stück Pappe aus dem Kofferraum seines Autos geholt und es beschriftet. Wie gut, dass der junge Owusu ihm erzählt hatte, dass er und seine brasilianische Freundin aus Eifersucht von einem vorbestraften Neonazi bedroht wurden. Dann war ihm eingefallen, dass er auch die passende Waffe dabeihatte. Zur Selbstverteidigung auf nächtlichen Rastplätzen führte Clausen-Richter nämlich stets ein abgesägtes Metallrohr im Wagen mit, das ihm jetzt gute Dienste leisten konnte, denn seine Pistole wollte er für die unvermeidliche Tat nicht benutzen. Projektile waren gefährliche Beweismittel – und seine Schusswaffe war schließlich ordnungsgemäß registriert.

Eine halbe Stunde lang war er in sicherem Abstand hinter den beiden jungen Männern hergeschlichen, bis sich die passende Gelegenheit ergeben hatte.

Senyo hatte seinen Verfolger nicht bemerkt, weil er zu sehr damit beschäftigt gewesen war, seinen Kumpel vor dem Hinfallen zu bewahren. Als der Betrunkene dann doch stürzte, hatte sein Freund ihn aufgerichtet und mit dem Rücken an einen Müllcontainer gelehnt.

Da hatte Clausen-Richter von hinten zugeschlagen. Nach dem ersten Schlag war Owusu sofort in die Knie gegangen, aber er hatte einen spitzen Schmerzensschrei ausgestoßen und dann gestöhnt, nicht sehr laut zwar, aber ihm war es so vorgekommen, als müsste jeder in der Stadt es hören. Zweimal noch hatte er das Metallrohr dumpf auf den Hinterkopf krachen lassen, dann war endlich Ruhe eingekehrt. Er brauchte nur noch rasch das Pappschild unter den blutigen Hinterkopf zu schieben, als der Kerl schon tot auf dem Asphalt lag.

Niemand hatte die Tat beobachtet. Alles war glattgegangen. Einen Augenblick hatte Clausen-Richter erwogen, den möglichen Zeugen ebenfalls zu töten, aber plötzlich war aus dem Toilettenwagen nebenan das Geräusch der Spülung an seine Ohren gedrungen. Blitzartig war er daher über die Straße gerannt und in der Dunkelheit verschwunden. Der Lette war sowieso vollkommen weggetreten gewesen, der würde nicht einmal mehr wissen, dass er selbst dort gewesen war. Um sich zu beruhigen, hatte Clausen-Richter auf der Fahrt nach Hause einen weiten Umweg gemacht und dabei das blutverschmierte Metallrohr in den Niehuussee geworfen.

Seine Idee der falschen Spur mit dem rassistischen Wort hatte sich als genialer Schachzug erwiesen, ebenso wie die Wahl eines Rohres für die Tat. Das taugte viel besser für die falsche Spur als eine Schusswaffe. Die Presse hatte das mit ihrer Schlagzeile *Waren es Rechtsradikale?* eindrucksvoll bestätigt. Und die Kripo war ihm voll auf den Leim gegangen. Befriedigt hatte Clausen-Richter im Fernsehen dem Staatsanwalt gelauscht, der auf der Pressekonferenz von einem ›vermutlich rassistischen Motiv‹ gesprochen hatte.

Blieb nur noch die Brasilianerin. Er konnte einfach nicht riskieren, dass sie etwas wusste. Also hatte er sie ebenfalls beseitigt, still und sauber. Senyo selbst hatte ihren Namen erwähnt, als er von den Drohungen ihres Exfreundes gegen sie erzählt hatte. Es war für Clausen-Richter ein Leichtes gewesen, ihre Adresse herauszufinden. Allzu bereitwillig hatte sie ihm ihre Tür geöffnet, als er vorgab, ein Einschreiben aus Brasilien zustellen zu müssen. Sehr schön war sie gewesen, das musste er zugeben. Ihr das Kabel um den Hals zu legen, hatte ihn eine gewisse Überwindung gekostet. Aber es musste sein. Das Risiko, dass ihr neuer Freund ihr etwas von seinen Entdeckungen erzählt haben könnte, war einfach zu groß gewesen.

Jetzt wusste er, dass ihr Tod vermutlich nicht notwendig

gewesen war. Schade drum, aber nicht mehr zu ändern. Statt ihr hatte der Dummkopf seinem Vater von dem Verdacht berichtet. Dass er Senyos Kennwort nicht herausgekriegt hatte, ärgerte ihn maßlos. Die ganze gefährliche Aktion, den Laptop bei Nacht aus dem Studentenwohnheim zu entwenden, war sinnlos gewesen. Na gut, so konnte das Gerät zwar der Polizei nicht in die Hände fallen, aber Clausen-Richter hatte es auch nichts genützt. Was hätte er noch alles organisieren können, wenn er früher von der E-Mail gewusst hätte, die der dumme Junge nach Accra gesandt hatte …

»So eine Granatenscheiße!«, explodierte er brüllend und schlug in einer Aufwallung von heißem Hass, in den sich nicht wenig Verzweiflung mischte, wie er sich widerwillig eingestand, so hart auf das Lenkrad, dass ihm ein scharfer Schmerz stechend durch die Hand fuhr. »Verfluchter Mistkerl!« Nur noch ein Krächzen.

Alles hatte der neugierige Idiot kaputtgemacht, einfach alles. Welch ein erbärmliches Ende: Er, Georg Clausen-Richter, ein schwerreicher Mann und einer der bedeutendsten Unternehmer der Region, war nun gezwungen, sich wie ein Dieb davonzustehlen und sein Heil in der Flucht zu suchen.

»Reiß dich zusammen, Memme!«, wies er sich laut zurecht. Noch war schließlich nicht alles verloren – eine Chance hatte er noch. Er musste einen kühlen Kopf behalten, unbedingt.

Genug Zeit, um seinen alten Freund Nikolaj in Sankt Petersburg anzurufen, war ihm nicht verblieben. Er würde mit ihm telefonieren, wenn er erst einmal auf See wäre. Sein langjähriger Partner bei den riskantesten Geschäften würde alles vorbereiten, um die *Saskia III* irgendwo an der russischen Küste zu verstecken, da war er sich sicher. Und Nikolaj würde ihm Unterschlupf gewähren, bis er wusste, wie es weitergehen könnte. Bei ihm wäre Georg Clausen-Richter erst einmal in Sicherheit.

»Du schaffst das«, redete er sich gut zu. »Du hast doch immer alles geschafft, oder?«

Zwanzig Minuten später stand er im Keller der *Nordea Bank Sonderburg* in der Perlegade vor seinem Schließfach. Seit vielen Jahren verwahrte Clausen-Richter hier wichtige Papiere, eine Menge Bargeld und ein paar teure Uhren. Auf seinen Reisen hatte er immer wieder festgestellt, dass gute Uhren in manchen Gegenden der Welt, vor allem in Afrika, ein viel besseres Zahlungsmittel waren als Geld.

»Her du går«, sagte der Bankangestellte, als er den zweiten Schlüssel in das Schloss gesteckt hatte, und wies auf das Bankfach. »Rufen Sie mich bitte, wenn Sie fertig sind.« Dann verließ er den Raum.

Clausen-Richter entnahm die lange, flache Kassette, stellte sie auf einen Tisch und klappte sie auf. Hektisch raffte er alles zusammen, was darin lag, stopfte es in seine mitgebrachte Reisetasche und zog den Reißverschluss zu. Er musste sich beeilen.

Fünf Minuten später saß er wieder in seinem Wagen, fuhr hinunter zum Hafen und auf der Sønder Havnegade zum Liegeplatz der *Saskia III* unmittelbar südlich der Klappbrücke über den Alsensund. Sein Auto stellte er ein paar Meter weiter auf einem Parkplatz ab, holte sein Gepäck aus dem Kofferraum und lief hinüber zum Schiff.

Schon von Weitem erkannte er die feinen Rauchfahnen, die aus den beiden Auspuffrohren aufstiegen. Sven hatte die Motoren bereits angelassen – guter Mann!

Dann sah er auch den Bootsmann, der dabei war, die Vor- und die Achterspring von den Pollern zu lösen, sodass die *Saskia III* nur noch mit Vor- und Achterleine festgemacht war. Da diese von Bord aus eingeholt werden konnten, stand einem sofortigen Ablegen nichts mehr im Wege. In weniger als einer Stunde wären sie bereits weit draußen.

»Gute Arbeit, Sven«, rief Clausen-Richter und rannte die kurze Gangway hoch.

Der Bootsmann folgte ihm. »Wo geht's denn hin, Skipper?«

»Erst mal raus hier, schnell weg aus der Flensburger Förde und dann volle Kraft voraus, grobe Richtung Ost. Alles Weitere erledigen wir draußen. Komm, wir haben's eilig!«

»Aye, aye«, murmelte Sven gleichmütig, zog die Gangway ein, schloss das Tor in der Schanz und verschwand ins Ruderhaus.

Clausen-Richter blickte auf seine Armbanduhr, dann nickte er verbissen. Er konnte es schaffen.

35

Als die Flensburger Wasserschutzpolizei die dänische Küstenwache vor etwa einer Stunde alarmiert hatte, lag *P-523-Najaden,* ein Patrouillenboot der Königlich Dänischen Marine, gerade im Hafen von Faaborg und hatte sich sofort auf den Weg in die Flensburger Förde gemacht. Küstenschutz zur See war in dänischen Gewässern eine Aufgabe der Marine. Eine Wasserschutzpolizei wie in Deutschland gab es im Königreich nicht.

»Bis Kalkgrund am Eingang der Förde brauchen die von Faaborg gerade mal eine halbe Stunde, wenn sie die Hebel auf den Tisch legen«, hatte der Kollege von der Wasserschutzpolizei gesagt, als Kommissarin Christ mit Hauptkommissar Schimmel und vier SEK-Kollegen in voller Montur an Bord des großen Streifenboots *Glücksburg* gesprungen war, das in Flensburg stationiert war und an der Schiffbrücke lag – keine dreihundert Meter vom Gebäude der Polizeidirektion entfernt.

»Und wir, wie lange brauchen wir bis vor die Einfahrt in den Alsensund nach Sonderburg?«, hatte Helene wissen wollen, während sie sich ebenfalls die schusssichere Weste überzog, die alle anderen an Bord trugen.

»Das Boot macht gut fünfundzwanzig Knoten, also sind wir in etwa vierzig Minuten da«, hatte der Kollege von der Wasserschutzpolizei geantwortet.

Zwei Minuten später jagte das achtzehn Meter lange Schnellboot mit Blaulicht und Martinshorn über das Wasser.

Schimmel telefonierte seither unablässig mit seinem Handy. »Der Hubschrauber der Bundespolizei ist gerade gestartet«, rief er laut über den infernalischen Motorenlärm hinweg. »In zwanzig Minuten ist er über dem Zielgebiet. Dann kann Clausen-Richter uns nicht mehr entwischen!«

»Hauptsache, er ist noch unter Land zwischen den Inseln«, erwiderte Helene. »Wenn er es erst mal in den freien Seeraum geschafft hat, wird es schwierig, ihn aufzuspüren.«

»Nee, Frau Kollegin«, rief der Bootsführer ihr zu. »Machen Sie sich da mal keine Sorgen. In diesen Gewässern finden wir ihn, vor allem, wenn ein Helikopter mit von der Partie ist. Und so ganz klein ist das gesuchte Schiff ja nicht, wenn ich Sie richtig verstanden habe.«

»Ihr Wort in Gottes Ohr«, brüllte Schimmel und hielt sich krampfhaft an dem Griff neben seinem Sitz fest, als das Boot den harten Schlag einer Welle einsteckte.

»Wohl ein dicker Fisch, was?«, fragte der Mann, der am Ruder stand.

»Zweifacher Mörder«, schrie Helene zurück. »Und alles Mögliche sonst noch …«

»Na, dann wollen wir mal«, rief der Kollege. Man sah ihm an, dass ihm die Höllenfahrt Spaß machte. Allzu oft kam die Wasserschutzpolizei nicht dazu, mit Blaulicht und voller Kraft über die Förde zu jagen.

Am Horizont tauchte das hellgraue Patrouillenboot der dänischen Marine auf. Es schien ganz ruhig im Wasser zu liegen. Eine Bugwelle erkannte Helene durch ihr Fernglas nicht. Schnell wurde die Silhouette größer, die *Glücksburg* jagte mit Höchstgeschwindigkeit darauf zu.

»Wieso laufen die nicht nach Sonderburg? Worauf warten die denn?«, überschrie Helene den Lärm.

»Sehen Sie mal rüber«, rief der Bootsführer und zeigte nach Backbord.

Da war er. Mit einer gewaltigen Bugwelle raste eine elegante, hochmoderne Motoryacht von Nordwesten heran.

»Himmelarsch«, rief der Rudergänger aus. »Wie viel läuft die denn? Das sind ja dreißig, nee, eher vierzig Knoten!«

Ohne ihre irrwitzige Geschwindigkeit zu verringern, machte die Motoryacht nun eine Kurskorrektur, um das kleine dänische Kriegsschiff zu umfahren. Das jedoch setzte sich sofort in Bewegung, sprang förmlich an, und schnitt der *Saskia III* – Helene konnte durch das Fernglas inzwischen den Namen auf dem beigen Rumpf erkennen – den Weg ab.

Dennoch verringerte die Motoryacht die Geschwindigkeit nicht. In voller Fahrt raste sie auf das dänische Schiff zu. Laut ertönte ein Signal über das Wasser, gefolgt von einem scharfen Befehl auf Englisch, sofort zu stoppen.

»Noch eine Minute«, kommentierte der Bootsführer atemlos die Szene. »Wenn er dann nicht stoppt, kracht es!«

Wie aus dem Nichts kommend, schoss in diesem Augenblick ein EC-155-B-Eurocopter aus dem Himmel, sank fast auf Meereshöhe und flog der *Saskia III* entgegen. Der Mann dort oben auf der Flybridge der Yacht – Helene hatte keinen Zweifel, wer das war – musste nun direkt ins Cockpit des Hubschraubers blicken.

Als der Bug der Yacht auf etwa zweihundert Meter an den Helikopter herangekommen war, zog der Pilot diesen abrupt hoch, und unmittelbar darauf ratterte eine Maschinengewehrsalve über das Wasser.

Vor dem Bug der *Saskia III* spritzten Fontänen auf, und

sofort brach die Bugwelle in sich zusammen. Helene richtete ihr Fernglas auf das dänische Patrouillenboot und sah, dass das schwere Maschinengewehr auf dem Achterdeck noch rauchte.

Der Hubschrauber hing jetzt direkt über der Yacht. Sekunden später war keine Fahrt mehr im Schiff. Ruhig, als wäre nie etwas gewesen, dümpelte die *Saskia III* in den Wellen. Sie hatten ihn. Endlich.

Die *Najaden* war abgezogen, nachdem die deutsche Polizei sie von Bord der *Saskia III* angefunkt, Sicherheit gemeldet und sich bedankt hatte. Nach wenigen Minuten war das kleine dänische Kriegsschiff bereits hinter dem Horizont verschwunden, und auch der Hubschrauber der Bundespolizei war zurückgeflogen.

Die *Glücksburg* hatte längsseits an der Motoryacht festgemacht, und der SEK-Trupp war übergestiegen. Schon zwei Minuten später konnten Helene Christ und Edgar Schimmel an Bord gehen.

»Der Gesuchte ist an Bord«, meldete einer der Männer des Spezialeinsatzkommandos. »Und ein Typ, der sich als Bootsmann bezeichnet. Personalien haben wir aufgenommen. Bewaffnet waren sie beide nicht.«

Schimmel ging zur Reling und fragte den Bootsführer der *Glücksburg*, ob der Rudergänger das Boot allein nach Flensburg fahren könne.

»Natürlich, kein Problem«, antwortete der Oberkommissar.

Daraufhin ordnete der Graue an, dass nur noch ein SEK-Mann zur Sicherheit an Bord der *Saskia III* bleiben solle, die anderen könnten auf das Boot der Wasserschutzpolizei übersteigen und die Yacht bis in den Flensburger Hafen eskortieren. »Und Sie«, er wandte sich an den Oberkommissar, »kommen herüber und passen im Ruderstand oben darauf auf, dass der Bootsmann den richtigen Kurs hält und auf keine dummen Ideen kommt. Zur Sicherheit steht der Kollege vom SEK mit seiner Maschinenpistole hinter Ihnen.« Er wies auf den Polizisten im schwarzen Overall, der etwas abseits Aufstellung genommen hatte.

Der nickte nachdrücklich mit seinem behelmten Kopf und sagte. »Alles okay, Herr Hauptkommissar.«

»Und was ist mit dem Eigner?«, fragte der Wasserschutzpolizist, als er übergestiegen war, und zeigte auf Clausen-Richter, der auf der edlen Lederbank hinter dem Ruderstand saß und grübelnd vor sich hin starrte.

»Mit dem werden wir uns gleich mal sehr intensiv unterhalten«, gab Schimmel zurück. »Wir gehen dazu in den Salon. Lassen Sie sich ruhig Zeit mit der Rückfahrt. Bis wir anlegen, will ich das Wichtigste schon aus ihm herausbekommen haben.« Er winkte Helene zu, drehte sich zu dem Speditionsunternehmer um und hob seine Pistole hoch. »Sie gehen voran. Keine falsche Bewegung. Ich kann Sie nur warnen, bin ziemlich … verstimmt. Also reizen Sie mich nicht!«

»Er schießt gern und schnell«, murmelte Helene und fing sich dafür einen bösen Blick des Grauen ein.

Clausen-Richter hob mit einer resignierten Geste die Hände, stand auf, schob die breite Glastür zum Salon auf und trat ein, gefolgt von den beiden Kriminalbeamten.

Aus den tiefen Fenstern an Steuerbord sah Helene, wie die *Glücksburg* sich von der Yacht löste und einen weiten Bogen fuhr, um hinter ihr Heck zu gelangen.

Als steuerbord voraus in den Panoramafenstern vorn im Salon die riesige Halle der Flensburger Werft auftauchte, wussten sie das meiste, was sie hatten erfahren wollen. Scheinbar brachte Clausen-Richter keine Kraft mehr auf, um Widerstand zu leisten. Er redete zwar nicht von sich aus, beantwortete aber jede ihrer Fragen präzise.

Natürlich drehte sich das Gespräch um die beiden Morde,

die sie aufzuklären hatten. Über Clausen-Richters Verwicklungen in den illegalen Handel mit Elektroschrott sprachen sie kaum. Klar wurde jedoch, dass Senyo Owusu davon Kenntnis erlangt hatte – was sein Todesurteil gewesen war.

»Mit Ihrem illegalen Schrotthandel werden sich die Spezialisten des Bundeskriminalamtes in Wiesbaden beschäftigen – und wahrscheinlich auch andere Behörden, zum Beispiel das Umweltbundesamt und der Zoll«, sagte Schimmel zum Abschluss. »Wir für unseren Teil wissen nun genug, um ein Verfahren wegen zweifachen Mordes gegen Sie anzustrengen.«

»In zehn Minuten legen wir an der Schiffbrücke an«, rief der Oberkommissar der Wasserschutzpolizei über die Gegensprechanlage von oben herunter. Der Lautsprecher war neben dem Salontisch in die Wand eingelassen.

Helene drückte auf *Senden.* »Danke, verstanden«, gab sie zurück, stand auf und ging zur Schiebetür nach achtern. Gerade als sie ihre Waffe in den Gürtel gesteckt hatte und den Salon verlassen wollte, um draußen noch etwas frische Luft zu schnappen, geschah es. Am anderen Ende des Salons flog die Tür zum Niedergang auf das Unterdeck auf, krachte an die Holzvertäfelung, und eine laute Stimme sagte auf Englisch: »Hände hoch! Drehen Sie sich langsam um, Frau Kommissarin!«

Helene tat, wie ihr geheißen, und sah John Adika Owusu mit einer Beretta-92 dort stehen. Die Hand, mit der er die Pistole hielt, war völlig ruhig. Sie zielte direkt auf Helene.

»Legen Sie Ihre Waffe langsam auf den Boden«, befahl der Afrikaner mit ruhiger Stimme. »Und Sie …«, er deutete auf Schimmel, der immer noch in seinem Sessel saß, »… machen es genauso. Fassen Sie Ihre Pistole am Lauf und legen Sie sie weg.«

Die Kommissare kamen seiner Forderung wortlos nach.

»Was soll das, um Himmels willen, Mister Owusu?«, fragte Helene dann. »Wir haben den Mörder Ihres Sohnes gefasst. Er wird den Rest seines Lebens hinter Gittern verbringen, das verspreche ich Ihnen.« Aus den Augenwinkeln sah sie, dass sie sich dem Anleger der Wasserschutzpolizei an der Schiffbrücke näherten. Sie musste Zeit gewinnen. »Machen Sie sich nicht unglücklich! Sie haben doch Familie und auch noch andere Kinder! Ich habe das Foto in Senyos Zimmer gesehen.«

Statt einer Antwort ging John Owusu langsam auf seinen ehemaligen Geschäftspartner zu, der aus dem Sessel aufgesprungen war und dem Afrikaner mit zusammengekniffenen Augen entgegenstarrte. Bedächtig hob der Ghanaer die Pistole. Er war nur noch fünf Meter von ihm entfernt, da sprang Clausen-Richter aus dem Stand mit einer einzigen geradezu artistischen Bewegung rückwärts über die niedrige Lehne des wuchtigen Ledersessels und warf sich dahinter in Deckung.

Owusu schoss. Der Knall dröhnte schmerzhaft in Helenes Ohren. Die Kugel schlug vorn in das weiße Polster des Sitzmöbels ein – genau dort, wo Clausen-Richter eben noch gestanden hatte.

»Sind Sie völlig verrückt geworden?«, kam seine Stimme gedämpft hinter dem Sessel hervor. »Man wird Sie für den Rest Ihres Lebens einsperren, Sie Idiot!«

Owusu zielte wortlos noch einmal und schoss.

»Aahh!« Ein Schmerzensschrei. »Hören Sie auf, Sie ...«, kreischte Clausen-Richter verzweifelt.

Helenes Ohren klingelten, und sie fragte sich, wie lange die massive Polsterung der Lehne noch Schutz bieten würde. Verdammt, sie musste diese Hinrichtung verhindern, aber wie? Der Ghanaer stand zu weit von ihr entfernt, als dass sie einen Angriff wagen konnte.

»Waffe runter, sofort!«, ertönte es da plötzlich hinter Helenes Rücken, ein schwarzer Schatten flog an ihr vorbei, der Mann vom Spezialeinsatzkommando landete zwei Meter vor dem Afrikaner auf dem Teppichboden und richtete die Maschinenpistole auf dessen Bauch. »Waffe fallen lassen, sofort!«, schrie er noch einmal.

»Tun Sie, was er sagt!«, rief Helene.

»Sie haben nichts von mir zu befürchten, Frau Kommissarin«, flüsterte Owusu und ließ die Waffe ganz langsam aus seinen Fingern gleiten. Geräuschlos fiel sie auf den Boden und versank im hochflorigen Teppich. »Dieses Schwein, das sich jetzt verkrochen hat, wollte ich töten – nur ihn. In unserer Kultur sehen wir diese Dinge etwas anders als Sie hier in Europa.«

»Das mag ja sein«, sagte Schimmel und wollte sich gerade bücken, um seine Pistole wieder vom Boden aufzuheben. »Aber darauf können wir leider …«

Plötzlich sprang Clausen-Richter hinter dem Sessel hervor, warf sich zu Boden, ergriff Owusus Beretta, riss sie hoch und feuerte zweimal auf den SEK-Beamten, der einen Wimpernschlag zu lange brauchte, um die neue Lage zu erfassen. Lautlos sank der Mann im schwarzen Overall zusammen. »Finger weg von Ihrer Knarre«, zischte Clausen-Richter Schimmel zu und zielte mit der Waffe auf ihn. »Hinsetzen!«

Der Graue funkelte ihn wortlos an, rutschte aber wieder auf seinen Sessel zurück.

Inzwischen war es Helene, die am weitesten von der Gruppe entfernt an der Schiebetür zum Deck stand, gelungen, unbemerkt ihre Dienstwaffe vom Boden aufzuheben. Sie umfasste die Pistole mit beiden Händen, zielte und schrie: »Waffe weg, Clausen-Richter, oder ich schieße sofort!«

»Okay, okay«, kam es gepresst zurück. »Der Hund hat mich am Bein getroffen, verdammt.« Ein Keuchen.

»Legen Sie sofort die Waffe aus der Hand, dann können wir Ihnen helfen«, rief Helene ihm zu.

Was dann kam, würde sie noch Monate später wie in Zeitlupe sehen: Unvermittelt richtete Clausen-Richter die Beretta auf Owusu. »Du Mistkerl«, brüllte er. »Das ist alles deine Schuld! Grüß deinen beschissenen Sohn in der Hölle!«

Sie hätte in diesem Moment schon schießen müssen, das war Helene später klar geworden. Nur so hätte sie vielleicht verhindert, was als Nächstes geschah.

Plötzlich sprang nämlich Edgar Schimmel auf und machte zwei schnelle Schritte hinüber zu der Stelle, wo der Angeschossene lag. Der hatte den Angriff nicht kommen sehen, sondern sich auf Owusu konzentriert. Im letzten Augenblick, als Schimmel sich gerade auf ihn stürzen wollte, riss Clausen-Richter die Beretta herum und feuerte aus kürzester Distanz auf seinen Angreifer. Mit einem gurgelnden Geräusch sank der Graue zusammen, und Helene sah den roten Fleck, der sich unter seinem Hals auf dem hellen Hemd ausbreitete.

Seit der erste Schuss gefallen war, hatte sich alles in drei oder vier Sekunden abgespielt, und doch waren die einzelnen Szenen in Helenes Kopf zu einem Film verschmolzen, der dort wahrscheinlich für den Rest ihres Lebens abgespeichert bleiben würde. Und mitten in diesem Szenario stand wie unbeteiligt die schlanke Gestalt John Adika Owusus. Seit er die Pistole hatte fallen lassen, schien der Ghanaer sich nicht mehr bewegt zu haben. Starr stand er da, die Augen weit aufgerissen und auf einen fernen Punkt außerhalb des Raumes gerichtet, der von stinkendem Pulverdampf gefüllt war.

Helene blickte auf Schimmels Hemd und das zerknitterte graue Jackett, auf denen der Blutfleck viel zu schnell größer wurde. Dann sah sie hinüber zu dem SEK-Beamten, der regungslos am Boden lag, und bemerkte gerade noch aus den Augenwinkeln, dass Clausen-Richter ein Stück zur Seite gerollt war und sich nun stöhnend aufsetzte. Für Sekundenbruchteile fing Helene seinen Blick auf – und wusste Bescheid. Als er die Waffe hob, um auf sie zu schießen, zog sie den Abzug durch und sah, wie sein Kopf von dem Geschoss nach hinten gerissen wurde. Schon bevor sein Oberkörper sanft auf den weichen cremeweißen Salonteppich zurückfiel, war Georg Clausen-Richter tot.

36

Die *Seeschwalbe* lag in Warnemünde am Kai. Simon stand auf dem Vordeck, Frau Sörensen zu seinen Füßen, und winkte dem Taxi hinterher, das die drei Berliner zum Bahnhof nach Rostock fuhr.

»So, nun sind wir wieder allein, altes Mädchen«, sagte er, beugte sich zu der Hündin hinunter und streichelte ihren Kopf. »Wurde langsam Zeit, findest du nicht auch?«

Frau Sörensens Antwort bestand darin, dass sie sich an sein Bein schmiegte und einen leisen Pfeiflaut ausstieß. Simon lachte auf. Es konnte nicht mehr lange dauern, bis sie wahrhaftig zu sprechen anfinge.

Mit Friedel Papke war er so verblieben, dass er den Rückkauf der *Seeschwalbe* ernsthaft in Erwägung ziehe, falls Papke das drohende Unheil eines Hauskaufs in der Ägäis nicht doch noch abwenden könne. »Und dann müssen natürlich die Preise stimmen«, hatte Simon hinzugefügt. »Sowohl der, den ich für mein Haus erzielen werde, als auch der, den du für das Schiff haben willst.«

»Da bin ick dir ja schon janz erheblich entjejenjekommen, bis an die Schmerzgrenze!«, hatte Papke behauptet.

»Wenn ich dich und deine Freunde weiter durch die Gegend schippern soll, auch wenn das Boot wieder mir gehört, musst du schon noch was nachlassen, alter Gauner!«

Man könne mit ihm über alles reden, hatte der Schrotthändler daraufhin gemütlich erklärt.

Nun brauchte Simon nur noch rasch ein bisschen Proviant einzukaufen, dann würde er sofort wieder die Leinen loswerfen und zurücksegeln. Der Wind kam weiterhin mit etwa fünf Beaufort aus Nordost – ideale Bedingungen für eine schnelle Rauschefahrt nach Hause.

Er stieg hinunter in den Salon, um das Portemonnaie zu holen, als sich plötzlich sein Handy meldete. Helene! Na endlich, er hatte schon angefangen, sich Sorgen zu machen. Seit gestern hatte sie nicht angerufen, und wenn er es bei ihr versuchte, landete er stets auf der Mailbox.

»Hallo, mein Schatz, endlich meldest du dich mal!«

Er erhielt keine Antwort. Nur ein Hintergrundrauschen kam durch den Hörer, und ein Martinshorn heulte auf.

Simon überlief eine unbestimmbare Ahnung von Unheil. »Wo bist du denn? Helene? Sag doch was, bitte!«

»Ach, Simon«, kam da ihre Stimme, belegt, krächzend. Sie räusperte sich und setzte nochmals an: »Es ist so schlimm, ich weiß gar nicht, wo ich anfangen soll.«

»Ist dir etwas zugestoßen?«, rief er alarmiert aus. »Wo bist du denn? Rede bitte mit mir, Liebling! Was, um Himmels willen, ist geschehen?«

Er hörte, wie sie tief durchatmete, bevor sie einen neuen Anlauf nahm: »Mir geht es gut, also jedenfalls bin ich nicht verletzt oder so. Aber … Simon, es ist … Edgar liegt im Sterben. Ich stehe vor dem Krankenhaus. Hab ihn gerade auf der Intensivstation besucht.« Sie lachte humorlos auf. »Na ja, besucht … Hab ihn halt durch eine Fensterscheibe daliegen sehen. Überall Schläuche und Maschinen. Er liegt im Koma und wird künstlich beatmet.«

Nach und nach erfuhr Simon ein paar Einzelheiten über den dramatischen Ablauf der Aktion da draußen auf See. Immer wieder versagte Helene die Stimme, und er musste behutsam nachfragen, um sie wieder zum Sprechen zu bringen. Doch es schien ihr gutzutun, mit ihm zu reden, alles erzählen zu können, was da in den letzten Stunden über sie hereingebrochen war.

»In die Brust hat er ihn geschossen, Simon. Edgar hat unglaubliche Mengen Blut verloren. Die Ärzte haben nicht viel Hoffnung.«

»›Nicht viel‹ heißt aber auch: Einen kleinen Hoffnungsschimmer gibt es noch, oder?«

Keine Antwort. Nur ein Schluchzen. Helene weinte.

»Mein armes Mädchen«, flüsterte er. Mehr wollte ihm nicht einfallen. Unversehens übermannte ihn das Mitgefühl so übermächtig, dass er selbst fast zu weinen begonnen hätte. Dann wusste er auf einmal, was er tun würde. »Hör zu, Helene: Ich lasse das Schiff hier liegen und nehme mir einen Leihwagen. Dann bin ich in ein paar Stunden bei dir in Flensburg.«

»Aber das ist doch … Und der Hund?«

»Frau Sörensen kommt natürlich mit. Sie will jetzt auch bei dir sein, glaub mir.«

»Aber …«

»Kein aber. Bin schon unterwegs. Ich ruf dich wieder an, wenn ich auf der Autobahn bin.«

Eine milde Nacht. Warme Frühlingsluft sandte eine duftige Vorahnung vom Sommer. Ganz sanft wehte der Seewind vom Hafen herauf in den kleinen Park gegenüber der Klinik.

Bis vor zehn Minuten waren Helene und Simon auf der Intensivstation gewesen. Nun saßen sie nebeneinander auf einer Bank, nur schwach von einer der Laternen beleuchtet, die am Wegrand standen. Frau Sörensen lag neben ihnen, dicht an Helene geschmiegt und mit dem Kopf auf ihrem Knie.

Ob sie wisse, welche von Herrn Schimmels Verwandten man benachrichtigen müsse, hatte die Stationsschwester Helene gefragt. Die Frage war wie eine Ohrfeige gewesen. Wieder einmal war der jungen Kommissarin klar geworden, wie wenig sie von dem Kollegen wusste, mit dem sie seit zwei Jahren so eng zusammenarbeitete. Seine Frau war vor vielen Jahren gestorben, das hatte der verschlossene Mann ein-, zweimal beiläufig fallen lassen. Einen Sohn hatte er wohl auch, erinnerte sich Helene. Schimmel hatte ihn ein einziges Mal erwähnt und hinzugefügt, er habe keinerlei Kontakt mehr zu ihm. Das war's. Weder wusste Helene, wo der Sohn wohnte, noch wie er hieß. Der Graue lebte allein in einem Einfamilienhaus im Süden vor der Stadt. Helene war nie dort gewesen.

»Wird er es denn schaffen?« Sie hatte diese Frage in den letzten Stunden etliche Male gestellt, jedem Arzt, der aus der Intensivstation herauskam.

Die Mediziner wussten es nicht, keiner von ihnen wagte eine Prognose. Aber in einem waren sie sich alle einig: Es würde an ein Wunder grenzen, wenn der alte Hauptkommissar die nächsten vierundzwanzig Stunden überlebte.

Immer wieder schilderte sie Simon ihre Erlebnisse, mit jedem Durchgang wurden ihre Angaben präziser. Wie immer verzichtete Helene auf Personen- und Firmennamen, auf allzu genaue Ortsbezeichnungen. Aber sie stellte auch diesmal wieder fest, dass Simon ihr half, nachträglich alles exakt einzuordnen und über Dinge nachzudenken, die sie vorher noch gar nicht auf dem Schirm gehabt hatte. Er stellte die richtigen Fragen.

»Sag mal, wie ist denn der Vater des ermordeten Studenten auf die Yacht des Kerls gelangt, den du so diskret nur den ›Täter‹ nennst?«

»Die Kollegen haben schon begonnen, ihn zu vernehmen. Ich bin kurz dazugestoßen, während Edgar operiert wurde. Owusu – der Name des ermordeten Studenten stand ja in allen Zeitungen, und der Vater hat natürlich denselben – hat uns erzählt, er habe geahnt, dass der Täter mit seiner Yacht fliehen würde, wenn die Polizei ihm zu dicht auf den Pelz rückte. Angeblich hatte sein Informant herausgefunden, dass der Täter sich ein neues Schiff gekauft hatte, das seinen Liegeplatz in Sonderburg bekam.«

»Sein Informant?«, hakte Simon nach.

»Ja, seit er von seinem Sohn die alarmierende Mail bekommen hatte, ließ er seinen Geschäftspartner von einer Detektei überwachen. Die hat ihm wohl auch die Beretta besorgt, denn im Flugzeug konnte er die Waffe ja kaum hierherschmuggeln.«

»Eine Detektei, die mit Waffen handelt?«

»Was weiß ich? Owusu schweigt sich darüber aus, woher er die Pistole hatte. Will die Leute wohl nicht in Schwierigkeiten bringen. Wahrscheinlich hat er denen eine Summe angeboten, zu der sie nicht Nein sagen konnten.« Helene lachte freudlos auf. »Er wusste also von dieser Detektei, wohin er fahren musste, um sich an Bord zu schleichen. Das hat er auch getan, als der Bootsmann kurz ins Hafenmeisterbüro gegangen war. Dann hat er sich irgendwo auf dem Schiff versteckt – und den Rest kennen wir.«

»Hast du nicht gesagt, das SEK habe die Yacht durchsucht? Die hätten ihn doch finden müssen.«

»Für eine gründliche Durchsuchung war nicht genug Zeit«, gab Helene zurück. »Er hat sich unten neben dem Maschinenraum hinter einem Spind verkrochen, sagt er. Jedenfalls hat man ihn nicht entdeckt.«

»Apropos SEK: Mir fällt gerade der Beamte ein, der ebenfalls angeschossen wurde. Wie geht es dem denn eigentlich?«

»Einigermaßen«, antwortete Helene. »Er war zunächst bewusstlos, aber seine Schutzweste hat ihn vor Schlimmerem bewahrt. Er wird noch eine Zeit lang Schmerzen haben, aber das war's auch.«

»Hatte denn nur das Spezialeinsatzkommando schusssichere Westen an und ihr nicht? Ich meine, Edgar Schimmel wäre doch nicht so schwer verletzt worden, wenn …«

Helene griff nach Simons Hand und presste sie. Leise kamen ihre Worte: »Der alte Sturkopf hatte seine Weste abgelegt, nachdem wir den Mörder festgenommen und in den Salon zur Vernehmung gebracht hatten. Die Dinger hasst er, weil sie ihn einengen, vor allem beim Sitzen.« Sie seufzte. »Aber es hat ja auch niemand damit rechnen können, dass Owusu plötzlich mit einer Knarre im Raum stehen würde.«

»Sehe ich es richtig, dass er den Mörder seines Sohnes auf jeden Fall eigenhändig töten wollte, weil er eine Gefängnisstrafe für den Kerl nicht angemessen fand?«

»So denke ich mir das jedenfalls. Er hat schon an Bord der Yacht von der Art und Weise gesprochen, wie man in seiner Kultur mit solchen Fällen umzugehen pflegt.«

»Aber wieso hat er seinem Todfeind denn nicht einfach irgendwo aufgelauert und ihn abgeknallt? Zum Beispiel auf der Yacht? Wieso musste er sich erst verstecken und warten, bis das Boot abgelegt hatte?«

Helene schüttelte unwirsch den Kopf. »Du stellst vielleicht Fragen! Ich weiß doch auch nicht, was im Kopf dieses verzweifelten Mannes vorgegangen ist. Owusu hat bemerkt oder auch nur geahnt, dass Clau… verdammt, dass seine Zielperson mit dem Schiff fliehen wollte. Das konnte er nicht zulassen. Er wusste natürlich nicht, dass wir die Yacht schon im Visier hatten und sie aufbringen würden. Vielleicht wollte er seinen Racheakt draußen auf See … zelebrieren? Ich glaube nicht, dass er sich in der Vernehmung dazu einlassen wird, das würde ihn ja nur belasten.«

Simon nickte. »Und nun? Was geschieht jetzt mit dem Mann?«

Helene zuckte mit den Schultern. »Allenfalls wird man ihn wegen unerlaubten Waffenbesitzes belangen, aber mit den Morden hat er nicht das Geringste zu tun, so viel steht fest. Was wir ihm vorwerfen könnten, wäre seine Absicht, den Tod seines Sohnes an Clau… äh, an dessen Mörder zu rächen. Aber dazu ist es ja nicht gekommen. Kann mir nicht vorstellen, dass die deutsche Staatsanwaltschaft viel Interesse daran zeigt, daraus einen Mordversuch zu konstruieren, um dem Ghanaer den Prozess zu machen.«

»Und was ist mit seiner Verstrickung in diese kriminellen Exporte, ich meine …?«

»Nicht unsere Baustelle, Simon. Wenn die Kollegen seine Vernehmung beendet haben und der Staatsanwalt nichts dagegen hat, werden sie ihn wohl in sein Hotel zurückbringen. Dort bleibt er sicher unter Bewachung. Morgen werden die Kollegen vom BKA herkommen und sich seiner annehmen. Aber wenn du mich fragst …«

»Ja, das tue ich.«

»Er wird in zwei, drei Tagen wieder im Flieger nach Ghana sitzen. Man wird ihn hier nicht festhalten können. Und ob er jemals für die gigantische Schweinerei zur Rechenschaft gezogen wird, bei der er ganz oben mitspielt, keine Ahnung.« Sie legte ihren Kopf an Simons Schulter. »Im Moment interessiert mich sowieso nur eines …«

»Ich weiß.«

Sie schwiegen lange, dann sagte Helene plötzlich: »Ich habe einen Deal gemacht, Simon. Einen sehr albernen Deal, aber er würde ihm gefallen.« Sie zeigte mit der Hand über die Straße auf den gelb geklinkerten Bau, in dem der Graue mit dem Tod rang.

»Einen Deal? Mit wem denn?«

»Mit dem lieben Gott«, sagte sie mit einem trotzigen Tonfall. »An den ich wahrscheinlich überhaupt nicht glaube – und schon gar nicht, dass er lieb ist.«

»Aha.«

»Ja. Soll ich …?«

»Sag schon!«

»Wenn Edgar das überlebt, werde ich ihm jede Woche eine Riesendose Gummibärchen kaufen, höchstpersönlich alle gelben und orangenen heraussuchen und sie ihm auf einem hübschen Teller auf den Schreibtisch stellen. Und vielleicht noch die roten als Reserve.«

Sie fing wieder an zu weinen.

Rasch reichte Simon ihr die Packung mit den Taschentüchern.

Nachdem Helene ihre Tränen getrocknet hatte, griff Simon nach ihrer Hand, und gemeinsam blickten sie hinüber zu den hell erleuchteten Fenstern der Klinik.

Epilog

Kwasi ist tot. Nur wenige Wochen hat er seine Tochter Ekua überlebt.

Niemanden hat sein Tod gekümmert. Sterben ist guter Brauch auf der Halde, leben ist ungleich schwerer.

Die Tante hat sich um seine Beerdigung gekümmert. Achtzig Dollar, damit Kwasi am Rande der Welt verscharrt werden konnte. Nun hat sie noch vierundzwanzig Dollar und sechsundachtzig Cent. Die Schmerzen höhlen sie aus, jeden Tag ein bisschen mehr. Schwach ist sie, spuckt und pisst Blut. Ihre beiden Blechtöpfe ertastet sie, wenn sie kochen will. Bald wird sie ganz blind sein.

Kwasis Söhne hat sie vergessen, doch das ist belanglos. Kinder sind hier früh allein, auch viel jüngere. In die Schule, die auch am Rande der Welt steht, gehen sie sowieso nicht mehr. Sie haben alles Leid gelernt, sind lange schon groß genug, um das Höllentier zu reiten. Vielleicht noch fünf oder gar zehn Jahre. Aber nur, wenn sie niemals vom Wasser der Lagune trinken.

Die Tante, eine Veteranin des Infernos, ist uralt, dreiundvierzig, als sie an einem Blutpfropf erstickt. Die vierundzwanzig Dollar und sechsundachtzig Cent reichen nicht für ein Begräbnis.

In Tema, dem Tiefseehafen nahe der Stadt, macht zu dieser Stunde gerade ein blankes Schiff aus Hamburg fest. Accra ist sein letztes Ziel. Zweitausend Container sind noch an Bord, einhundertvierunddreißig davon voll neuem Futter für das Höllentier. Während der Containerfrachter entladen wird, steht die Sonne hoch am Himmel und glüht. Als wollte sie die Schatten fortbrennen.

Randnotizen

Diese Geschichte ist frei erfunden. Etwaige Ähnlichkeiten mit lebenden oder verstorbenen Personen wären rein zufällig und unbeabsichtigt. So gibt es auch weder die Speditionsfirma aus diesem Buch noch die hier genannten Lokale oder gar die alte Motorradwerkstatt an der B 199. Die meisten Orts- und Straßennamen existieren hingegen tatsächlich, und natürlich gibt es auch die *Rumregatta* in Flensburg. In diesem Roman bildet sie die Bühne für allerlei dramatische Ereignisse, die in Wirklichkeit natürlich nie stattgefunden haben. Und das bleibt hoffentlich auch so.

Kaum zu begreifen ist allerdings, dass ein anderer Ort aus diesem Buch bittere Realität ist. Er katapultiert auch diesen Roman wieder mit Wucht heraus aus der Schublade betulicher Lokalkrimis. Agbogbloshie heißt der Ort, ist ein Stadtteil der westafrikanischen Millionenmetropole Accra und nichts anderes als eine riesige Müllhalde von tausendsechshundert Hektar, auf der fast fünfzigtausend Menschen leben. *Toxic City* wird dieser Teil der Hauptstadt von Ghana auch genannt und ist der Inbegriff der Hölle auf Erden, ein Pfuhl unermesslichen Leids, von dem man in diesem Roman nur einen schwachen Eindruck bekommt. Wie es dort aussieht, wo die menschliche Gier seit Jahren auf einer stinkenden Halde aus Armut und Hoffnungslosigkeit einen beispiellosen Totentanz aufführt, kann man in den Medien erfahren, falls man sich die Mühe macht. Alles, was der, wenngleich ebenfalls erfundene, Journalist Hasso Lobecker in diesem Buch darüber sagt, ist allzu wahr. Wer Raubtierkapitalismus für eine ideologische Schimäre hält, möge sich die Bilder und Filme von Agbogbloshie nur ansehen.

Und ebenso gibt es natürlich den verbrecherischen Handel mit Elektroschrott, ohne den *Toxic City* gar nicht existieren würde. Millionen Tonnen von Elektronikmüll aus Europa, den USA, Kanada und Australien werden illegal von kriminellen Händlerkartellen nach Ghana verkauft. Das sind dieselben Verbrecher, die anschließend die von den Ärmsten der Armen auf primitivste Weise daraus gewonnenen Wertstoffe zu sittenwidrigen Preisen zurückkaufen, um damit auf dem Weltmarkt schwindelerregende Gewinne zu erzielen. Diese belaufen sich nach einem Bericht des UN-Umweltprogramms *Unep* vom Mai 2015 auf sagenhafte siebzehn Milliarden Euro im Jahr.

Die reichen Industrieländer waschen ihre Hände in Unschuld. Manche von ihnen haben halbherzig ein paar Gesetze zur Regelung der Entsorgung erlassen, drücken sich jedoch davor, diese mit Hilfe von Kontrollen auch durchzusetzen. Die zuständigen deutschen Behörden wissen angeblich nicht einmal, wer genau in diese schmutzigen Geschäfte verwickelt ist.

Und Ghana ist weit weg.

Ich fand es an der Zeit, *Toxic City* ein bisschen näher an uns heranzuholen, damit wir den Gestank riechen können. Es ist nämlich unser eigener.

Dank

Auch diesmal danke ich vor allem meiner Familie, an allererster Stelle meiner Frau Kirsten, die mir Tag für Tag mit Liebe und Verständnis zur Seite steht. Ohne sie hätte ich dieses Buch nicht schreiben können.

Dank geht auch an die wenigen, aber guten Freunde, die ich noch habe, und die meine Arbeit aufmunternd und mit liebevoller Anteilnahme begleiten. Dasselbe gilt für meine Kolleginnen und Kollegen von den *42erAutoren,* mit denen ich mich stets vertrauensvoll beraten kann, und für Conny Heindl und Gerald Drews von der *Medien- und Literaturagentur Drews.* Danken möchte ich auch Gudrun Todeskino vom *textundton kulturbüro,* die inzwischen sehr erfolgreich Lesungen und andere Veranstaltungen für mich und mit mir organisiert. Ein Autor könnte sich keine kompetenteren Partner wünschen, als ich sie in diesen erstklassig vernetzten Agenturen gefunden habe. Danke an beide, weil sie nicht müde werden, mir immer wieder neue Wege zu öffnen und zu ebnen.

Großer Dank geht zudem an Herrn Dipl.-Ing. Wulf Christian Boie von der Europa-Universität Flensburg, der mir ebenso geduldig wie bereitwillig meine vielen Fragen zum Studiengang *Energie- und Umweltmanagement (EUM) Entwicklungsländer* und dessen Studentenschaft beantwortet hat, an Stephen Amponsah für wertvolle Informationen über seine ghanaische Heimat sowie an die Polizeidirektion Flensburg, namentlich an die freundlichen und immer wieder geduldigen Beamten der Wasserschutzpolizei.

Schließlich bedanke ich mich besonders herzlich bei Aletta Wieczorek, meiner sachkundigen, überaus kreativen Lektorin, deren Arbeit auch dieses Buch wieder besser gemacht hat. Sie und das ganze engagierte Team im *Grafit Verlag* sind die besten professionellen Begleiter, die man sich als Autor wünschen kann.

Dies ist nun schon Helene Christs dritter Fall – und das innerhalb von nur zwölf Monaten. Ich bin sehr glücklich, dass meine Kriminalromane von der Flensburger Förde so viel Zuspruch und Anerkennung finden. Daher geht zum Schluss natürlich mein größtes Dankeschön an meine stetig wachsende Leserschaft.

Übrigens höre ich gerade, dass Helene einen brisanten Anruf erhalten hat. Angeblich soll die Ostsee an einem einsamen Strandabschnitt die Leiche eines bekannten Politikers angespült haben.

Ich bleibe dran, versprochen! Bis bald also!

H. Dieter Neumann
Januar 2016

Die ersten Fälle für Helene Christ

H. Dieter Neumann

Die Tote von Kalkgrund

ISBN 978-3-89425-454-4

Der 1. Fall für Helene Christ, auch als E-Book erhältlich

Firma weg, Frau weg, Boot weg – Simon Simonsen verliert in kürzester Zeit alles, was ihm etwas bedeutet hat. Dann wird er auch noch des Mordes verdächtigt. Nur Kommissarin Helene Christ gräbt etwas tiefer und redet sich ein, dies nicht nur deswegen zu tun, weil sie sich zu Simon hingezogen fühlt …

»Eine akribisch recherchierte geradlinige Geschichte, nicht zu blutrünstig, dafür voller menschlicher Abgründe.«
Cathrin Brackmann, WDR 4

»Richtig gut: Heinrich-Dieter Neumann schreibt spannend, kennt die Gegend an der Flensburger Förde und hat überraschende Wendungen drin. ... Schönes Buch!« Benedikt Stubendorff, NDR 1

H. Dieter Neumann

Mord an der Förde

ISBN 978-3-89425-462-9

Der 2. Fall für Helene Christ, auch als E-Book erhältlich

Ein Mord durchkreuzt die Urlaubspläne von Kommissarin Helene Christ: Die Leiche der vierzehnjährigen Clarissa wurde im Wald nahe der Ostseesteilküste gefunden. Das Mädchen war in der Mordnacht mit einem der Betreuer ihres Ferienlagers verabredet. Seitdem fehlt von Alim Tayfur jede Spur – seine DNA wurde aber an der Toten gefunden. Damit steht für Christs Kollegen Edgar Schimmel der Mörder fest.
Doch Helene zweifelt, denn auch in Clarissas Familie scheint einiges im Argen zu liegen. Bruder Patrick bezichtigt den eigenen Vater des Mordes. Und tatsächlich verhält sich Carl von Sassenheim alles andere als kooperativ. Was hat die Familie zu verbergen?

»Genau so soll ein Kriminalroman sein. Fesselnd, hervorragend geschrieben, amüsant und unterhaltend. Klassisch gut eben.«
Der Nordschleswiger

grafit

Chaos auf einer Nordseeinsel

Ria Klug

Die Vollpfostenmasche

ISBN 978-3-89425-451-3
Auch als E-Book erhältlich

Nominiert für den ›Friedrich-Glauser-Preis‹!

Zwei Vollpfosten als Helden wider Willen

Tourist Torsten Hantsch findet bei einem seiner Strandspaziergänge auf Amrum einen vom Meer angespülten Feuerlöscher. Dass ein solcher weißes Pulver enthält, ist an sich nichts Ungewöhnliches – wäre es nicht in Portionspäckchen eingeschweißt. Der kauzige Wartungsdienstmitarbeiter Petter Jensen erkennt in dem Koks sofort die Möglichkeit, sein marodes Konto zu sanieren. Doch nicht mit Hantsch! Der Verwaltungsangestellte ist gesetzestreu und traut Jensen keinen Meter über den Weg.

Für Diskussionen bleibt allerdings keine Zeit, denn die Eigentümerin des Löschers taucht auf. Mit mehr Glück als Verstand versucht das ungleiche Duo, ›seinen‹ Löscher zu retten – was einige Menschen mit ihrem Leben bezahlen.

»Das ist Krimi-Komik irgendwo zwischen TATORT *und Tarantino – immer gut geerdet, aber auch nie um einen guten Kalauer verlegen. In der Flut des vermeintlich heiteren Regionalkrimipersonals sind diese beiden Vollpfosten echte Raritäten. Aber Obacht: Es besteht akute Totlach-Gefahr. Das Feuerwerk an Komik, Slapstick und Dialogwitz, das Ria Klug auf der Insel Amrum abbrennt, ist einzigartig!«* Reinhard Jahn, WAZ

»Vor allem aber ist es der Mikrokosmos der Insel, auf der die unfreiwillig komischen Verwicklungen noch skurriler wirken als in einer rauen Großstadt, was, gepaart mit schrägem Humor, Inselcharme und Urlaubsgefühlen, den Krimi zur spannenden Lektüre macht.«
Sonya Winterberg, Siegessäule – Das queere Magazin aus Berlin